MW01708936

Merci à toute l'équipe de Harper Collins, notamment Stella Paskins, Sarah Manson, Ann Tobias, Nicola Solomon et Penelope Webber.

Un salut particulier à Sophie Craig, Miriam Craig, maman et papa, Oli Rockberger, Polly et David Rockberger.

Ceci, comme tout le reste, est dédié à Mary-Ann Ochota.

Joe Craig

Titre original :

JIMMY COATES : TARGET

Édition originale publiée en anglais par HarperCollinsPublishers Ltd

© Joe Craig, 2006, pour le texte

L'auteur a revendiqué son droit moral. Tous droits réservés.

© Gallimard Jeunesse, 2007, pour les illustrations et la traduction française, avec l'autorisation de HarperCollinsPublishers Ltd

Joe Craig

Jimmy Coates : cible !

Traduit de l'anglais par
Julien Ramel

Illustré par
Nathaële Vogel

Gallimard Jeunesse

Onze ans plus tôt...

Seule son immobilité distinguait cet homme des autres passants qui traversaient le pont d'un pas pressé. Col relevé contre les puissantes bourrasques d'un vent maussade, typique d'un automne parisien, et chapeau rabattu sur les yeux, il était aussi figé qu'un réverbère. De fait, les gens lui prêtaient à peu près autant d'attention qu'au mobilier urbain. Au bout de quelques minutes, aussi subitement qu'elle avait commencé, son attente prit fin et, avec un profond soupir, il s'enfonça dans le brouillard en direction de l'île Saint-Louis, espérant en secret qu'aujourd'hui personne ne se ferait tuer.

Il s'arrêta devant une porte de bois qui ne lui était pas étrangère. D'un violent coup de coude, il fit sauter le pêne de

la serrure et se glissa discrètement à l'intérieur. Il se retrouva dans une petite cour pour laquelle il n'eut pas même un regard. Ses yeux étaient fixés sur le quatrième étage de l'immeuble voisin. La bruine rendait la colonne de descente savonneuse. Sa main glissa la première fois qu'il tenta d'agripper le tuyau. Mais il en faudrait plus pour le décourager. Il renouvela la manœuvre et, à force de conviction et d'efforts, parvint à se hisser le long de la façade jusqu'au balcon convoité, où il prit pied en silence. Il sortit son revolver. Pour familière qu'elle soit, la sensation de l'arme au creux de sa main lui souleva le cœur. « Simple mesure de précaution », se dit-il intérieurement.

Un instant plus tard, il fit voler en éclats le dérisoire rempart qu'offrait la porte-fenêtre et pénétra dans la pièce au cri d'un *« Haut les mains ! »* des plus convaincants.

Un vieil homme était dignement assis à son bureau, au milieu d'une montagne de papiers. Il s'exécuta lentement.

– Inutile de t'adresser à moi en français, Ian, déclara le vieil homme dans un anglais impeccable, avec tout juste une pointe d'accent français. Tout comme il est parfaitement inutile que tu me tiennes en joue avec cette arme. Si tu dois faire feu, je t'en prie, vas-y ! Sinon, parle.

– Vous auriez dû fuir plus loin que ça, docteur.

– Et où penses-tu que j'aurais pu aller ? demanda le vieil homme en plantant son regard dans celui de son assaillant. Existe-t-il un seul endroit au monde où j'aurais pu échapper au NJ7 ?

La bouche du canon toujours pointée sur sa tête, le docteur Memnon Sauvage se redressa lentement, prenant appui sur le

rebord de sa table. Aucun des deux hommes n'avait cillé.

– Tu sais pertinemment que je ne te laisserai pas m'emmener, déclara le vieil homme. Et puis, ce qui est fait est fait. Peu importe le traitement auquel Hollingdale compte me soumettre. Il n'y aura pas de retour en arrière.

– Tournez-vous. Les mains dans le dos, répliqua l'homme d'une voix blanche.

– Au fait, comment va Helen ? se contenta d'ajouter le docteur, sans esquisser le moindre mouvement. Le bébé est-il né ? Si ce n'est déjà fait, cela doit être imminent.

Malgré tous ses efforts, Ian Coates ne put empêcher sa bouche de trembler et ses yeux de scintiller d'une lueur plus vive.

– Ah, s'exclama le docteur Sauvage avec un petit sourire. Mes félicitations. Papa pour la deuxième fois !

Ian Coates se renfrogna, redoublant d'efforts pour contrôler son index et vaincre son désir d'appuyer sur la détente.

– Faites ce que je vous dis, ou je vais *vraiment* vous tirer dessus.

– Vas-y, rétorqua le docteur Sauvage. Fais ton office. Et le NJ7 ne saura jamais ce dont la France est capable.

– Assez causé. Tournez-vous et mettez vos mains dans le dos.

– Pour que tu me ramènes à Londres ? Au NJ7 ? Auprès de ta femme ?

Cette fois, Coates ne put se retenir. Il gifla le vieillard d'un violent revers de main. La puissance du coup l'envoya bouler au sol.

– Hollingdale ne peut rien faire sans moi, aboya le docteur, postillonnant du sang. Répète-lui ça. Et dis-lui aussi que le jour

où il découvrira ce que j'ai fait, la lame de la Grande Faucheuse s'abattra sur sa nuque.

Arme au poing, Ian Coates avança lentement vers l'homme à terre. Rampant à quatre pattes, le docteur Sauvage recula, jusqu'à se retrouver acculé contre une haute bibliothèque. Les deux hommes s'immobilisèrent et demeurèrent ainsi un moment, se toisant du regard. Ces quelques secondes parurent durer des heures. Des gouttes de sang coulaient des jointures de Coates. Soudain, le docteur détourna les yeux et fixa une des piles de papiers qui se trouvaient sur son bureau. Coates suivit son regard. Grand mal lui en prit. Profitant de cet instant d'inattention, Sauvage tira sur la bibliothèque de tout son poids. Les gros ouvrages reliés qui ornaient les rayonnages basculèrent sur lui.

– Non, hurla Coates en laissant tomber son arme.

Il plongea vers le vieil homme, espérant pouvoir le protéger, mais c'était trop tard. Les livres s'étaient écroulés sur le vieil homme comme une série de directs assenés par un professionnel du ring. Sans compter que, bientôt, ce fut la bibliothèque elle-même qui s'effondra sur sa frêle silhouette.

Coates n'en revenait pas. Seule la tête du docteur était encore visible. Il se baissa et, d'un geste machinal relevant davantage de la déformation professionnelle que d'un réel espoir, palpa le cou du vieil homme à la recherche d'un pouls. Pour seule réponse, un nuage de poussière retomba sur la dépouille ensevelie.

Sans céder une seconde à la panique, Coates parcourut les piles de papiers posées sur le bureau avec la froide efficacité d'une machine. Bien entendu, tout était codé. Il mit de côté les dossiers du dessus, qui sentaient le leurre à plein nez, mais s'arrêta lorsqu'il tomba sur un minuscule disque dur externe, orange vif, marqué « ZAF-1 ». C'était le genre de gadget qu'il suffit de connecter à un ordinateur pour transférer un important volume de données en mémoire flash. Les mêmes initiales apparaissaient sur d'autres documents, parfois en gras. Elles ne lui disaient rien.

Il rengaina vivement son arme, coinça autant de dossiers que possible sous son bras, glissa le *flash drive* dans sa poche, puis sortit de la pièce en courant. D'une traite, il gravit l'escalier menant au toit. Sans cesser de courir, il enfonça les dossiers dans les profondes poches intérieures de son pardessus, afin de garder les mains libres, et rejoignit d'un bond l'immeuble voisin. « ZAF-1 », se répétait-il mentalement comme pour effacer l'image du corps sans vie qui envahissait son esprit. « Qu'est-ce que cela veut dire ? »

Il sauta sur un balcon en contrebas puis acheva sa descente en glissant le long d'un réverbère. Finalement, il se laissa tomber dans la ruelle, et détala.

1/ Uno Stovorsky

– Veuillez vous lever !

Tous obtempérèrent, hormis deux silhouettes voûtées qui demeurèrent tassées sur leur siège, dans un coin de la salle d'audience.

– Parodie de justice ! s'écria Olivia Muzbeke, la voix cassée par la peur et par l'épuisement.

Son mari tenta d'avancer le bras vers elle, pour la réconforter, mais ses mains étaient attachées à une barre de fer. Un garde les obligea à se mettre debout.

– Telle est la justice qui s'applique aux citoyens qui enfreignent les lois, bougonna le magistrat en s'asseyant dans son fauteuil, le visage grave.

Neil Muzbeke balaya des yeux la salle du tribunal et s'arrêta sur l'espace réservé au jury, déserté depuis que cette institution avait disparu du système judiciaire. Dans son for intérieur, il se sentait aussi vide que ces bancs. Il n'avait même plus la force de crier. Il avait tout donné. Il avait protesté, supplié, hurlé son innocence, pour finalement se résigner, et aujourd'hui, il était prêt à accepter la sentence qu'on aurait mise dans la bouche du juge, quelle qu'elle soit. Il n'avait plus qu'une image en tête, celle de son fils qu'il ne reverrait sûrement jamais plus.

– Vous saviez, tonna le juge, que Jimmy Coates, ce dangereux criminel, était en fuite et qu'il tentait de se soustraire à la justice. Pourtant, cela ne vous a pas empêchés de l'héberger, de lui fournir un refuge et de l'aider à s'échapper, mettant ainsi la vie du Premier Ministre Ares Hollingdale en danger. Et s'il n'y avait que ça… Votre propre fils… — il parcourut ses notes à la recherche de son nom — Felix Muzbeke n'a pas attendu d'avoir plus de onze ans pour rejoindre les rangs des ennemis du régime néodémocratique de l'État britannique.

Le magistrat soupira et réajusta ses lunettes, puis, sans même lever les yeux vers les accusés, il prononça la sentence.

– Incarcération… dont la durée est laissée à la discrétion du ministère de l'Intérieur.

Après quoi il abaissa son marteau, pour accentuer encore le caractère solennel et définitif de sa décision. Le claquement anéantit la dernière parcelle de confiance que Neil Muzbeke possédait encore vis-à-vis de la justice de son pays.

Au fond de la salle d'audience se tenait une femme dont la beauté cadrait mal avec la tristesse du spectacle. Quoi qu'il en soit, elle parut satisfaite du verdict et de la diligence avec laquelle celui-ci avait été rendu.

– Faites circuler la nouvelle, murmura-t-elle à un jeune homme en costume noir, tremblant de déférence à ses côtés. Et assurez-vous qu'on soit au courant en France.

– Oui mademoiselle Bennett.

C'est à peine si Jimmy sentit une secousse au moment où l'hélicoptère toucha le sol. Les amortisseurs oléopneumatiques de l'EC975 assuraient le plus doux des atterrissages. Non, ce qui le réveilla, c'est le changement de bruit des rotors. Le vrombissement régulier dans lequel ils avaient voyagé depuis Londres mourut dans une longue plainte stridente.

Jimmy s'ébroua, histoire de sortir définitivement de son cauchemar. Comme d'habitude, il n'avait aucun souvenir de ses rêves. Seulement un souffle un peu court et un cœur qui battait la chamade. Le reliquat de sa terreur. Mais de quoi pouvait-il encore avoir peur ? Au cours des deux jours précédents, il était passé à travers des murs de briques, avait respiré sous l'eau et survécu à une balle dans la main. Même le coup de couteau qu'il avait reçu dans les côtes ne lui avait pas causé de blessure sérieuse. L'entaille, d'où ne coulait pas la moindre goutte de sang, avait cicatrisé avec une étonnante rapidité. Le bandage — que sa mère avait fait trop serré — ne lui était d'aucune utilité, mais il s'y était fait et, finalement, trouvait son contact presque réconfortant. Tout cela ne l'empêchait pas d'être inquiet. Qu'allait-il trouver à sa descente de l'appareil ? Qu'est-ce qui l'attendait là-dehors ?

Le NJ7, l'agence de renseignement la plus secrète de Grande-Bretagne, pouvait être n'importe où. Jimmy était le produit de leurs recherches scientifiques. À l'origine, il ne devait se transformer en machine à tuer que lorsqu'il aurait atteint l'âge de dix-huit ans, ce qui n'empêcha pas l'agence de l'envoyer en mission sept ans avant terme. Dès l'instant où Jimmy avait désobéi à son premier ordre exécutoire, et entamé sa lutte pour échapper à sa prédestination génétique, il était devenu leur ennemi. Et même l'imagination la plus débridée ne pouvait concevoir ennemi plus redoutable que le NJ7.

Mais peut-être Jimmy redoutait-il plus encore ce qu'il avait en lui que ce qui venait de l'extérieur. Il avait beau se sentir profondément humain, il savait aussi qu'au fond de lui gisait une énergie qui ne l'était pas. Une force créée pour assassiner.

Dans la cabine, tous les autres dormaient. Christopher Viggo sortit du poste de pilotage et s'étira. Sa chemise froissée soulignait les contours de son corps souple et musclé. Il tourna la tête vers Jimmy, lui lança un signe de tête un peu las et tourna les talons. C'était cet homme que Jimmy aurait dû éliminer lors de sa première mission.

Viggo se battait pour le retour de la démocratie en Grande-Bretagne. À l'abri d'une singulière couverture — il était censé diriger un restaurant turc —, il avait monté une organisation qui, un jour, serait en mesure de s'opposer au gouvernement. Jimmy s'était fait violence pour renoncer à sa mission et rejoindre la cause de Viggo.

Maintenant qu'ils s'étaient posés, les autres ne tardèrent pas à se réveiller. Le vent leur fouetta le visage quand ils émer-

gèrent de l'appareil. Jimmy « goûtait » l'air de la campagne, si différent de celui qui régnait dans la ville d'où ils s'étaient échappés. Ils se trouvaient au beau milieu d'un champ et l'unique construction barrant l'horizon était une vieille ferme à colombage dont l'étage supérieur saillait largement au-dessus du rez-de-chaussée.

« Alors c'est à ça que ressemble la France », pensa Jimmy, lui qui n'était encore jamais sorti de Grande-Bretagne. Il ne s'était même jamais demandé à quoi pouvait ressembler le reste du monde. Maintenant il réalisait à quel point c'était différent. Jusqu'ici, il présumait que les autres pays étaient en tout point semblables au sien. Quoi qu'il en soit, il avait trop d'appréhension et il était bien trop fatigué pour s'extasier sur le fait qu'il se trouvait enfin à l'étranger. Et puis, il n'était pas en vacances. Il était en cavale.

Yanik Ertegun, le cuistot du restaurant que Viggo tenait à Londres, avait pris la tête du petit groupe. Jimmy marchait derrière lui, aux côtés de sa mère : Helen. À leur suite, la belle à la peau d'ébène, Safran Walden, la petite amie de Viggo, qui, en plus de partager sa vie, était également une pièce maîtresse de l'organisation. Georgie, la sœur aînée de Jimmy, suivait, accompagnée de sa copine Eva. Felix Muzbeke, le meilleur ami de Jimmy, fermait la marche en grimaçant, maudissant autant les rafales de vent frais que les irrégularités du terrain.

Viggo était resté en arrière. Alors qu'ils traversaient un verger, derrière la maison, il s'arrêta et ramassa un fagot de branches mortes. Jimmy ressentit alors ses premiers tiraillements. Le résistant qui était en lui lui soufflait d'aller aider Viggo à camoufler l'hélicoptère, mais la promesse d'un bon

repas dans la douceur d'une maison chauffée lui ordonnait d'emboîter le pas aux autres, en direction de la ferme. Il rentra dans le rang, prenant grand soin de ne pas perturber la file indienne, qu'il aurait voulue parfaite. La maîtrise. Le contrôle de soi. Encore et toujours.

Sur le pas de la porte se tenait une petite vieille toute ratatinée qui apparut à Jimmy comme l'image même de la vieillesse. Jamais il n'avait vu un visage aussi ridé. Yanik se pencha vers elle pour l'embrasser sur la joue. La petite vieille enroula son bras autour de ses épaules.

– Je vous présente ma mère, lança gaiement le cuistot en se tournant vers ses amis.

Jimmy esquissa un sourire à l'ancêtre et suivit les autres à l'intérieur. La vieille dame bougonna quelque chose tandis que la petite troupe pénétrait chez elle d'un pas hésitant. Visiblement, elle ne s'attendait pas à recevoir de la visite. L'intérieur de la ferme était aussi vaste que sombre et austère. Le plafond s'affaissait par endroits, comme si la poutre centrale avait voulu se rapprocher de l'âtre qui trônait au milieu de la pièce. En dépit de sa présence imposante, la cheminée peinait à chauffer la maison. Jimmy frissonna.

Dans un coin de l'immense salle à manger, percée d'une porte à chaque extrémité, un escalier tordu montait à l'étage. D'un pas lent et traînant, la mère de Yanik se dirigea vers l'une des portes, qui donnait sur une grande cuisine à l'ancienne. Son fils la suivit et tenta du mieux qu'il put d'obtenir son pardon et son indulgence pour cette visite impromptue.

Bientôt tous se retrouvèrent assis devant l'âtre, serrant d'immenses bols de chocolat chaud entre leurs mains.

– Quand allons-nous nous mettre à la recherche de mes parents ? murmura Felix à l'oreille de Jimmy.

Gêné, celui-ci haussa les épaules sans lever les yeux de ses chaussures. Il avait presque oublié le sort de Neil et Olivia Muzbeke qui, pour l'avoir aidé à échapper au NJ7, avaient été arrêtés par les autorités. Il s'était laissé totalement absorber par son propre destin. Il se reprocha en silence de s'être montré aussi égoïste. La faute à cette force mystérieuse, qui grandissait en lui de jour en jour, accentuant d'autant le fossé entre ses sentiments et ses instincts, entre son esprit et son corps. Pour l'instant, il pouvait encore contrôler ces élans, mais seulement en les laissant l'envahir. Penser qu'un jour il pourrait, quasiment de son plein gré, renoncer à son humanité l'effrayait plus que tout au monde.

À chaque fois que Jimmy repensait au passé, la seule chose qu'il revoyait clairement, avec un luxe de détails obsédant, c'était le visage de son père, à leur dernière rencontre, quand Ian Coates avait refusé de fuir le gouvernement britannique avec sa famille. Maintenant c'était sa double personnalité à lui qui menaçait ceux qui lui étaient chers.

Felix allait dire autre chose, mais Jimmy se leva. Il ressentait un picotement à l'estomac. L'assassin tapi au fond de lui venait de se réveiller. Son ouïe avait détecté quelque chose à l'extérieur.

– Est-ce que quelqu'un d'autre vit ici ? demanda-t-il doucement à Yanik.

– Non. Juste ma mère.

– Fais pas ton parano, se moqua Georgie, un sourire aux lèvres.

Jimmy aurait tout donné pour qu'elle ait raison, mais, jusqu'à présent, son instinct de tueur ne l'avait jamais trompé. Et puis, la mère de Jimmy s'était levée elle aussi.

– Moi aussi j'ai entendu quelque chose, finit-elle par déclarer.

– Ça doit être Chris qui rentre, murmura Safran, insouciante.

Jimmy secoua la tête. Il avait un nœud à l'estomac maintenant.

– Mettez-vous tous au centre de la pièce.

Tous s'exécutèrent, sauf Eva.

– C'est ridicule, pouffa-t-elle. On est au beau milieu de la campagne française, à des milliers de kilomètres de tout. Comment pourraient-ils...

CRAC!

La porte explosa et une silhouette cagoulée toute de noir vêtue fit irruption dans la pièce, un bélier à la main. Une autre se décala dans son sillage, posant un genou à terre. Pratiquement invisible, au creux de sa main gantée, un pistolet Beretta 99G. Les deux intrus furent bientôt suivis d'une dizaine de silhouettes identiques.

– *Haut les mains!* hurla un des membres de la troupe.

Une injonction immédiatement suivie d'un « *Andz Euhp!* » trahissant un fort accent français.

Jimmy sentit monter en lui son instinct de tueur. Il le submergeait. Pour autant, son esprit restait clair. Il demeura aussi immobile que ses amis et leva lentement les mains en l'air. Tout son esprit n'était plus occupé que par la seule évidence émanant de ce chaos: ce n'était pas le NJ7, car, si tel avait été le cas, il serait déjà mort. En outre, jamais le NJ7 n'aurait donné un ordre en français.

Tous se serrèrent les uns contre les autres. Le premier choc passé, une grande perplexité se lisait sur les visages. À leurs bouches bées, répondaient les protestations de la maman de Yanik. Elle hurlait et vociférait à tue-tête, inondant les assaillants d'un flot continu de français rocailleux et vindicatif, tandis que Jimmy tentait tant bien que mal de se concentrer.

– *Ferme-la !* hurla-t-il soudain, plaquant immédiatement après une main sur sa bouche. « Oh mon Dieu, s'exclama-t-il intérieurement, voilà que je parle français. »

La porte d'entrée grande ouverte battait contre son dormant au gré du vent. Trois nouveaux hommes firent leur apparition dans la ferme. Ils étaient vêtus d'un équipement de combat de couleur noire, exactement semblable aux autres, à la différence près que des fusils d'assaut FAMAT F9 pendaient à leurs bandoulières. Aucun doute là-dessus. Tout comme il ne faisait pas le moindre doute que, maintenant, Jimmy parlait le français. Tout cela faisait partie du conditionnement qu'il avait subi. Un conditionnement qui était enfoui dans son cerveau et qui, dans un processus aussi fatal qu'inexorable, remontait à la surface, étape par étape.

Entre les deux soldats se tenait un petit homme à l'air sombre. Il avait le cheveu rare et fin, les épaules voûtées. Sa carnation semblait vouloir se fondre avec le gris souris de son élégant pardessus, parfaitement déplacé dans cet environnement rustique.

– En vertu des pouvoirs qui me sont conférés par l'armée française, déclara-t-il dans un anglais parfait, je vous déclare

tous en état d'arrestation. Vous êtes suspectés d'espionnage. Gardez vos mains sur la tête et…

– Vous faites fausse route, dit une voix derrière lui.

C'était Viggo. Et il tenait un revolver braqué sur la nuque du Français.

– Lâchez vos armes ! ordonna-t-il avec autorité.

Il n'avait pas fini sa phrase qu'un des hommes du commando avait fait volte-face, arme au poing, doigt sur la détente.

– Non ! coupa l'homme en pardessus, arrêtant le soldat juste à temps.

Celui-ci retint son tir, mais garda sa position, Viggo dans sa ligne de mire. Plus personne ne bougeait.

– M'est avis que cette voix est celle de Christopher Viggo, embraya l'homme en gris. Et, aux dernières nouvelles, Christopher Viggo n'est pas un ennemi de la France.

Ensuite, avec le plus grand calme, il prononça une série d'ordres à l'adresse de ses hommes qui, d'un même élan, baissèrent tous leurs armes.

– Uno ? s'exclama Viggo d'un ton incertain en allongeant le cou pour voir le visage de l'homme qui lui tournait le dos. Uno Stovorsky ?

– Et c'est seulement maintenant que je m'aperçois que Safran est là aussi, poursuivit l'homme au pardessus en secouant la tête d'un air désabusé.

– Salut, Uno, rétorqua Safran avec le ton détaché dont elle était coutumière. Comment va la DGSE ?

– C'est quoi c't'embrouille ? glissa Felix à l'oreille de Jimmy.

– La DGSE, c'est les services secrets français, répondit Jimmy à voix basse.

Mais pour le reste, il était incapable d'en dire plus. Pourquoi diable tout le monde semblait se connaître tout à coup ?

L'air toujours aussi ahuri, Viggo contourna l'homme au pardessus gris.

– Uno ! Jamais je n'aurais pensé...

Il n'eut pas le temps de finir sa phrase qu'Uno Stovorsky, sans autre forme de procès, lui assena un violent coup de poing en pleine face.

– Si j'étais pas en service, grommela l'homme au pardessus, je te tuerais sur-le-champ.

Mitchell se redressa sur le canapé, en nage. Un autre cauchemar, dont il n'avait plus le moindre souvenir maintenant que ses yeux étaient ouverts. Son réveil ne fonctionnait plus. Mais cela ne l'empêchait pas de savoir qu'il était environ trois heures du matin à cause du bruit que faisaient les derniers soûlards vidés *manu militari* du bar américain en dessous de chez lui. Il tituba jusqu'à la salle de bains et ouvrit le robinet d'eau chaude. Un mince filet d'eau glacée et marron coula dans l'évier. Il s'aspergea le visage.

Son frère n'allait pas tarder à revenir. Comme d'habitude, il allait rentrer bourré et faire chier son monde jusqu'à ce qu'il s'écroule sur le lit, terrassé par l'alcool. Rien que d'y penser, Mitchell sentait une bouffée de haine s'emparer de lui. Il était contraint de partager cet appart avec son frère depuis que tous les deux avaient fui leur foyer d'accueil. De temps à autre, Mitchell espérait qu'il pourrait y retourner,

mais il savait aussi que ce désir n'était qu'un pis-aller pour ce qu'il voulait vraiment — et qui était parfaitement impossible — : que ses parents aient survécu au crash.

Une clé racla dans la serrure de la porte d'entrée.

– Mitchell !

Son frère avait l'air gai, ce qui n'était pas forcément bon signe.

– Approche, frangin. J'ai un truc à te dire !

Mitchell eut un haut-le-cœur. Il savait pertinemment qu'accueillir son frère les yeux dans les yeux était la dernière chose à faire, mais l'appart était si petit qu'il n'avait guère le choix. Où aurait-il pu aller ? Il l'entendit avancer d'un pas lourd au milieu du salon. Il pouvait se figurer avec précision chacun de ses gestes. D'abord il allait jeter quelque chose sur le canapé. Probablement sa chaussure. Puis, voyant qu'il n'y avait pas de réaction, il allait soulever la couverture avec, sur le visage, une expression bêtasse. Ce bœuf était incapable de comprendre pourquoi son frère n'était pas docilement allongé là, attendant patiemment de subir ses tourments.

– Mitchell ?

Cette fois, il avait l'air perdu.

L'estomac de Mitchell se souleva. Il fourragea fébrilement dans l'armoire de la salle de bains à la recherche d'un médicament qui ne soit pas périmé.

– Écoute-moi, *brother*, poursuivit le frangin, toujours dans l'autre pièce. Y a un mec qui m'a dit que je pourrais gagner dix barres, mais euh…

La porte de la salle de bains s'ouvrit dans un grincement. La mine hagarde de Lenny se refléta dans la glace.

– Ça va, *bro* ?

– Tout baigne, répondit Mitchell en faisant volte-face pour regarder son frère dans les yeux.

Il ne put s'empêcher de porter la main à son estomac. L'impression que quelque chose brûlait dans son ventre.

– Ben, comme j'disais, poursuivit Lenny en coupant toute retraite à son frère, ce keum m'a offert dix barres. Il les avait dans son attaché-case, et tout et tout.

« C'est quoi son problème ? » pensa Mitchell. Ce n'était vraiment pas le genre du frangin de causer autant. Pour quelque raison — que la raison ignore — Lenny avait décidé de déballer ses salades, comme s'il avait voulu faire un tour de chauffe avant de laisser libre cours à sa violence. La mise en jambes arriva rapidement à son terme. Lenny marqua une pause. Sa bouche se tordit en une moue mauvaise. Mitchell savait ce que cela voulait dire.

– Faut que j'te dérouille un peu, gloussa Lenny. Ça va me calmer. On fait ça dans le salon ?

Après avoir mollement giflé Mitchell, il tourna les talons et fit un pas vers le living. Mitchell n'avait pas bougé. Il sentait le rouge monter à ses joues et son pouls s'emballer.

– Amène-toi, insista Lenny.

En se tournant, il assena une nouvelle gifle à son frère, plus forte celle-là. Ça lançait vraiment. Tandis que son tortionnaire lui tournait une nouvelle fois le dos, Mitchell sentit ses étranges maux d'estomac se muer en une sorte de boule d'énergie qui

vibrait, bouillonnait et battait en lui. De son ventre, elle passa soudain à sa gorge.

Mitchell aurait voulu crier, mais la décharge d'énergie s'abattit sur son crâne avec cinq fois plus de force que la gifle de son frère. Lenny avait toujours le dos tourné. Sans même réaliser ce qu'il faisait, Mitchell se jeta sur lui.

Lenny était beaucoup plus grand que Mitchell. Et il avait trois ans de plus. Ce qui ne découragea pas le second d'attraper le premier par la gorge et de le tirer violemment en arrière. Tous deux tombèrent par terre.

– Oh ! cria Lenny en lui envoyant un coup de coude dans les côtes.

– À ton avis ? Tu vas me la faire pendant combien de temps ? grinça Mitchell sans desserrer les dents.

D'un violent coup de pied, il envoya bouler son frère sur le côté et se jeta sur lui, genou en avant. Il atterrit sur son ventre.

– Comment tu trouves ça ? grogna Mitchell.

Lenny battit des poings, cognant son frère au visage. Mitchell encaissa sans broncher. Il ne s'était jamais senti aussi fort, mais il était trop fou de rage pour vraiment réaliser ce qui lui arrivait. Au lieu de ça, il se délectait de sa nouvelle supériorité et jouissait de cet inattendu retournement de situation.

– Tu m'as soûlé ! hurla-t-il en abattant ses poings sur le visage de son frère. J'vais te massacrer.

Des larmes brouillaient son regard, mais il était tellement furieux que ses poings ne cessaient de cogner, froidement, mécaniquement. Il ne ressentait plus la moindre émotion. La haine accumulée depuis des années jaillissait en un flot continu, aussi inexorable qu'un raz-de-marée submergeant la plage d'un atoll. Il avait l'impression de ne plus s'appartenir, comme s'il regardait la scène de loin.

Soudain, quelque chose éveilla son attention. Un éclair bleu avait furtivement traversé la salle de bains, se reflétant dans le miroir et sur le carrelage. En une fraction de seconde, Mitchell passa de la crise de rage à l'affût. Tous les sens en alerte, il bondit sur ses pieds. Son frère n'esquissa pas le moindre mouvement. Étendu sur le sol, les yeux clos, il avait le visage couvert de sang. La lumière bleue continua sa rotation.

« C'est pas moi, se défendit mentalement Mitchell, légèrement affolé. C'est pas moi qui ai fait ça. » Et aussi : « Mais qu'est-ce que j'ai fait ? »

Il se précipita à la fenêtre du salon et posa ses mains sur le carreau, maculant la vitre de sang. Une ambulance était arrêtée dans la rue, cernée par trois voitures de police.

La porte de l'appartement s'ouvrit avec fracas. Mitchell pivota. Deux balaises en costume sombre firent irruption dans la pièce, arme au poing. Il avait la tête complètement vide. Le visage ensanglanté de son frère apparut devant ses yeux, il ne comprenait plus rien.

Avant même qu'il lève les mains, il sentit ses genoux fléchir. Mais il ne leur avait rien demandé ! L'instant suivant, ses jambes se détendirent sèchement et il plongea en arrière. À travers la fenêtre.

Des éclats de verre volèrent avec lui dans les airs. Mentalement, il poussa un horrible cri. Et puis, il atterrit. Mais pas par terre. Quelque chose avait amorti sa chute. Il leva les yeux et croisa les regards d'une dizaine d'hommes qui le

fixaient d'un air impassible. Mitchell était étendu sur une sorte de coussin d'air. Il avait l'impression de rebondir dans un airbag géant. Est-ce que tout cela avait été préparé ? Est-ce qu'on l'attendait ?

Un homme s'approcha de lui. Il était grand et costaud avec une tête de crapaud fripé. Il l'obligea à se mettre debout.

– Alors ? On a fait des bêtises ? demanda-t-il, sans quasiment ouvrir la bouche.

Mitchell l'entendit à peine. Le sang qui battait à ses tempes faisait barrage.

– Je vous arrête pour le meurtre de Leonard Glenthorne, continua l'homme sans faire davantage d'effort pour articuler.

– Meurtre ? s'étrangla Mitchell.

Mais avant qu'il ait eu le temps de dire ouf, il se retrouva les mains menottées dans le dos.

– Ton frère est mort. Fais pas d'histoire, monte dans la voiture.

– Mais...

Mitchell sentit sa gorge se nouer. Tout cela n'avait aucun sens. Comment avaient-ils fait pour se pointer si vite ? Comment savaient-ils que Lenny était son frère ? Et, pire que tout, comment Lenny avait-il pu succomber à quelques coups de poings ?

Encadré par deux costauds, Mitchell fut traîné jusqu'à une longue voiture noire à l'intérieur cuir et aux vitres teintées. Alors qu'une main s'était posée sur sa tête pour le guider à l'intérieur, il aperçut des brancardiers poussant une civière hors de l'immeuble. Un sac mortuaire noir, fermé de haut en bas, était posé dessus. Sur le côté, le sac était barré d'une petite raie verte.

2/ Frères

D'un petit signe de la main, Uno Stovorsky demanda à son unité de se retirer. Les hommes obéirent dans un silence respectueux et retournèrent aux voitures, à bonne distance de la ferme. Stovorsky demeurait immobile, les yeux plantés dans ceux de Christopher Viggo.

– Allons ! Venez, vous autres, déclara Safran sans se départir de son calme olympien. On ferait mieux de les laisser tranquilles.

Yanik acquiesça en silence et dirigea la petite troupe vers la porte opposée à celle de la cuisine. Tous, sauf Felix et Jimmy, cloués sur place.

– Jimmy ! appela sèchement sa mère. Viens ici ! Toi aussi, Felix.

Les deux garçons échangèrent un bref regard. Ils n'avaient pas le choix. Ils avaient beau être captivés par la scène et immensément désireux de savoir ce qui allait se passer entre les deux hommes, ils emboîtèrent le pas aux autres et, d'un pas traînant, entrèrent dans ce qui semblait bien être un ancien dortoir. Il y avait quatre lits dans la pièce. Mais les draps étaient pleins de poussière, comme si personne n'avait dormi là depuis des années. Eva se jeta sur l'un d'eux et se roula en boule.

– Il fait froid ici, grinça-t-elle d'une petite voix aiguë en tirant la couverture sur elle.

– Il y a d'autres chambres à l'étage, ajouta bientôt Yanik.

Personne ne l'avait écouté. Dès que la porte s'était refermée derrière eux, les cris avaient commencé. Les cloisons de torchis étaient bien trop épaisses pour que Jimmy comprenne ce qui se disait. Mais il ne faisait aucun doute que ça bardait sévère près de la porte d'entrée. Une prise de bec en bonne et due forme.

– Quand j'étais petit, il y avait toujours des gens qui venaient à la maison, embraya Yanik avec un petit rire nerveux, comme s'il avait voulu couvrir les éclats de voix en provenance de l'autre pièce. Mais là, ça fait des années qu'il n'y a plus que ma mère.

Dans la chambre, personne ne pipa mot. Au contraire, tous tendaient l'oreille dans l'espoir de capter des bribes de ce qui se disait à côté.

– Bon. Si on mettait les filles en bas et les garçons en haut ? Hein ? Vous en pensez quoi ? lança Yanik avec un entrain de circonstance auquel tous restèrent parfaitement étrangers.

Les seules réponses qu'il obtint furent une série de borborygmes sans conviction et de hochements de tête distraits.

C'est alors que Jimmy avisa Safran. Elle était assise sur le lit du fond, tournée vers la fenêtre, le regard perdu au-dehors. C'était la seule qui n'essayait pas d'entendre ce qui se disait de l'autre côté du mur.

– Que se passe-t-il ? murmura Jimmy. C'est qui ce type ? Uno machin chose ?

Safran jeta un regard circulaire à la pièce pour s'assurer que personne n'écoutait.

– C'est un espion qui travaille pour les services secrets français. Ils ont dû nous repérer au moment où l'on a pénétré leur espace aérien.

– Ça je le sais, la coupa Jimmy. Ce que j'ignore c'est comment ça se fait que Chris le connaît et pourquoi ils se disputent ?

Les yeux baissés, Safran soupira profondément puis, évitant soigneusement de croiser le regard de Jimmy, elle déclara :

– Quand Chris a quitté le NJ7, il avait besoin de disparaître. Il s'est caché un temps au Kazakhstan, mais il voulait mettre ce qu'il savait au service de ceux qui se battaient contre Ares Hollingdale. Alors, il est allé à la DGSE.

Ses yeux balayèrent la pièce. Yanik et la mère de Jimmy faisaient de leur mieux pour empêcher Felix, Georgie et Eva de coller l'oreille au mur.

– C'est à ce moment-là qu'il a rencontré le Uno quelque chose, glissa Jimmy, comme pour remettre Safran sur les rails.

– Uno Stovorsky, répondit-elle en baissant à nouveau les yeux. Souviens-toi de son nom. Un jour ou l'autre on pourrait avoir besoin de lui. — Jimmy opina du bonnet. — Ça n'a pas marché à la DGSE. Chris s'est fâché avec eux.

– Mais pourquoi ? Que s'est-il passé ? implora Jimmy. Qu'essaies-tu de me cacher ?

Safran se leva et inspira profondément avant de répondre.

– Ils se disputent à cause de moi.

Quelques instants plus tard, la porte s'ouvrit et la mère de Yanik entra.

– Jimmy, coassa-t-elle avec un fort accent français.

Il s'avança. Sa mère également.

– Je dois savoir, murmura-t-elle en faisant quelques pas.

Safran les suivit dans l'autre pièce pour se joindre à la discussion. L'élégance féline de chacun de ses gestes donnait à sa démarche un côté aérien.

– N'oublie rien, Jimmy, lança Felix.

Jimmy ne prit pas la peine de répondre. D'ailleurs, en temps normal, Felix n'aurait jamais dit une chose pareille — Jimmy le mettait toujours au courant. Mais ces derniers jours ne ressemblaient en rien à quelque chose de normal et les infos que Jimmy allait glaner avaient toutes les chances d'être proprement extraordinaires.

– Alors c'est ça, votre machine à tuer ? Votre assassin-né ? demanda Ugo sur un ton dédaigneux.

Ses yeux semblaient vouloir percer la peau de Jimmy. Celui-ci ouvrit la bouche, s'apprêtant à se présenter, mais Stovorsky, en se levant précipitamment de sa chaise, l'en dissuada. Jimmy s'arrêta, les yeux grands ouverts. Il avait vu l'éclat d'une lame au poing de Stovorsky.

Jimmy ne réfléchissait plus. Avec une économie de gestes propre aux maîtres du combat rapproché, il se déporta sur le côté et attrapa le poignet de Stovorsky. La pointe du poignard bloquée à seulement quelques millimètres de son visage, il utilisa sa main libre pour envoyer un coup à l'estomac de l'agent secret avant de le faire basculer par-dessus son épaule. Jimmy lui avait arraché le couteau des mains avant même qu'il ait touché le sol. Stovorsky s'effondra lourdement, sur le dos, le souffle coupé.

– Arrête Jimmy ! Il voulait juste te tester, cria Viggo.

– Je sais, répliqua le jeune assassin. La preuve, c'est qu'il est toujours vivant.

Jimmy tressauta à ses propres mots, comme si c'était quelqu'un d'autre qui les avait prononcés. On aurait dit que la pulsion meurtrière était juste sous la surface. Il refoula aussi profondément qu'il put cet amer accès de violence et reprit son self-control. Il ne devait pas lui échapper un seul instant.

– Uno, poursuivit Viggo, en échange de ton aide, nous sommes disposés à t'offrir une démonstration complète des capacités de Jimmy, ainsi qu'un inventaire des technologies que l'Angleterre est en train de développer contre la France.

Jimmy sentit son sang ne faire qu'un tour. « Une démonstration complète des capacités de Jimmy ! » Et puis quoi encore ? Il le prenait pour quoi ? Un échantillon ? Un rat de laboratoire ? Un singe savant ? Pendant une seconde, il voulut répondre, mais il reprit vite son calme. Avec le temps, il

avait appris à faire confiance à Christopher Viggo.

Stovorsky ne s'était toujours pas relevé totalement. Il avait l'air déprimé.

– Ces informations sont aussi inutiles aujourd'hui que quand tu es venu me trouver, il y a des années de ça, grommela-t-il en se remettant douloureusement debout.

Jimmy croisa le regard de Viggo. Un court instant, il le vit désemparé.

– Laissez-moi vous dresser un tableau de la situation, poursuivit Stovorsky. Jimmy a été conçu en laboratoire, par les scientifiques du NJ7, dont le docteur Higgins qui, d'ailleurs, fait toujours partie de l'équipe. Ares Hollingdale était l'un d'eux également, avant qu'il ne devienne Premier Ministre. La nouvelle arme a été assignée à deux agents, Ian et Helen Coates.

– Un peu de retenue, monsieur, l'interrompit la mère de Jimmy. Après tout, vous parlez de moi.

– Mille excuses, madame Coates. Je n'avais pas réalisé qu'il s'agissait de vous, se défendit Stovorsky, accompagnant ses mots d'un petit signe de tête très distingué et d'un baisemain.

– Et comment sais-tu tout ça ? le coupa Viggo.

Une fois de plus, Stovorsky fit la démonstration de son indéniable faculté à changer d'humeur en un instant. L'éclat meurtrier du grand mâle dominant prêt à en découdre brilla à nouveau dans ses yeux.

– Ne t'inquiète pas, on en sait long, reprit-il d'un air entendu. Comme par exemple que Jimmy n'est pas le premier. Il y a un autre assassin. Plus vieux de deux ans. Mais il a disparu après la mort de ses parents. Le NJ7 pense qu'ils ont péri dans un accident de voiture.

Jimmy recevait chaque nouvelle comme une gifle. Alors comme ça, il y avait un autre assassin génétiquement programmé ? Pourquoi personne ne lui avait rien dit ? Il était sidéré, même s'il faisait tout son possible pour ne pas le montrer. Par chance, personne ne remarqua son froncement de sourcils. Helen Coates et Safran Walden étaient toutes deux pareillement inquiètes et anxieuses ; quant à Viggo et Stovorsky, ils étaient retombés dans les affres de leur virile rivalité.

– Tu penses peut-être qu'on est restés les bras croisés depuis la dernière fois qu'on s'est vus ? railla Stovorsky.

– Non, mais...

– Nous avons nos propres sources d'informations en Angleterre. Je doute que tu puisses me dire quoi que ce soit que je ne sache déjà. Pour ma part, tout ce que je peux t'offrir c'est l'asile, te laisser vivre ici, en France. En revanche, nous ne pourrons pas assurer votre protection, et encore moins vous fournir une aide dans votre lutte contre Ares Hollingdale.

Viggo tenta à nouveau de l'interrompre, mais Stovorsky ne lui en laissa pas le loisir. Parfaitement étranger à ce que son interlocuteur pouvait objecter, il poursuivit imperturbablement son discours.

– Hollingdale a beau être un ennemi de la démocratie ainsi qu'un farouche adversaire de la France, la DGSE ne peut s'ingérer dans des affaires qui ne représentent pas une menace directe pour le pays.

Un lourd silence lui répondit. Jimmy sentit son cœur se serrer. Il aurait tant voulu annoncer de bonnes nouvelles à Felix. Mais comment pourraient-ils seulement approcher ses

parents sans l'aide d'une puissante agence internationale ? Sans ça, impossible d'espérer retourner en Angleterre sans être repéré.

– Pas la peine de faire ces têtes d'enterrement, tonna soudain Stovorsky. Après tout, je vous autorise à rester chez nous. Et puis, je ferai en sorte que vous ne soyez pas arrêtés. Si vous bougez sans cesse, il y a des chances pour que même le NJ7 ne vous trouve pas. — Il secoua lentement la tête et soupira profondément. — Franchement, vous autres Anglais, vous n'êtes jamais contents. Vous pensiez sincèrement que j'allais vous aider à renverser le gouvernement britannique ?

Il épousseta les épaules de son pardessus et se dirigea vers la sortie, bougonnant quelques mots de français dans sa barbe.

– Ce n'est pas pour ça qu'on comptait sur vous, l'arrêta Helen. Jimmy, va chercher Felix.

Jimmy se précipita vers la chambre. Eva, Georgie et Felix faisaient semblant de regarder ailleurs, comme si aucun d'entre eux n'avait essayé d'écouter aux portes. Pourtant, sans qu'il soit nécessaire de lui dire quoi que ce soit, Felix s'avança d'un pas décidé.

– Je vous présente Felix Muzbeke, poursuivit la mère de Jimmy. Le gouvernement retient ses parents de manière illégale. Tout ce que nous voulons, c'est les ramener ici, où ils seront en sécurité.

Felix fit son plus beau sourire.

Stovorsky se retourna enfin. Il planta ses yeux dans ceux du jeune garçon, le toisa un instant, puis tourna à nouveau les talons.

– Vous avez des enfants, monsieur Stovorsky ? demanda la maman de Jimmy.

Stovorsky se prit la tête entre les mains.

– De quoi avez-vous besoin ? demanda-t-il, froissé, mais vaincu.

– D'un moyen de retourner discrètement à Londres pour savoir où ils sont enfermés, répondit Viggo du tac au tac. On a besoin d'équipement et d'argent. En fait, toute l'aide que vous pourrez nous apporter sera la bienvenue.

Stovorsky leva les yeux au ciel. Un long grognement plaintif s'échappa de sa bouche. Finalement, après un long silence, il déclara dans un souffle :

– J'vais voir ce que j'peux faire.

Ensuite, il se baissa d'un air las, et ramassa une lame de volet qui avait atterri là après l'assaut.

– Promettez-moi que vous ne ferez rien d'autre que ça, que votre mission se bornera à ces prisonniers.

– Monsieur Stovorsky, répondit Helen Coates d'un ton solennel, vous avez ma parole.

– Vous êtes une femme bien, ajouta Stovorsky en la regardant droit dans les yeux. Tu aurais dû rester avec elle, Viggo. Je ne t'en aurais pas voulu. — Il lança un bref regard à Safran et détourna aussitôt les yeux. — Je vous contacterai. D'ici là, tenez-vous à carreau.

Le grésillement des caméras de surveillance oscillant sur leur base pour suivre chacun de leurs pas dans les couloirs accompagnait Mitchell et les deux gaillards qui l'encadraient. Le bandeau qu'il avait sur les yeux le grattait. Mais, avec les

menottes, il n'y avait pas grand-chose à y faire. Intérieurement, il bouillait. Il ne s'était jamais senti comme ça auparavant. Un mélange de nausée et d'ivresse. Tous ses sens étaient furieusement aiguisés tandis qu'au creux de son ventre les remous étaient si puissants qu'ils menaçaient de lui faire perdre l'équilibre.

Il était toujours pieds nus. Le froid du sol s'insinuait dans tout son corps. Finalement, on le fit s'arrêter et on lui arracha son bandeau. La première chose qu'il vit fut le sourire inquiétant d'un vieil homme aux dents jaunâtres. Sa colère se dissipa instantanément.

– Bienvenue au NJ7, lança le vieil homme aux dents gâtées. Je suis le docteur Higgins.

Avant que Mitchell ait eu l'occasion de répondre, les deux costauds le soulevèrent du sol et l'aplatirent tête la première sur le bureau qui occupait le centre de la pièce. L'odeur du sous-main en cuir envahit ses narines. Il rua, se débattit et se tortilla, mais une violente brûlure au talon le calma bien vite. Il beugla de douleur. Les deux balaises le soulevèrent à nouveau et le jetèrent par terre. Mitchell tenta de se relever, mais son pied droit était trop meurtri. Il retomba sur le sol.

– Qu'est-ce que vous me voulez à la fin ? hurla-t-il en balayant la pièce du regard.

Le béton des murs était nu. Une lumière blanche tombait des néons du plafond, traversé par une poutre où étaient accrochées deux caméras qui semblaient lui faire de l'œil. Il était cerné par une escouade de costauds aux mines patibulaires. Le docteur Higgins se tenait légèrement en avant. Il était facilement identifiable, c'était le plus vieux. En outre, il portait un manteau blanc et, qui plus est, un chat noir lové au creux de son coude.

La porte du fond s'ouvrit. Émergeant du couloir, une silhouette sèche et nerveuse s'avança vers eux. Mitchell le reconnut aussitôt.

– Mais... Vous êtes le Premier Ministre !

Tous les occupants de la pièce se tinrent un peu plus droits dans leurs bottes dès qu'Ares Hollingdale eut franchi le pas de la porte. Son teint de craie était presque luminescent.

– Cette fois, jeune homme, tu ne nous échapperas plus, murmura-t-il en toisant Mitchell d'un regard mauvais. Le docteur Higgins t'a implanté un mouchard électronique dans le pied. Dorénavant, il suffira d'interroger un de nos satellites pour savoir exactement où tu es.

– Qu'est-ce que vous me voulez ? cria à nouveau Mitchell.

C'est à cet instant qu'il lui apparut qu'il tenait la réponse. Une sorte de vieux souvenir fragmenté qu'il ne parvenait pas à exprimer.

– Expliquez-lui la situation, ordonna le Premier Ministre en se tournant vers le docteur Higgins. Prévenez Mlle Bennett dès que vous aurez terminé. Elle a localisé l'objectif.

Puis, se baissant vers Mitchell, il ajouta sur un ton menaçant :

– À la moindre incartade, tu vas en prison pour le restant de tes jours.

Les idées se bousculaient dans la tête de Mitchell. Son pied le lançait. « Ils ne peuvent pas me mettre en prison, tenta-t-il de se persuader intérieurement. Je n'ai que treize ans. » Le bruit de ses poings s'abattant sur le crâne ensanglanté de son frère résonnait encore dans sa tête, faisant monter en lui une bouffée

de tristesse qui le submergeait totalement. De la culpabilité ? Il se répéta que son frère l'avait mérité. Mais, dans le même temps, il avait conscience d'être allé trop loin. Jamais il n'avait voulu le tuer. Il avait perdu son contrôle et, maintenant, il allait devoir payer pour ça.

– Contente-toi de faire ce qu'on te dit, renchérit le Premier Ministre. Et tu pourrais bien devenir un héros.

Mitchell n'y comprenait rien.

– Le NJ7 est l'agence de renseignements militaire la plus performante qui soit, embraya le docteur Higgins.

Sa voix semblait émerger d'un épais brouillard. Mitchell avait la tête qui tournait. L'image vacillante du Premier Ministre quittant la pièce s'imprima sur sa rétine. Les lèvres du docteur Higgins bougeaient. Mais Mitchell ne percevait que des fragments de son exposé.

–... tu es humain à trente-huit pour cent... conçu pour tuer... travailler pour nous...

Mitchell ne retint quasiment rien de ce que le docteur Higgins disait. Il pleurait en repensant à son frère.

3/ Livraison à domicile

– Ça fait trois jours, bougonna Jimmy sans qu'il soit possible de dire s'il se parlait à lui-même ou s'il voulait qu'on l'entende. Si j'sors pas bientôt, j'vais devenir dingue.

De fortes odeurs de cuisine montaient des fourneaux. Jimmy passa ses nerfs sur un bouquet de persil qui avait l'unique tort de se trouver à portée de main. Sans un regard pour ses innocentes victimes, il tordit le cou des herbes avec une véhémence teintée d'ennui. Il ne portait plus de bandage au poignet. La cicatrice était à peine visible maintenant, comme une légère trace de stylo-bille.

– Tu ne crois pas si bien dire, renchérit Felix en se débattant avec la patate qu'il tentait maladroitement d'éplucher. Ce genre

de trucs arrive tous les jours. Les gens qui ne sortent pas de chez eux finissent par perdre les pédales et s'imaginent que le reste du monde a été envahi par des petits hommes verts, ou détruit par un cataclysme nucléaire, ou…

– Tu tiens l'Économe à l'envers, l'interrompit Jimmy.

– Ah ouais ! J'me disais bien que c'était pas commode. Qu'est-ce que je disais déjà ?

– La DGSE n'a pas donné signe de vie depuis trois jours, poursuivit Jimmy, étranger aux délires de Felix. Tu crois pas que ça sent mauvais ?

Pour seule réponse, Felix haussa les épaules et se plongea dans la fascinante contemplation de son Économe. Une activité qui, à en juger par l'expression qu'il affichait, le laissait parfaitement perplexe.

– Comment se fait-il que la mère de Yanik a le droit d'aller au village, alors que nous, on doit pas quitter la maison ? finit-il par demander.

– Il faut bien que quelqu'un nous apporte à manger et de quoi nous habiller.

– Et elle risque pas de se faire pincer par les services de renseignements imagés ?

– C'est « l'imagerie de renseignement », corrigea Jimmy. Par satellite… Non, elle risque rien. Elle est toujours allée au village. C'est l'inverse qui semblerait suspect si, tout à coup, elle n'y allait pas.

– Ah ouais ! ? ! En revanche, que, du jour au lendemain, elle fasse les courses pour neuf, qu'elle achète tout ce qu'elle peut trouver comme fripes pouilleuses à l'antenne locale du Secours populaire et que ce soit son fils qui la trimballe en camionnette à chaque fois qu'elle sort, tout ça n'est pas suspect…

Felix haussa les sourcils si haut qu'on aurait pu croire qu'ils allaient s'envoler.

– Pas faux, admit Jimmy. C'est risqué. En même temps, c'est nécessaire, tu ne crois pas ?

– J'imagine, marmonna Felix dans un haussement d'épaules, avant d'essayer — sans succès — de jongler avec trois pommes de terre.

Jimmy reporta son attention sur les fourneaux. D'un geste décidé, il attrapa un couteau et, avec l'assurance et la dextérité d'un chef confirmé — qui cadraient mal avec l'enthousiasme infantile dont il faisait également preuve —, débita une carotte en rondelles d'épaisseur parfaitement égale. Les lourdes cocottes de fonte mijotaient doucement sur la flamme et ronronnaient en laissant échapper de minces filets de vapeur délicieusement parfumés.

– Et pourquoi c'est moi qui fais la cuisine ? grogna Jimmy d'un ton plaintif.

– Si tu ne voulais pas te taper la bouffe, répliqua Felix, il ne fallait pas t'en mêler le premier soir où l'on est arrivés ici. Comme ça on n'aurait jamais su que la cuisine faisait partie de tes… dons.

Avant que Jimmy ait pu saisir la balle au vol, Georgie déboula en trombe.

– Quand est-ce qu'on mange ? demanda-t-elle en tripotant les divers ingrédients qui jonchaient le plan de travail.

– Quand ce sera prêt ! la rabroua Jimmy en jetant les rondelles de carotte dans une cocotte bouillonnante. Où est Yanik ?

– Dehors. Il fait une pause.

– Ah, « il fait une pause », railla Jimmy, amer. Et moi, pendant ce temps-là, je passe ma vie aux fourneaux… Et puis quoi encore ?

– Eh ! C'est quoi ton problème ?

– Excuse-moi, Georgie, déclara Jimmy dès qu'il eut ravalé sa rancœur. Tu n'y es pour rien, je n'aurais pas dû m'emporter… — Il marqua une pause au milieu de sa phrase et arrosa le poulet d'un geste machinal. — Mince, c'est horrible. Et depuis quand je sais cuisiner ?

– Ça fait partie de ton… « séquençage », répondit Georgie d'une voix douce et apaisante.

– C'est ce que je me tue à lui dire, ajouta Felix, jamais en reste quand il s'agissait d'ajouter son grain de sel.

– Mais c'est un don stupide, grommela Jimmy. C'est comme si j'étais devenu l'incarnation de toutes les idées débiles que le docteur Higgins a pu avoir, il y a onze ans.

Il sentit la colère monter en lui. La crise n'était pas loin.

– Ils ne savent peut-être pas où je suis, ni ce que je fabrique, grogna-t-il, rageur, mais le NJ7 continue de me contrôler !

Helen entra dans la cuisine, visiblement inquiète.

– Qu'est-ce que c'est que ce raffut ? demanda-t-elle avant de se baisser pour ramasser une patate qui n'avait rien à faire par terre.

– Jimmy ne veut pas faire la cuisine, annonça gaillardement Felix.

– Très bien, répondit aussitôt Helen sur un ton conciliant. Je vais m'en charger…

– Non ! s'emporta Jimmy. Ce que je ne veux pas, c'est *être capable* de cuisiner, tout comme je ne veux pas être capable de tuer.

Helen jeta un bref regard à Georgie puis fixa à nouveau son fils. Il y avait quelque chose dont ils devaient parler tous ensemble. Elle prit son courage à deux mains et mit la question sur le tapis, de but en blanc.

– Écoutez. Je sais que vous devez avoir du mal à comprendre certaines choses... À propos de votre père et moi.

Jimmy leva un bref instant les yeux vers sa sœur puis regarda par terre. Gêné, Felix dansait d'un pied sur l'autre.

– Euh... faut que... j'aille finir le... — Il se glissa subrepticement vers la sortie. — Vous savez le truc là... sur la corde...

Felix parti, Jimmy trouva l'ambiance encore plus étouffante.

– Rien de ce qui s'est passé n'est de votre faute, déclara Helen. Il ne faut surtout pas que vous vous sentiez responsables.

Jimmy sentit les mots se précipiter dans sa bouche. Il se retint pourtant de les prononcer. Sa sœur s'en chargea.

– Je ne me sens pas coupable, murmura Georgie. Tout ça c'est de votre faute à vous. À papa et à toi.

Jimmy ne savait plus où regarder. Les mots de sa sœur l'avaient mis encore plus mal à l'aise. Il remarqua que ses mains tremblaient. Celles de sa mère également.

– OK, soupira Helen. N'en parlons plus. Mais cela ne veut pas dire que votre père et moi ne vous aimons pas autant qu'au premier jour. Et je suis certaine que vous aimez toujours votre père.

– Comment peut-on aimer quelqu'un de mauvais ? rétorqua aussitôt Jimmy. Comment aimer quelqu'un qui fait tout ce qu'on déteste ?

Il regretta immédiatement ses paroles. Mais c'était trop tard, il ne pouvait pas revenir en arrière. Sa mère garda le

silence. Elle n'avait rien à répondre à cela. Pendant quelques secondes, elle les fixa des yeux puis elle fit volte-face et quitta la pièce. Au moment où elle disparut, une des cocottes déborda.

Helen ne s'embarrassa pas de préambules quand elle se retrouva face à Christopher Viggo. Elle tomba dans ses bras.

– Que se passe-t-il ? lui demanda-t-il doucement, en la tenant par les épaules.

Helen jeta un œil derrière elle pour s'assurer que la porte était fermée et qu'elle se trouvait hors de vue des enfants.

– Ce n'est rien, répliqua-t-elle la voix chevrotante. Oublie ça.

– Écoute, les enfants sont à bout. Ils ont besoin de sortir. Histoire d'évacuer un peu la pression.

– C'est trop dangereux.

Viggo la regarda droit dans les yeux et soupira.

– Yanik dit que le village, là-haut, est minuscule. Il y a très peu de chances pour que le NJ7 nous y repère. En plus, il paraît qu'il y a un lac, des chevaux…

Viggo marqua une pause et releva tendrement le menton d'Helen.

– Laissons-les s'amuser un peu. Il faudra peut-être attendre des jours avant que Stovorsky reprenne contact avec nous.

– Tu trouves que je les couve trop, c'est ça ? Mais ce sont mes enfants…

Elle soutint un moment le regard de Chris puis baissa les yeux et monta d'un pas pressé se réfugier à l'étage.

Viggo était sur le point de la suivre, mais des coups à la porte d'entrée l'en dissuadèrent. Jimmy les avait entendus aussi. Il émergea en trombe de la cuisine, des volutes de vapeur dans son sillage. Il interrogea Viggo des yeux. L'ex-agent secoua la tête avec une moue rassurante qui semblait vouloir dire : « Ne t'inquiète pas. » C'est le moment que choisit Felix pour dévaler les escaliers quatre à quatre.

– Qui c'est qui frappe comme ç...

Il n'eut pas le temps de finir sa phrase que Viggo l'avait immobilisé et lui avait plaqué la main sur la bouche. Trop tard. On l'avait entendu au-dehors. Les coups à la porte redoublèrent.

– *Coming !* cria Viggo avant de se raviser et de répéter d'une voix peu assurée : J'arrive !

Jimmy pointa du doigt l'ombre qui se dessinait dans l'interstice, sous la porte. Apparemment, il n'y avait qu'une seule personne, mais comment savoir si d'autres ne se trouvaient pas en retrait ? Ils ne pouvaient même pas regarder par les fenêtres. Yanik les avait obstruées avec des planches après que la DGSE les eut fait sauter.

Jimmy se précipita à l'étage et s'approcha d'une fenêtre qui surplombait l'entrée. Tapi dans l'ombre, il observa l'horizon. Tout ce qu'il pouvait voir, c'était les toits du village, plus haut, sur la colline. Rien d'anormal à signaler. Son cœur cognait dans sa poitrine. Il était presque soulagé de pouvoir enfin se concentrer sur quelque chose d'important.

Il ouvrit précautionneusement la fenêtre, faisant aussi peu de bruit que possible, puis il se pencha au-dehors, prenant appui sur le rebord. Le vent s'engouffra dans ses cheveux. Quel plaisir de sentir l'air frais ! De là où il se trouvait, il pouvait tout juste apercevoir la silhouette qui attendait à la porte. La saillie

de la bâtisse lui bouchait la vue. Qu'à cela ne tienne, Jimmy entama l'escalade de la façade. Plantant ses doigts dans les aspérités du crépi et du bois, il se hissa le long des poutres formant le colombage de la ferme.

Avoir recours à son séquençage quand il en avait besoin était devenu une habitude maintenant. Quand le nœud qu'il avait à l'estomac submergeait son esprit, irriguait ses tissus et bandait tous ses muscles, il se sentait envahi par une sorte de plénitude, relativement agréable. Trop agréable même. Et il devait se battre avec lui-même pour garder une part de son humanité. Il savait à quel point il lui serait facile de céder aux penchants maléfiques qui coulaient dans ses veines. Il savait aussi que les effets de son séquençage génétique se manifesteraient chaque jour avec plus d'intensité jusqu'à ce qu'il ait atteint ses dix-huit ans. Il était paramétré pour être de moins en moins humain. Le processus arriverait à son terme quand la dernière parcelle d'humanité aurait disparu de son métabolisme. Cette pensée le terrifiait.

Jimmy ne tarda pas à atteindre le toit de la ferme. Il le traversa à grands pas, se dirigeant droit vers l'aplomb de la porte d'entrée. Et il bondit dans les airs. Le vent lui fouettait le visage. Des larmes montèrent à ses yeux, son estomac se retourna. Et puis…

BOUM !

Il atterrit en plein sur l'inconnu. Il l'aplatit comme une crêpe, l'immobilisa au sol. Jimmy n'y voyait rien. Son visage était enfoui dans un bouquet de fleurs. L'homme qui se trouvait sous lui était terrorisé. Il jurait en français. La porte d'entrée s'ouvrit d'un coup. Viggo était prêt à en découdre.

Mais avec qui ? Pour seul adversaire, ils avaient un livreur de fleurs tremblant de peur. Jimmy desserra sa prise. Il donna une petite tape amicale sur le bras du malheureux puis roula sur le côté en crachant les pétales de fleurs qu'il avait dans la bouche. Mentalement, il se promit de ne plus jamais sauter la bouche ouverte. Viggo attrapa le bouquet de fleurs écrasées et lança une pièce par terre en guise de pourboire. Jimmy bégaya un mot d'excuse et retourna furtivement à l'intérieur, où Felix l'attendait, hurlant de rire.

– Trop marrant ! s'égosilla Felix. T'as vu la tête qu'il a fait ?

– Que se passe-t-il ? coupa Safran.

Elle ouvrait de grands yeux où se lisait un mélange de peur et de colère, comme si, elle aussi, s'attendait à se battre. Mais elle remarqua bien vite la brassée de fleurs que Viggo avait en main et son expression se radoucit aussitôt.

– Oh Chris ! C'est pour moi ? Elles sont si… ratatinées.

– C'est pas pour toi, rétorqua-t-il d'un ton tranchant. Enfin… C'est pour personne en particulier.

– Si c'est un cadeau pour Helen, dis-le-moi maintenant.

– Non, c'est juste…

Viggo n'avait pas fini sa phrase que Felix avait bondi et attrapé la carte accrochée au bouquet.

– Juste une façon discrète pour Stovorsky de nous envoyer un message, poursuivit Viggo. Bon. Qu'est-ce qu'il dit ?

Felix leva les yeux de la carte en faisant la grimace.

– C'est écrit en charabia, bougonna-t-il avec une moue dubitative. Rien que des lettres et des chiffres : « P. p18N.2300 ».

– Il va nous aider, s'exclama Viggo, un sourire radieux sur les lèvres. On doit le rencontrer à Paris.

*

Le Saint James's Park, en plein cœur de Londres, était aussi paisible qu'à son habitude. L'épaisse frondaison des haies et des arbustes absorbait l'essentiel du bruit des voitures. Seuls les martèlements de deux coureurs descendant une allée venaient rompre le calme ambiant. Mitchell n'avait aucun mal à suivre le rythme de l'énorme gaillard à ses côtés. Son corps vibrait d'excitation dans la fraîcheur de l'air, il se sentait léger. À l'inverse, Paduk cherchait bruyamment son souffle. C'était la seule partie de l'entraînement qui avait lieu dehors, loin du dédale d'obscurs tunnels qui sillonnaient le QG du NJ7 : une séance quotidienne de course à pied.

Mitchell n'avait posé la moindre question, pas plus qu'il n'avait exprimé le moindre signe de rébellion. De fait, il s'était investi dans sa formation avec plus de dévouement dont il n'avait jamais fait preuve. Cela semblait lui convenir. On ne pouvait pas en dire autant de ceux qui le supervisaient. Leur malaise était palpable. Mitchell l'ignorait, mais c'était la même équipe qui avait formé Jimmy Coates. Et le programme était exactement le même. Il courait dans les traces de Jimmy.

Paduk ralentit l'allure. En marchant, il déboucha sa bouteille d'eau et en avala une lampée. Bien qu'il n'en ressente pas le besoin, Mitchell l'imita. Et puis ils s'arrêtèrent. Les yeux fixes, comme perdus dans le feuillage, Paduk reprenait son souffle. Après quelques secondes, Mitchell suivit son regard, de l'autre côté du parc. Derrière les murs d'enceinte, la silhouette majestueuse du palais de Buckingham, telle une perle dans son écrin, s'offrait à son regard.

C'est Paduk qui rompit le silence.

– Mitchell, déclara-t-il à mi-voix. Il se pourrait qu'à l'avenir tu aies le sentiment d'être invincible. — Il essuya la sueur sur son front et fit bouger sa mâchoire comme s'il avait voulu la remettre en place. — Détrompe-toi. Tu n'es pas invincible. Pas plus que tes ennemis.

Sans un regard pour son poulain, il redémarra et s'éloigna au petit trot. Avec l'assiduité soumise du bon élève voulant impressionner son professeur, Mitchell le suivit aussitôt, même s'il n'était pas certain d'avoir compris tout ce que Paduk avait dit.

Dès que la nuit fut tombée, Helen, Safran, Viggo et Jimmy s'entassèrent dans la vieille camionnette délabrée garée devant la ferme sous le regard complice de Felix qui tapa au carreau en levant un poing victorieux à l'adresse de Jimmy. Celui-ci lui répondit par un large sourire. Ça faisait plaisir de voir Felix si vaillant alors même qu'il se faisait un sang d'encre pour ses parents. C'était lui qui avait le plus à perdre dans cette opération. Et pourtant… Lui ne s'était pas plaint une seule seconde quand on lui avait annoncé qu'il restait à la ferme. Alors qu'Eva, Jimmy et même Georgie s'agitaient en tous sens et s'excitaient pour un rien, Felix n'avait fait que soutenir l'opération.

– Quel tas de ferraille, grogna Viggo en démarrant le moteur.

Jimmy se demanda si la conduite de Chris allait être aussi démente au volant de cette camionnette que dans sa chère Bentley, qu'il avait abandonnée dans le garage de son restaurant, au même titre que le reste de sa vie londonienne.

– On ne devrait pas mettre plus de deux heures pour atteindre Paris. Mais essayez d'en profiter pour dormir un peu... Safran, reprit-il après un silence, dès qu'on aura vu Stovorsky, tu reconduis Jimmy dare-dare à la ferme. Essaie d'arriver avant l'aube. Helen, toi et moi on va à Londres.

– Eh là, objecta Safran, je croyais qu'on y allait tous.

– C'est trop risqué, répondit Viggo en se débattant avec le volant tandis que la camionnette bondissait en cahotant dans les ornières du chemin. Helen et moi sommes des agents confirmés.

– Et moi ? Je suis quoi ? La baby-sitter ? rétorqua Safran, vexée.

– C'est moi le bébé ? s'indigna Jimmy.

– Elle a raison, trancha calmement Helen. Tu ferais mieux d'y aller avec Safran. Voilà des années que je n'ai pas pris part à une opération de terrain et puis... — Elle soupira profondément. — Je ne veux pas laisser les enfants.

– Oh m'man, bougonna Jimmy. Tu es vraiment...

– Une mère poule ? Je sais. Mais quoi que tu en dises, Jimmy, c'est moi qui te ramènerai à la ferme.

Ils bifurquèrent sur la grande route. Viggo monta les rapports en faisant ronfler le moteur.

– Dans ce cas, j'avais pas besoin de venir, marmonna Jimmy sur le ton du reproche.

La réponse de Safran fut sans appel.

– Tu es notre seul atout. Si tu n'étais pas là, il n'y aurait aucune raison pour que les services secrets français nous donnent un coup de main.

Un « atout ». Jamais Jimmy n'aurait imaginé que l'on puisse parler de lui en ces termes. Il avait beau comprendre qu'il y avait un fond de vérité là-dedans, ça lui donnait l'impression d'être traité comme un objet. Safran décela son malaise.

– Excuse-moi, Jimmy. Ce n'est pas ce que je voulais dire. Tu sais, on peut parler d'un « atout » même s'il s'agit de désigner une personne.

Jimmy se sentit réconforté par ce dernier mot. S'il voulait retrouver les sensations de quelqu'un de normal, la dernière chose dont il avait besoin était que les gens autour de lui le traitent comme une machine. Il esquissa un sourire. Safran le lui rendit.

Sous ses apparences douces et gracieuses, Jimmy sentait chez la jeune femme une force qu'il admirait. Il avait eu l'occasion de la voir en action et il ne doutait pas qu'elle avait toutes les qualités requises pour cette mission à Londres. Et il avait du mal à imaginer qu'on puisse avoir autant confiance en sa mère, en cas de combat.

À Paris, il pleuvait des cordes, et le trafic était aussi atroce que le temps. Viggo pestait et jurait en serpentant dans les ruelles. Attentive au moindre signe suspect, Safran ne quittait pas le rétro extérieur des yeux. Il était vital que personne ne les suive.

Ils roulèrent sur les quais jusqu'au centre-ville. Viggo pianotait nerveusement sur le volant. Régulièrement, sur un ton presque machinal, il lançait un « clair ? » auquel, jusqu'ici, Safran répondait invariablement par « clair ! ».

Soudain, la camionnette fit une embardée. Jimmy en bascula en travers de son siège. Viggo avait fait grimper l'utilitaire sur

le trottoir et s'était faufilé dans une petite ouverture qui perçait le mur longeant la route. Ils se retrouvèrent sur une rampe pavée et, deux secondes plus tard, ils roulaient juste au bord de la Seine. Viggo avançait au ralenti, centimètre par centimètre.

Ils s'arrêtèrent sous l'arche d'un pont. Jimmy regarda la surface de l'eau à travers les barreaux que faisait la pluie. Il frissonna quand il se retrouva à l'extérieur, à l'ombre poisseuse du pont. La pluie tombait si fort qu'il avait l'impression qu'on avait tendu un rideau entre lui et le reste du monde. Le fleuve exhalait une lugubre vapeur sulfureuse.

Sans un mot, Viggo leur indiqua le chemin. Ils coururent sous la pluie battante jusqu'à un étroit escalier débouchant sur le pont de Sully. Uno Stovorsky, fondu dans le paysage sombre et grisâtre, les y attendait. Pour le coup, il était parfaitement dans son élément avec son imperméable.

Sans un mot, ils lui emboîtèrent le pas et traversèrent le pont en direction de l'île Saint-Louis. Jimmy abandonna l'idée de se protéger de la pluie. Un temps pour la chemise spéciale que lui avait donnée le NJ7. Il grelottait. Mais il aurait préféré mourir de froid sous la pluie plutôt que de porter à nouveau un vêtement orné de la raie verte.

Stovorsky poussa une porte anonyme. Ils traversèrent une cour et pénétrèrent dans un immeuble. Au quatrième étage, ils entrèrent dans un appartement et débouchèrent dans un petit bureau avec un balcon donnant sur la cour. Tous les murs de la pièce étaient occupés par d'immenses bibliothèques remplies d'ouvrages à reliures de cuir. Stovorsky tira les stores. C'était bizarre. Jimmy n'avait pas plus chaud ici que dans la rue.

Stovorsky finit par prendre la parole.

– On n'a pas beaucoup de temps. Donc s'il vous plaît, pas de complications.

– Pas de complications ? rétorqua aussitôt Viggo. Parce que tu crois que c'est simple de venir jusqu'à Paris sans se faire repérer ? Pourquoi est-ce qu'on ne s'est pas rencontrés plus près de la ferme ? Quelque part dans les bois ?

– Calme-toi, Chris, le coupa calmement Safran. Il essaie seulement de nous aider.

Stovorsky ne prit pas les mêmes gants.

– Peut-être qu'en Angleterre la mode est aux rendez-vous secrets dans les bois, railla-t-il d'un ton tranchant, mais, vois-tu, ici c'est la France. Un bon vieux pays où règne encore ce que d'aucuns jugent parfois obsolète, à savoir : la démocratie. Ceci est un endroit sûr, Viggo. Te souviens-tu seulement de ce que cela veut dire ?

Jimmy leva les yeux vers Chris et le vit prêt à s'excuser. Mais Stovorsky avait déjà repris la leçon.

– Cela signifie qu'aucune balise ne fonctionne à cause des brouilleurs. Cela signifie aussi que tous les accès sont sécurisés de façon qu'aucun satellite de surveillance ne puisse nous repérer. Alors ? Tu préfères quoi ? Aller faire mumuse dans les bois ou entrer dans le vif du sujet ?

Jimmy retint son souffle et regarda Viggo du coin de l'œil. Il le vit hocher du chef avec un air grave.

– Bien, trancha Stovorsky. Dans ce cas, on peut y aller. Nous savons où sont enfermés les parents du petit.

Jimmy sentit son cœur s'emballer.

– Et ? s'enquit Viggo. C'est où ?

– L'ambassade de France à Londres.

Jimmy avait des bourdonnements dans la tête — un bourdonnement parfaitement naturel celui-là, dû à l'excitation qu'il sentait monter en lui par vagues successives, pas un de ces effets nauséeux de son séquençage. Un pas immense venait d'être franchi, qui les rapprochait du sauvetage des Muzbeke.

– Une minute, coupa Helen Coates. Comment avez-vous découvert cela ?

Stovorsky opina du bonnet comme s'il s'attendait à cette question.

– Nous avons nos sources en Angleterre, déclara-t-il d'un air entendu avant d'aussitôt ajouter : des sources fiables.

– Et si c'était un leurre imaginé par le NJ7 pour nous tendre un piège ? demanda Safran en jetant un regard inquiet à Helen et Viggo.

Son pessimisme était communicatif. Les espoirs de Jimmy s'envolèrent. « Ne te laisse pas abattre, objecta-t-il mentalement. Contente-toi d'y aller et sauve-les. »

– Eh bien, je ne connais qu'une seule façon de s'en assurer, bougonna Viggo. Comment est-ce qu'on va à Londres ?

Jimmy adorait la détermination de Viggo.

– Je ne devrais pas faire ça, soupira Stovorsky, la voix pleine de remords. C'est un cas de conscience, vous savez...

Avant que Viggo ait eu le temps de répondre, Safran prit la situation en main.

– C'est tout à ton honneur, Uno, ronronna-t-elle d'un ton suave. Et nous t'en serons éternellement reconnaissants.

Le regard de Stovorsky se perdit dans le vague un instant puis il reprit la parole.

– Bien. Voilà la situation. — Jimmy nota qu'il prenait soin de ne pas croiser les yeux de Safran. — L'ambassadeur de France à Londres a été récemment congédié. Apparemment, il aurait aidé un groupe de dissidents à s'évader.

– Exact, murmura Viggo en regardant ses pieds d'un air penaud. C'était nous.

– Je l'ai compris dès que nous avons récupéré l'EC975 dans un champ, derrière la ferme, répliqua Stovorsky d'un ton désapprobateur, qui n'empêcha pas Jimmy de déceler une pointe de respect dans le petit sourire qui avait accompagné sa phrase. L'un d'entre vous pourra bénéficier d'une couverture de la DGSE. Il, ou elle, entrera dans le pays avec un visa diplomatique. Officiellement, en tant que membre de la nouvelle équipe de l'ambassade.

Viggo se frotta le menton, pensif. Il pesait ses mots, cherchant la meilleure manière de formuler ce qu'il voulait demander. Safran lui coupa l'herbe sous le pied, et ne s'embarrassa pas de manières.

– On a besoin d'une couverture pour deux, déclara-t-elle sans se démonter.

– Elle a raison, renchérit immédiatement Viggo. Jamais je n'y arriverai seul.

Le regard de Stovorsky hésita un instant entre les deux. Il se gratta la tête.

– OK, finit-il par concéder avec un gros soupir. Je crois que je peux arranger ça. Dois-je en déduire qu'il s'agira de vous deux ?

Une fois de plus, Viggo tergiversa. Mais cette fois, c'est Helen qui prit l'initiative.

– Absolument. Eux deux, trancha-t-elle avec détermination.

Stovorsky acquiesça et sortit un téléphone portable de sa poche. Il le braqua vers Viggo, visa, et prit une photo, puis il fit de même avec Safran. Après quoi il se plongea dans la rédaction d'un texto codé sur le minuscule clavier numérique.

– Qui va examiner Jimmy ? demanda Viggo.

– Quoi ? bougonna Stovorsky sans lever les yeux de son téléphone.

Seul son sourcil en accent circonflexe laissait entendre qu'il avait compris la question.

– En échange de ton aide, reprit Viggo, j'imagine que tu vas vouloir faire examiner Jimmy par un de tes scientifiques...

Jimmy se raidit à l'idée d'être « examiné ». Il y avait peu de chance pour que cela ressemble à une visite de routine chez le toubib. En outre, une fois de plus, on l'avait froissé. Viggo l'avait utilisé comme monnaie d'échange dans ses négociations. Son amertume se dissipa rapidement. Tout ça c'était pour les parents de Felix. Et pour Felix lui-même.

– Quand vous voulez, lâcha Jimmy avec une désinvolture que les trémolos dans sa voix contredisaient de manière flagrante. Je ne me connais pas encore complètement, mais je suis prêt à vous montrer ce que j'ai appris.

Stovorsky en avait enfin fini avec son téléphone. Il leva vers Jimmy un regard incrédule.

– Inutile, coupa-t-il avec un sourire moqueur. Comme je vous l'ai dit, nous possédons déjà toutes ces informations.

Jimmy sentit la tension s'apaiser.

– Dans ce cas, qu'attends-tu de nous ? demanda Viggo.

– Une seule chose. Que vous travailliez main dans la main avec la DGSE. En un mot, que vous nous fournissiez tous les renseignements que vous pourrez glaner sur place, et, plus particulièrement, ce que le NJ7 sait sur nous.

– Donc tu nous demandes d'espionner le gouvernement britannique pour le compte des services français ?

– Oui, pourquoi ? Ça vous pose un problème ?

Pour seule réponse, il croisa quatre paires d'yeux ronds. Après un long silence, Viggo clôtura la discussion par un « marché conclu » qui satisfit tout le monde.

Jimmy s'étonna de la facilité avec laquelle Viggo et Safran avaient accepté l'offre de Stovorsky. Certes Viggo œuvrait contre le gouvernement britannique depuis des années, mais toujours pour son propre compte — et pour ses idéaux démocratiques —, jamais pour le compte de la France.

Stovorsky baissa les yeux sur son téléphone.

– Faut qu'on bouge, ordonna-t-il en se dirigeant vers la porte. Vous deux, venez avec moi. — Safran et Viggo lui emboîtèrent docilement le pas. — Quant à vous, reprit-il en se tournant vers Jimmy et sa mère, quittez Paris. Sur-le-champ.

4/ En opération

Mitchell se tenait au garde à vous devant le bureau du docteur Higgins. Celui-ci flattait d'une main un chat noir et efflanqué, lové sur ses genoux, tandis que, de l'autre, il étudiait une photo. Derrière lui se tenaient les deux personnes en charge de Mitchell. D'abord, il y avait l'homme à la carrure imposante qui l'avait récupéré le premier jour. Son uniforme militaire était aussi impeccablement raide que sa coupe de cheveux réglementaire. La véritable identité de ce soldat demeurait un mystère. Mitchell ne le connaissait que sous le nom de Paduk.

Le docteur Higgins avait une panoplie de procédés scientifiques à sa disposition. Physiquement, Paduk était la

personne la plus impressionnante que Mitchell ait jamais vue. Pourtant, celle qui l'effrayait le plus n'avait de spectaculaire qu'un petit sourire pincé sur des lèvres peintes en rouge ainsi qu'un sourcil légèrement relevé, qui donnaient à son expression le plus profond mépris. Mitchell se demandait souvent comment une femme aussi belle pouvait, dans le même temps, paraître aussi dure. Quoi qu'il en soit, il ne pouvait imaginer quiconque désobéir à Mlle Bennett.

– Tu es prêt, annonça seulement Mlle Bennett, dont l'économie de mots était inversement proportionnelle au plaisir qu'elle semblait prendre à les prononcer.

La nausée que Mitchell ressentait au creux de son ventre n'avait pas disparu. Elle s'était seulement muée en quelque chose de différent : une inquiétante boule de rage prête à exploser. Il avait dû apprendre à contrôler cette puissance, savoir quand la refouler ou, au contraire, s'y abandonner.

– Ton objectif est dangereux, poursuivit Mlle Bennett. On le veut mort, et toi, de retour ici, indemne. Tu nous as coûté très cher. — Mitchell acquiesça d'un hochement de tête qui lui était devenu quasi automatique. — Si jamais tu es repéré par la police française, tu seras grillé pour les missions ultérieures, alors fonds-toi dans le paysage et fais en sorte que ça ait l'air d'un accident.

Elle s'arrêta, esquissa un mouvement de retrait, puis se ravisa, comme si elle avait oublié quelque chose.

– Tu ne vas pas essayer de nous jouer un tour, n'est-ce pas ? demanda-t-elle en plissant les yeux.

Mitchell s'empressa de secouer la tête pour la rassurer.

– Souviens-toi. Tu ne peux pas nous échapper. Il n'y a pas un endroit sur Terre où tu pourrais te cacher. En outre, travailler pour nous est ta seule chance de te racheter pour ce que tu as fait à ton frère.

Mitchell opina à nouveau du chef, se voulant aussi convaincant que possible. Il n'avait aucune intention de « jouer un tour », comme disait Mlle Bennett. À la seconde où il avait vu la face tuméfiée de son frère, il avait honni son humanité, et avec elle sa faiblesse. Apprendre qu'il n'était humain qu'à trente-huit pour cent l'avait presque soulagé. Maintenant, il devait se construire une nouvelle vie. Et tuer un ennemi de l'État était la première pierre qu'il allait apporter à l'édifice.

Il suivit Paduk dans les sombres couloirs du quartier général du NJ7. Sa mission venait de commencer.

Dans son bureau, le docteur Higgins ruminait dans sa barbe d'un ton las.

– Remets-toi, Kasimit, coupa sèchement Mlle Bennett. Bientôt, il n'y aura plus qu'un seul de tes bébés sur la surface du globe.

– Oh, ils n'ont jamais vraiment été mes bébés, soupira le docteur Higgins en caressant doucement son chat. Le véritable génie, celui qui a rendu tout cela possible, a été expulsé du NJ7 voilà déjà treize ans.

Il ferma les yeux et laissa tomber la photo qu'il avait en main sur son bureau. Le cliché était incroyablement net, surtout si l'on tenait compte du fait qu'il avait été pris à deux cents kilomètres de la surface de la Terre. Le visage de Jimmy Coates, courant sur le toit d'une ferme quelque part en France, était parfaitement identifiable. Chaque détail y était.

*

Durant le voyage de retour depuis Paris, Jimmy se reposa. Les routes étaient désertes, personne ne les suivait, et sa mère conduisait tout en douceur. Pour autant, il ne parvenait pas à trouver le sommeil. Il avait un poids sur le cœur.

Jimmy colla sa tête à la fenêtre. Les vibrations de la camionnette résonnaient dans son crâne, les images fuyantes du paysage défilaient devant ses yeux. Mais ce n'était pas cela qu'il regardait. Du coin de l'œil, il observait le visage de sa mère, qui se reflétait dans la vitre.

« Qui est-elle au fond ? » se demanda Jimmy. Bien sûr, il savait qu'il pouvait lui faire confiance, mais il n'était plus certain de savoir qui elle était vraiment. À ses yeux, elle n'était plus qu'un ex-agent de renseignement, à mille lieues de ce qu'elle représentait avant que toute cette affaire démarre. Jimmy aurait tant aimé pouvoir se remémorer de joyeux moments en famille, des tranches de vie normale. Mais, dorénavant, il ne pouvait plus repenser à tout ça sans une certaine amertume. Ses parents lui avaient caché des choses. Et pas des choses qui les concernaient eux au premier chef, mais lui, Jimmy Coates. Ils lui avaient tenu secrète sa propre identité.

Helen tourna la tête vers lui, comme si elle avait deviné qu'il pensait à elle. Jimmy se força à esquisser un sourire puis détourna les yeux. « Qu'est-ce qui la différencie de papa ? En quoi est-elle meilleure que lui ? » Certes, son père croyait aux thèses de Hollingdale. On ne devait pas permettre aux gens de voter car ils n'étaient pas qualifiés pour juger la manière dont on dirige un pays. Et après ? Cela n'en

faisait pas un criminel sanguinaire pour autant. Et si le Premier Ministre utilisait la force pour se maintenir au pouvoir, en quoi était-il différent d'Helen qui était toute disposée à utiliser la même force pour l'en chasser ?

– Ça va, Jimmy ? demanda soudain sa mère, rompant ainsi le ronronnement régulier de la mécanique.

– J'crois, répliqua-t-il, l'air absent.

Il ne voyait rien d'autre à ajouter à ce sujet. Mais il y avait autre chose qui le turlupinait.

– M'man... lança-t-il d'une voix enrouée qui l'obligea à se racler la gorge. S'ils m'avaient examiné, qu'est-ce qu'ils auraient trouvé ?

Helen Coates ne quitta pas la route des yeux. Mais Jimmy remarqua sans peine que sa question l'avait troublée.

– Tu sais, Jimmy, je ne suis pas une scientifique.

– Mais tu es ma mère.

Il y eut un long silence. Helen battit des cils en fixant la route.

– Je... Je n'ai pas tout compris, finit-elle par dire. Tout ce que je sais, c'est qu'ils ont programmé un microprocesseur d'un nouveau genre, afin de contrôler un nanolaser qui a été implanté sur l'ADN qui, au bout du compte, a servi à te créer. En clair, ils ont remplacé un brin de ton ADN par un composant informatique.

Helen tourna les yeux vers son fils. Jimmy était captivé.

– Et... Est-ce que j'étais un bébé comme les autres ?

– Absolument ! Sauf que tu étais plus beau que les autres, rétorqua sa mère avec un sourire. Ils t'ont mis dans mon ventre et ils ont implanté la puce alors que tu n'étais encore

qu'un embryon de manière que tout se passe bien pendant la grossesse.

Jimmy se raidit. Il avait une puce à l'intérieur de lui ? Sa mère remarqua son inquiétude et éclata de rire.

– Ne t'inquiète pas, le rassura-t-elle, le processeur s'est totalement dissous dans ton organisme avant même le terme de la grossesse. D'ailleurs, c'est ce qui garantit le fait que tu sois unique.

Ils poursuivirent leur route en silence. Mentalement, Jimmy essayait d'imaginer la somme de recherches scientifiques dont il avait été l'objet. Il vibrait d'une fière excitation à la seule idée que les plus éminents chercheurs du monde avaient planché sur son cas, se plongeant durant des heures dans d'innombrables expériences chimiques pour arriver à leur résultat : lui. Mais il y avait encore quelque chose qui le taraudait. Il fallait qu'il aborde le sujet.

– Quand M. Stovorksy était à la ferme, il a dit qu'il en existait un autre comme moi.

Sa mère prit son temps pour répondre.

– Tu es unique. Il n'y en a qu'un comme toi, dit-elle en pesant chacun de ses mots. Mais, oui, il y avait deux puces, prévues pour donner naissance à deux assassins. Tu es le cadet. L'autre doit avoir deux ans de plus que toi. Mais ils ignorent où il est. Il a fui sa maison. Il doit certainement mener une vie normale, quelque part. Crois-moi, je suis désolée que tu ne puisses en faire autant.

– Bah, c'est la vie, répliqua machinalement Jimmy en essayant de se concentrer sur tout ce qu'il venait d'apprendre.

– Jimmy, poursuivit sa mère d'une voix hésitante. Si j'avais su…

Elle laissa sa phrase en suspens. Jimmy se tourna vers elle.

– Si tu avais su quoi, m'man ?

– Rien… C'est juste que… Tout était différent à l'époque.

– Quelle époque ?

– Quand j'ai accepté de devenir ta mère.

Jimmy essaya de se figurer sa mère avec onze ans de moins. Il frissonna en l'imaginant aux côtés du docteur Higgins, de Paduk et de Hollingdale, comme si elle était l'une des leurs. N'aurait-elle pas pu se rendre compte à ce moment-là que toute cette histoire allait mal tourner ?

– Pourquoi as-tu accepté ?

– Pour tout un tas de raisons, répliqua-t-elle après un long soupir.

Le regard perdu au loin, elle marqua à nouveau une pause, comme si faire remonter ces souvenirs à la surface lui était difficile — ou douloureux.

– Certaines de ces raisons tenaient à la relation que j'avais avec ton père, d'autres avaient plus à voir avec Georgie. Elle était encore bébé à ce moment-là. Et puis, j'imagine que j'y ai vu l'occasion de faire quelque chose pour le NJ7 sans pour autant réellement travailler pour eux. Tu vois ce que je veux dire.

Jimmy secoua la tête. Mais sa mère ne le regardait pas.

– J'ai vu ça comme une porte de sortie. J'ai pensé que ça me donnerait l'opportunité de mener une vie relativement normale pendant dix-huit ans.

– Mais, et moi ? demanda Jimmy dans un souffle, comme si les mots étaient sortis tout seuls, sans qu'ils les aient réellement articulés.

– J'avais la garantie que, dès que tu aurais atteint dix-huit ans, tu travaillerais pour le NJ7. Et je pensais qu'une fois que ton séquençage serait terminé, tu aspirerais à cette vie.

Jimmy bouillait. Les mots se répétaient dans sa tête de façon obsédante : « On ne m'a pas laissé le choix. »

Helen étendit le bras et passa sa main dans les cheveux de son fils.

– Je n'avais pas réalisé que tu serais... toi, ajouta-t-elle en lui lançant un sourire repentant.

Jimmy lut dans ses yeux une sincère tristesse. Pour autant, il ne lui rendit pas son sourire.

Une heure plus tard, Jimmy franchissait la porte de la ferme d'un pas chancelant, tombant de sommeil. Mais à peine avait-il passé le seuil qu'il entendit des chuchotements en provenance de la cuisine. Il leva un regard interrogateur vers sa mère.

– En tout cas, *moi*, je vais me coucher, murmura-t-elle, compréhensive.

Jimmy lui lança un grand sourire. Il avait beau être totalement épuisé, il était également pressé de raconter tout ce qui s'était passé. Dans la cuisine, il trouva Felix, Eva et Georgie, assis autour de la table.

– Jimmy ! s'exclama Felix en bondissant de sa chaise. Comment ça s'est passé ?

Jimmy ne savait pas par où commencer, aussi décida-t-il d'aller droit au but.

– Ares Hollingdale retient tes parents dans l'enceinte de l'ambassade de France.

– Et Chris et Safran sont partis les chercher, c'est ça ? demanda Felix, rayonnant de bonheur et d'excitation. Ils vont les exfiltrer ?

– Quelque chose dans ce goût-là, répliqua Jimmy en riant.

Felix fit une de ces moues dont il avait le secret. Le bonheur béat d'un gamin qui vient de découvrir le jouet tant attendu sous le sapin de Noël et qui ne sait plus trop comment dire merci. Eva et Georgie n'avaient pas l'air aussi réjouies.

– Eh ben comme ça, il y aura au moins quelqu'un qui sortira de prison, bougonna Eva, maussade.

– Tu l'as dit, ajouta Georgie. Et nous, qui va nous sortir de notre taule ?

– Qu'est-ce que tu veux dire ? demanda Jimmy.

– Ce que j'veux dire, c'est qu'on est tous coincés dans cette baraque depuis des jours, répliqua Georgie en faisant nonchalamment tourner un bout de baguette rassis sur la table. Pas étonnant qu'on ne puisse pas dormir. On ne fait rien de la journée.

– Au moins, on n'est pas obligés d'aller à l'école, l'interrompit Felix en faisant un bond sur sa chaise.

– Pff, et après ? répliqua Eva en haussant les épaules. J'aimerais mieux aller à l'école plutôt que d'être enfermée ici, au milieu de nulle part. J'ai même pas mon portable...

Jimmy évalua la situation. Il n'aimait pas entendre Eva geindre et rouspéter, encore moins quand Georgie joignait sa

voix à la sienne. Mais il devait bien admettre qu'elle avait raison sur un point : ici, c'était un peu comme la prison.

– Tiens, je préférerais encore retrouver mes parents, poursuivit Eva. Et Dieu sait s'ils sont pénibles. Je parie qu'ils ne me cherchent même pas.

Jimmy ne put retenir un frisson de dégoût en repensant aux parents d'Eva, de fervents supporters de la cause néodémocratique du gouvernement britannique.

– Oh ! Arrêtez de pleurnicher, coupa soudain Felix. C'est notre plus belle nuit depuis belle lurette.

Il marqua une pause et prit un air sérieux et concentré avant de poursuivre :

– Vous avez raison. Voilà bien trop longtemps que nous sommes coincés dans cette bâtisse. En même temps, si quelqu'un devait venir nous chercher, il aurait déjà montré le bout de son nez à l'heure qu'il est. Demain, je persuaderai ta mère de nous laisser sortir.

– Si tu le dis, répondit Jimmy en haussant les épaules, avant de bâiller à s'en décrocher la mâchoire. Demain matin, tu vas convaincre ma mère. Toi tu parleras, moi je compterai les points.

Mlle Bennett sillonna durant un long moment les galeries souterraines du NJ7 pour se rendre, non pas à Downing Street (la résidence officielle du Premier Ministre anglais) — toujours en reconstruction —, mais dans les profondeurs du complexe. Dans un austère bunker, sous la protection de trois hommes des SAS, les unités d'élite, et de deux autres portant l'uniforme du NJ7. Elle trouva Ares Hollingdale penché sur son bureau. Face à lui, parcourant un dossier écorné à couverture orange, se trouvait Ian Coates.

– Qui va là ? haleta le Premier Ministre dès qu'il se rendit compte que quelqu'un entrait. Un assassin ? Au secours ! Sécurité !

Les soldats qui formaient sa garde rapprochée parurent embarrassés. Tous avaient reconnu la directrice du NJ7.

– Suffit, monsieur ! hurla Ian Coates. Ce n'est que Mlle Bennett.

– Ah ! Oui, oui, bien sûr. Tout va bien, messieurs, fausse alerte. Je connais cette femme. Laissez-nous maintenant.

Hollingdale jetait des regards apeurés en tous sens, comme si, d'une seconde à l'autre, quelque chose d'imprévu allait lui tomber sur le coin de la figure.

– Mitchell Glenthorne a reçu son ordre de mission, monsieur, annonça Mlle Bennett dès que les agents de sécurité eurent quitté la pièce.

– Tant mieux, murmura Hollingdale. Je me sens mieux quand ces... « choses »... ne sont pas dans les parages. J'ai vu de quoi elles étaient capables.

– Monsieur le Premier Ministre, poursuivit Mlle Bennett, nous pouvons encore le rappeler. Il n'est pas trop tard.

Ian Coates se leva d'un bond, stupéfait.

– Écoutez, mademoiselle Bennett, s'il existe un seul moyen de protéger notre néodémocratie sans faire de mal à Jimmy, je vous en prie, dites-le.

Pour toute réponse, Mlle Bennett lui lança un sourire condescendant avant de poursuivre, se tournant vers Hollingdale.

– Maintenant que nous savons où Jimmy Coates se cache, il suffirait d'un seul drone pour rayer l'endroit de la carte.

Cela pourrait être fait en moins d'une heure.

Ian Coates se laissa lourdement retomber sur sa chaise. Il était pâle.

– Envoyer un assassin, c'est prendre un risque inutile, ajouta Mlle Bennett. Notre dernière expérience en ce domaine aurait dû, logiquement, nous servir de leçon. Alors ? Dois-je lancer la procédure de frappe ciblée ?

– Vous avez perdu la tête, mademoiselle Bennett ? hurla le Premier Ministre. Je vous rappelle que vous parlez d'envoyer un avion bombarder le sol français.

– Les Français riposteraient sans doute, répliqua Mlle Bennett sans aucune émotion dans la voix. Mais je ne vois là aucun motif d'inquiétude.

Les mains tremblantes, Hollingdale pivota sur sa chaise, face au mur, et fit un vague geste de la main par-dessus son épaule. Ian Coates l'interpréta comme une invitation à se lever et à prendre la parole.

– Le Premier Ministre estime que provoquer la France est bien trop dangereux.

– Comment ça ? demanda Mlle Bennett, toujours aussi froidement.

Hollingdale pivota à nouveau sur sa chaise et tapa des deux poings sur la table.

– Sauvage ! beugla-t-il, les yeux brillants de colère. Tant que nous ignorons ce dont ces maudits Français sont capables, nous devons agir avec une extrême prudence.

Les yeux de Mlle Bennett oscillèrent entre ses interlocuteurs, qui affichaient tous deux la même mine crispée et anxieuse. Après un long silence, Ian Coates reprit ses explications.

– Nous avons toutes les raisons de croire que, lorsque le docteur Sauvage s'est enfui, il a emporté avec lui des informations confidentielles concernant ses recherches et qu'il les aurait confiées à une agence appelée ZAF-1.

– ZAF-1 ? répéta Mlle Bennett, dubitative.

– Probablement l'équivalent français du NJ7, rétorqua Ian Coates. On ne sait pas exactement. Tous les détails sont contenus dans ces fichiers. Mais ils sont cryptés.

À ces mots, il laissa tomber sur le bureau un dossier orange vif dont il sortit un *flash drive* de la même couleur, emballé dans une pochette de plastique transparent.

– Et en onze ans, vous n'avez pas trouvé le temps de me parler de ça ? s'étrangla Mlle Bennett, furieuse.

– Personne n'est au courant, coupa le Premier Ministre. Pas même le NJ7. Si le docteur Higgins avait appris que nous avions ce disque, il aurait tout de suite compris que nous avions éliminé le docteur Sauvage… Et il aurait pu devenir dangereux.

– Vous êtes totalement paranoïaque, hurla Mlle Bennett, hors d'elle. Le docteur Higgins est parfaitement inoffensif. Et vous auriez beau avoir tué tous ses amis qu'il le resterait. En attendant, il aurait pu décrypter ces fichiers en quelques minutes.

Un tic nerveux passa furtivement sur le visage d'Ares Hollingdale. Mlle Bennett soupira en passant la main dans ses cheveux.

– Donc, si je comprends bien, reprit-elle bientôt d'un ton prosaïque où pointait néanmoins un relent accusateur, les

Français sont peut-être en possession d'armes beaucoup plus puissantes que ce que nous pensions...

– Parfaitement, répondit Hollingdale d'un ton cassant. Et le pire, c'est qu'ils pourraient bien s'en servir.

Mlle Bennett se mit à faire les cent pas dans la pièce, les yeux baissés sur le sol.

– Une minute, s'interrompit-elle après quelques allers-retours. Nous ne possédons aucun renseignement crédible suggérant qu'ils possèdent effectivement ces armes.

– Les seuls renseignements que nous avons, c'est ça, dit Coates en pointant le disque dur de l'index.

– Vous appelez ça des renseignements, railla Mlle Bennett. Vos renseignements, Coates, vous savez ce que j'en pense.

– Et moi, je ne vous permets pas de me parler sur ce ton, mademoiselle Bennett, répliqua calmement Coates en plantant ses yeux dans les siens.

La riposte ne se fit pas attendre.

– Je ne comprends même pas ce que vous faites là, ricana Mlle Bennett. Il y a seulement un mois, vous étiez encore chez vous à vous prélasser. Croyez-vous vraiment que je me soucie de ce que vous pensez ? Si vous aviez correctement élevé le garçon qui vous avait été confié, nous n'en serions pas là. Au fond, vous ne valez guère mieux que Christopher Viggo.

Ian Coates détourna les yeux. La seule mention du nom de Viggo avait suffi à le faire grimacer de colère.

– Suffit, mademoiselle Bennett, aboya Hollingdale. Je tiens l'opinion de Coates en haute estime. De plus, sa loyauté n'est plus à prouver. Il a montré par le passé qu'on pouvait compter sur lui.

À ces mots, il marqua une pause et se frotta les mains l'une contre l'autre. Les veines étaient saillantes. Leur couleur bleutée contrastait avec la pâleur cadavérique de sa peau. Le poignet de sa chemise remonta légèrement, laissant apparaître une petite ligne verte, tatouée à l'intérieur de son poignet gauche.

– Nous ne connaissons pas précisément les capacités de réaction des Français, reprit-il bientôt. D'ici là, nous devrons nous contenter de cibler Jimmy Coates, pas la France.

5/ Les parasols de Damoclès

La silhouette de sa proie, étonnamment proche, apparut dans ses jumelles. C'était Jimmy Coates. Quelques réglages sur les optiques, et la mire ronde se resserra autour de sa cible, comme un nœud coulant. Au début, Mitchell avait été surpris quand il avait appris l'identité de sa cible. Leurs routes s'étaient déjà croisées, quelque temps auparavant. Quand Mitchell avait tenté de le braquer, à Londres, et qu'il s'était finalement retrouvé à lui indiquer le poste de police le plus proche. Une éternité de cela. Plus rien ne pouvait le surprendre maintenant. Mitchell refoula les souvenirs de son existence passée. Ses tristes temps étaient finis. Il était prêt pour un nouveau départ.

Sa chambre, à l'auberge du Bon-Coin, donnait sur la place principale. De sa fenêtre, il pouvait sans peine observer tout ce qui se passait. Le village n'avait plus aucun secret pour lui. Non que Beuvron soit un si petit hameau qu'on en fasse le tour en moins de cinq minutes, mais bien parce que Mitchell ne laissait aucun détail lui échapper.

Il repensa fièrement aux heures qu'il avait passées, caché dans les hautes herbes, non loin de la ferme de Jimmy. Au cours de sa planque, il avait poussé le professionnalisme jusqu'à surveiller attentivement la vieille femme dont il savait maintenant qu'elle était la mère de Yanik. Il l'avait observée tandis qu'elle achetait des victuailles ou des vêtements pour ses visiteurs. Il l'avait écoutée se plaindre aux commerçants de tous les tracas que cela lui causait. Toutes ces informations lui permirent de se représenter très clairement à quoi devait ressembler la vie de Jimmy pendant sa cavale.

Mitchell jubila quand il vit Jimmy s'asseoir à la terrasse de la crêperie, de l'autre côté de la place. C'était parfait. Cela faisait quatre jours que Jimmy se livrait à ce petit rituel. En fait, depuis que sa mère les avait autorisés, ses amis et lui, à quitter la ferme. Mitchell s'était préparé pendant toute la nuit, en comptant sur le fait que Jimmy ne changerait pas ses habitudes le lendemain.

Les lèvres de Mitchell bougèrent en même temps que celles de Jimmy lorsque celui-ci commanda : « *un citron pressé* ». Cet assortiment de fruit pressé, d'eau et de sucre — à mélanger soi-même — était en effet devenu leur boisson préférée. « Profite, se dit mentalement Mitchell. Car c'est ton dernier.

Pas de chance, tu seras mort avant qu'il arrive. » Il jeta ses jumelles sur le matelas et plongea la main dans un grand pochon de cuir noir qui pendait à un pied du lit. Il en sortit trois morceaux de bambou d'environ vingt-cinq centimètres de long chacun.

Avec une précision toute chirurgicale, il les vissa les uns aux autres, puis il fourra à nouveau la main dans le sac de cuir et en sortit un anneau argenté muni d'un minuscule clip. Finalement, il approcha la main de son crâne et, d'un coup sec, s'arracha deux cheveux. Comme d'habitude, il les avait courts. Qu'importe. C'était suffisamment long pour ce qu'il avait à faire. Il en humecta les bouts sur sa langue puis, délicatement, les colla en croix dans l'anneau.

Au bout du compte, ce qu'il brandissait dans ses mains était une arme de son cru, spécialement adaptée à la mission qu'on lui avait confiée : probablement la sarbacane la plus sophistiquée du monde, avec lunette de visée à réticule *cross-hair*.

Mitchell retourna à la fenêtre. Il entrebâilla légèrement le battant, s'agenouilla sur le sol et sortit de sa poche une poignée de minuscules cailloux. Ainsi, après coup, n'y aurait-il même pas de balles sur la scène de crime pour éveiller les soupçons. Au contraire, les cailloux allaient se fondre au milieu des dizaines de débris présents dans le caniveau. Mieux, ce n'est même pas un caillou qui tuerait Jimmy Coates.

Il n'y avait pas le moindre soupçon de compassion dans le cœur de Mitchell, tandis qu'il chargeait un premier projectile dans sa sarbacane. Loin de là. Dans son esprit, Jimmy méritait son châtiment. « Alors comme ça, toi aussi tu es humain

à trente-huit pour cent », pensa Mitchell en passant son bambou dans l'embrasure de la fenêtre.

– Eh ben, au moins tu te la seras coulée douce, murmura-t-il en visant Jimmy, un sourire radieux sur les lèvres, étendu de tout son long sur sa chaise. Pas comme moi.

Lentement, il leva sa sarbacane et visa.

– Que la fête commence, marmonna-t-il en approchant l'engin de sa bouche.

– *Deux citrons pressés, s'il vous plaît*, demanda Jimmy au serveur dans un français parfait.

– Hé ! Commandes-en un pour moi aussi, bougonna Felix en se léchant les babines.

– T'inquiète ! soupira Jimmy en levant les yeux au ciel. Tu en auras un aussi.

– Ah bon ? Tu crois qu'il sait déjà ce que je veux prendre ? s'interrogea Felix en regardant le serveur s'éloigner.

Jimmy ne put s'empêcher d'éclater de rire.

– Au fait, cette fois je pense que tu devrais essayer de mettre du sucre.

– Pas question, répliqua Felix. J'aime trop le goût du citron.

Avec le stress de ces derniers jours, Jimmy en avait presque oublié combien on pouvait se marrer quand Felix était simplement Felix. Et puis c'était délicieux d'être enfin dehors. La mère de Jimmy s'était vite retrouvée à court d'arguments quand il avait fallu justifier le fait que tout le monde doive rester à l'intérieur. En outre, la mère de Yanik en avait par-dessus la tête de tous ces mômes dans ses jambes. Si on ne leur avait pas donné la permission de sortir, elle les aurait sûrement mis dehors elle-même.

Quatre jours que Viggo et Safran étaient partis pour Londres. Et ils n'avaient donné aucun signe de vie. Rien d'étonnant à cela. Jimmy avait parfaitement conscience que cela prendrait du temps de rassembler les renseignements indispensables pour monter un raid contre l'ambassade sans se faire repérer. L'attente n'en était pas moins insupportable pour autant. Faisant contre mauvaise fortune bon cœur, Felix et lui goûtaient pleinement chaque nouvelle journée passée loin de l'école ainsi que chaque nouvelle sortie au village.

Enfin ils avaient l'occasion de profiter du printemps en France. Il ne faisait pas très chaud. Mais il y avait assez de soleil pour justifier la présence de parasols sur la terrasse de la crêperie. S'ils n'avaient été frappés du logo d'une marque de bière française, ils auraient pu passer pour d'énormes nénuphars bleus. Felix et Jimmy prirent donc leurs aises à l'ombre d'un parasol. Jimmy en aurait presque oublié ses problèmes.

Mais quelque chose clochait.

– Qu'est-ce qu'y a ? demanda Felix dès qu'il eut remarqué l'anxiété sur le visage de Jimmy.

– J'sais pas. Rien sûrement.

– Comment ça rien ?

Jimmy haussa les épaules, toujours incapable de se détendre.

– C'est mon... Tu sais..., puis baissant la voix, il ajouta : mon séquençage. Je continue à le sentir.

– Tu sais, il y a des chances pour qu'il soit toujours là, répondit Felix en se penchant vers son ami. Tu dois t'y habituer, sans quoi ce truc va te gâcher la...

PING !

Le bruit coupa la fin de sa phrase. Au même moment, le parasol sous lequel ils étaient installés vacilla sur son axe et bascula.

Felix laissa échapper un petit éclat de rire, mi-amusé, mi-choqué. Jimmy trouvait qu'il n'y avait vraiment pas de quoi rire. Le parasol était tombé juste devant lui, à quelques centimètres de son visage. Ahuri, il eut un mouvement de recul instinctif et se balança sur sa chaise. Les baleines du parasol s'étaient fichées dans la table, comme des fléchettes dans une cible en liège. Les bouts étaient étonnamment effilés. Le parasol s'immobilisa sur le côté, séparant Felix et Jimmy par un bout de tissu.

Jimmy tenta de basculer vers l'avant pour retrouver son équilibre. En vain. Le pied de sa chaise s'était brisé net et il s'était écroulé par terre. Et puis...

PING !

Le parasol de la table d'à côté vacilla lui aussi. Jimmy eut juste le temps de voir ses baleines scintiller au soleil. Elles fonçaient droit sur lui. Au dernier moment, il roula sur le côté et évita le choc. Le parasol s'écroula sur le trottoir. Il n'était pas relevé que...

PING ! Un autre.

PING ! PING ! PING !

Les uns après les autres, les parasols vacillaient sur leur axe et tombaient sur lui. Jimmy ne pouvait qu'esquiver les baleines acérées qui fondaient sur lui comme des poignards. Il attrapa une chaise et l'utilisa comme bouclier. Finalement, il parvint à trouver refuge sous une table.

Le fracas de chaises et de tables renversées fut bientôt remplacé par les cris des serveurs. Jimmy jeta un regard inquiet autour de lui, dans la forêt de pieds de chaises et de tables. Finalement, le visage de Felix apparut. Tout rouge, mais souriant.

– Ça va ? cria-t-il par-dessus le brouhaha du personnel de la crêperie.

– Je crois, oui, haleta Jimmy. Si on met de côté que j'ai failli me faire tuer par des meubles de jardin.

Felix hurlait de rire. Jimmy n'était pas d'humeur.

Mitchell s'agenouilla sur son lit, en proie à une profonde déception. Son plan avait échoué. Il devait immédiatement en imaginer un autre. Il était trop tard pour avoir des regrets.

Il jeta un regard circulaire à la chambre. Il y avait tout juste assez de place pour le lit et le lavabo. Et c'était sale. Mais ce n'était pas la saleté qui retenait son attention. Il était plongé dans l'observation des graphiques et des cartes dont il avait tapissé les murs, totalement immergé dans sa mission.

Il arracha une des cartes et l'étala sur son lit. Ce faisant, il ne put retenir un vif mouvement d'humeur. Son poing s'abattit sur le papier. L'instant suivant, il s'en voulait déjà d'avoir laissé libre cours à sa frustration. Certes, sa première tentative avait échoué, mais, au fond de lui, il avait toujours su que le coup des parasols était plus qu'osé. Pour le prochain, il devrait assurer.

Mitchell se gratta le talon. Cette démangeaison était là pour lui rappeler que Mlle Bennett le surveillait en permanence. Pas

un endroit où lui échapper. Il éprouvait à son égard les mêmes sentiments que ceux qu'il aurait pu avoir pour un prof très sévère. Se retrouver face à elle sans avoir fait ses devoirs était tout simplement inconcevable. Mais le parallèle s'arrêtait là. Car, dans le cas présent, Mitchell *voulait* remplir sa mission. Pour la première fois de sa vie, il avait le sentiment d'avoir un avenir. Il avait hâte d'avoir dix-huit ans. D'ici là, son séquençage serait achevé, tout son être serait sous l'emprise de son programme, et il ne serait plus jamais hanté par le visage de son frère.

Mitchell chassa ces pensées de son esprit. Elles étaient nuisibles pour sa concentration. Et la tâche que lui avait confiée Mlle Bennett exigeait une concentration totale.

Du bout du doigt, il suivit une ligne sur la carte. Elle représentait la route reliant la ferme à Beuvron. Jimmy et ses amis l'empruntaient tous les jours. « Là ? Un accident de la route ? » se demanda-t-il en se représentant l'étroite chaussée, bordée de fossés boueux et de deux rangées de peupliers. Il secoua la tête. C'était un bon plan pour éliminer un être humain normal, mais Jimmy Coates était beaucoup plus fort que le commun des mortels. En outre, ses facultés d'anticipation lui permettaient de se sortir des pires situations.

« Mais où alors ? » se demanda Mitchell en dessinant un vague cercle autour de la ferme. Son doigt s'arrêta machinalement sur un petit groupe de constructions. « C'est quoi ça ? » Il regarda la carte plus attentivement et réalisa qu'il s'agissait d'un groupe de bâtiments industriels. « L'endroit idéal pour un accident. Mais il faut que je sois plus proche de l'objectif. Comment ? »

Il sauta du lit et se rapprocha de la fenêtre. Accroupi sur le sol, il pouvait sans peine observer dehors sans être vu. Jimmy était en pleine discussion avec le patron de la crêperie. Ça avait l'air de chauffer à cause des parasols cassés. Felix s'activait maladroitement pour aider à remettre tout en place. Il n'était pas d'un grand secours.

Deux filles arrivèrent. Mitchell reconnut aussitôt Georgie et Eva. Il savait qu'elles avaient à peu près le même âge que lui et qu'elles passaient le plus clair de leur temps au cybercafé qui se trouvait au coin de la rue. À l'évidence, elles avaient été alertées par le bruit et venaient vérifier que Jimmy et Felix allaient bien.

Mitchell opina doucement du chef, comme pour aider la nouvelle idée qui venait de germer dans sa tête à éclore totalement.

« Parfait, se dit-il en silence. Le moment est venu de reprendre l'initiative. »

6/ Un mec

Jimmy était allongé dans l'obscurité, les yeux fixés sur les toiles d'araignée qui ornaient le plafond. Mentalement, il revivait encore et encore l'incident de la crêperie. Son but était de donner corps à des images aussi précises que possible, pour ensuite pouvoir les scanner à la recherche de quelque détail qui lui aurait échappé sur le coup. Il aurait voulu pouvoir zoomer sur ses souvenirs comme sur une image. Malheureusement, ce n'était pas si simple. Pourtant, à l'issue de chaque tentative infructueuse, une petite voix lui intimait l'ordre de recommencer, d'examiner attentivement chaque instant.

– Tu dors pas ? chuchota quelqu'un dans le noir.

C'était Felix.

– Tu vois bien que je suis réveillé, répliqua Jimmy, dans le halo de lumière laiteuse que les rideaux de la fenêtre avaient le plus grand mal à arrêter.

Ils étaient installés dans une des deux chambres de l'étage — l'autre étant réservée à la mère de Yanik —, dans deux lits jumeaux. Face à eux se trouvaient deux autres lits. Dans le premier, la lourde silhouette de Yanik faisait monter et descendre les couvertures au rythme de ses ronflements. Le second était vide.

– Tu crois que Chris reviendra bientôt ? demanda Felix. J'veux dire... Avec mes parents ?

– Mmh ? ! ? répondit Jimmy, qui, perdu dans ses pensées, mit un certain temps à reprendre le fil de ce que Felix lui avait demandé. Oui, ne t'inquiète pas. Il fera tout ce qu'il peut pour les ramener. Et il peut beaucoup.

– Comme toi, ajouta aussitôt Felix. Toi aussi tu aurais pu les ramener. Tu peux tout faire...

– Possible...

Jimmy se tourna sur le côté, face à son ami. Il lui lança un sourire réconfortant puis ferma les yeux. Il les rouvrit aussitôt.

– Felix, murmura-t-il avec hésitation. Tu crois vraiment que c'était un accident tout à l'heure, au village ?

– Trop marrant ! Le patron n'y a pas cru quand il a vu que *tous* ses parasols étaient cassés.

– Le truc, c'est que moi non plus j'y crois pas.

– Qu'est-ce que tu veux dire ?

– Ben... Tu trouves pas ça bizarre, toi, qu'ils se soient tous cassés ? Et leurs baleines ? Tu trouves pas qu'elles étaient

bizarrement pointues ? C'est hyperdangereux de laisser des trucs pareils en pleine rue.

– Ouais, répondit Felix, l'œil brillant d'excitation dans le clair de lune. Mais tu étais si rapide, si vif. Tu esquivais à gauche, à droite...

Joignant le geste à la parole, Felix se mit à gigoter dans son lit en tentant d'imiter les gestes de Jimmy.

– Et est-ce que tu as entendu le bruit ? Juste avant qu'ils s'écroulent ?

– Quel bruit ? s'étonna Felix, complètement emmêlé dans ses draps.

– Un petit tintement métallique, comme si on les avait délibérément visés avec quelque chose.

Incrédule, Felix regarda Jimmy en fronçant les sourcils.

– Donc, si je comprends bien, tu es en train de me dire qu'un mystérieux assaillant — peut-être bien l'Homme Invisible tant que t'y es — a été envoyé par Mlle Bennett et qu'il a aiguisé les baleines des parasols, puis les a déquillés un par un, dans le but de te descendre...

Il marqua une pause et tordit sa bouche jusqu'à ce que sa lèvre supérieure cache presque entièrement sa narine droite.

– T'es dingue, conclut-il simplement.

Jimmy soupira profondément. Peut-être que Felix avait raison. Ses soupçons n'étaient fondés sur aucune base rationnelle. Malgré tout, il ne parvenait pas à faire taire la petite voix dans sa tête qui continuait de hurler que lorsque tant de parasols, aux pointes étonnamment acérées, tombent tous à quelques centimètres de votre tête, c'est tout sauf une coïncidence.

– Et ma chaise ? insista Jimmy.
– Ben quoi ta chaise ?
– Le pied a pété net. T'as déjà vu, toi, un piétement métallique qui casse comme ça, sans crier gare. À moins, bien sûr, que quelqu'un l'ait limé...
– Une minute, l'interrompit Felix en se redressant dans son lit. Explique-moi comment l'Homme Invisible aurait pu savoir que tu allais t'asseoir sur cette chaise en particulier ?
– Il a peut-être saboté toutes les chaises.
– Mais bien sûr... *Toutes* les chaises, répéta Felix d'un ton sarcastique. Après tout c'est vrai que c'est l'Homme Invisible.
Jimmy prit ostensiblement la mouche, essentiellement pour masquer le fait qu'il était sur le point d'éclater de rire. Que pesaient ses inquiétudes face au prosaïsme dévastateur de Felix ?
– Tu as raison, soupira Jimmy pour finir. J'imagine que je suis juste un peu trop parano.
– Ouais... Et je t'en prie, laisse ta mère en dehors de ces théories délirantes, sans quoi, elle risque de ne plus jamais nous laisser sortir.
Ensuite, tous deux se retournèrent, bien décidés à dormir. Ils n'avaient pas encore trouvé leur position que Jimmy chuchota à nouveau, aussi bas que s'il s'était parlé à lui-même.
– Tu sais, Felix... Parfois, quand je me couche, j'ai l'impression de ne plus être humain du tout, comme si mon séquençage prenait le contrôle de tout mon être... Je ne ressens plus aucune émotion...
Felix demeura un moment silencieux. La chambre ne résonnait plus que des tonitruants ronflements de Yanik.

– Te fais pas de bile, rétorqua finalement Felix. Pour moi, tu seras toujours humain. D'ailleurs il n'y a qu'un humain pour *sentir* comme ça...

Tous deux étouffèrent tant bien que mal leur fou rire.

– Hé, c'est pas moi, pouffa Jimmy. C'est Yanik !

Quelques jours plus tard, Jimmy et Felix montèrent au lac. Felix était dans une forme olympique. Sa dernière lubie : le grimper d'arbre.

– Jimmy ! appela-t-il, pendu à une branche qui ployait dangereusement au-dessus de l'eau. Amène-toi !

Jimmy ferma un instant les yeux, toutes ses pensées tournées vers la puissance tapie au fond de lui. Il savait la déchaîner en un rien de temps et aussi, jusqu'à présent, la contenir. Il courut vers l'arbre. En trois foulées, il l'avait atteint. D'un bond, il s'accrocha au tronc et, des quatre fers, aussi facilement que s'il avait couru sur le sol, il grimpa. Il ne lui fallut que quelques secondes pour être aussi haut que Felix... Et le dépasser.

Sans cesser de grimper, il regarda en contrebas et vit la mine ahurie de Felix qui rapetissait à vue d'œil. Le lac s'étalait à ses pieds. Il pouvait l'embrasser d'un seul regard. Les branches devenaient de plus en plus fines, mais Jimmy filait si vite de l'une à l'autre qu'elles ne cassaient pas. Il monta jusqu'à ce que son regard porte jusqu'à la ferme et, au-delà, sur Beuvron.

Il s'arrêta quand il eut trouvé un entrelacs de branches assez solides pour s'asseoir. Sa respiration était toujours aussi régulière. Le vent rafraîchissait ses joues. Un grand sourire illuminait son visage. Soudain, quelque chose attira son

regard. Dans les champs derrière la ferme, trois silhouettes marchaient dans leur direction.

– Felix ! Quelqu'un vient !

Il ne voyait pas son ami à travers le feuillage, mais il sentait que quelque chose bougeait en dessous de lui. La bouille de Felix émergea de la canopée la seconde suivante.

– Hé ! On dirait que j'ai des *superpouvoirs* pour grimper aux arbres ! ironisa Felix.

Jimmy se sentit mal à l'aise. C'était dur de ne jamais savoir si ce qu'il faisait était dû à son séquençage ou à ses aptitudes propres.

– Ouais, j'les vois ! déclara Felix en scrutant la prairie. On dirait Georgie et Eva.

– Mais qui est avec elles ? demanda Jimmy en plissant les yeux pour se protéger du soleil.

À l'évidence, la troisième silhouette n'était ni celle de Yanik ni celle de la mère de Jimmy.

– C'est sûrement ce mec, grommela Felix.

– Quel mec ?

– Jamais t'écoutes ce qu'on te dit ? demanda Felix sur le ton du reproche. Georgie et Eva ont rencontré un type au cybercafé du village. Un Anglais. Elles n'en ont pas soufflé mot à ta mère. J'crois qu'il leur plaît bien.

Jimmy réalisa alors que ça faisait un moment qu'il n'avait pas parlé à sa sœur — quant à Eva, le plus souvent, il évitait de lui adresser la parole.

– Chaque fois que je descends à la cuisine pour ma petite fringale nocturne, je les trouve installées autour de la table, à discuter.

– Elles ne sont pas censées surfer sur Internet et encore moins parler à quelqu'un qu'elles ne connaissent pas, murmura Jimmy, pensif.

Les filles étaient toutes proches maintenant et il paraissait évident qu'elles les cherchaient.

– T'as raison, coupa Felix en entamant sa descente. On n'est jamais trop méfiant. D'ailleurs, qui te dit que c'est pas Mlle Bennett déguisée en adolescent ? P't-être même qu'elle a un parasol tueur dans sa poche.

Jimmy demeura un instant immobile, puis il secoua la tête et, oubliant ses *a priori*, emboîta le pas à Felix.

– Jimmy ! appela Georgie au moment où celui-ci sautait de son arbre. Ah ! Te voilà ! Je te présente Mitchell. Sa famille est en vacances dans le coin. Il tenait à vous rencontrer.

Debout entre Georgie et Eva se tenait un garçon râblé, aux cheveux coupés très court. Jimmy y regarda à deux fois. Il n'en croyait pas ses yeux. Se pouvait-il que...

– Mitchell ?

– Affirmatif, répondit le garçon en tendant négligemment la main, avant de poursuivre : On s'connaît, non ? C'est pas à toi que j'ai montré le poste de police, y a quelques semaines de cela ?

Jimmy ne répondit pas. Effectivement, ils s'étaient déjà rencontrés. La nuit où le NJ7 était venu l'arrêter. Et il avait même failli se faire dépouiller par ce type. Jimmy essaya de remonter le fil des événements de cette funeste nuit, mais il était si effrayé et si déboussolé ce soir-là qu'il ne se souvenait quasiment plus de rien. Après une hésitation, il serra la main du garçon, sans conviction.

– Pure coïncidence, je présume, déclara Jimmy à voix basse en fusillant le garçon des yeux.

– Tu présumes bien, rétorqua Mitchell d'un ton assuré tout en soutenant le regard inquisiteur de Jimmy. Moi aussi je suis des quartiers nord de Londres. Au village, j'ai surpris deux voix qui parlaient anglais. Je me suis retourné... Et je suis tombé sur ces deux adorables gazelles. Je n'ai eu d'autre choix que de les aborder.

Les filles pouffèrent sottement en se cachant le visage dans leurs mains.

– En fait... reprit bientôt Eva. C'est *moi* qui ai fait le premier pas et entamé la discussion. Histoire d'améliorer un peu l'ordinaire...

Felix baissa le menton et tira la langue en signe de dégoût.

– On va monter, lança Eva, les joues rouges. Vous voulez venir ?

– Monter à cheval ? demanda nerveusement Felix.

– Allez venez, insista Mitchell. On va bien se marrer.

Et il tourna les talons, flanqué de Georgie et d'Eva.

Jimmy hésita. Car quelque chose clochait. Le type qu'il avait croisé dans le parc ce soir-là était revêche et solitaire et là, voilà qu'il se comportait comme le gars le plus sociable qui soit.

– On ferait mieux d'y aller, murmura Jimmy à l'oreille de Felix. Pour être sûrs qu'il n'arrive rien.

– Quoi ? s'étrangla Felix, visiblement guère enchanté par la perspective de monter à cheval. Tu veux poser tes fesses sur un cheval, français qui plus est, au seul prétexte qu'un glandu en pince pour ta frangine ?

– J'sais pas comment te dire. Je le sens pas, ce mec, rétorqua Jimmy sans trop savoir si ce sentiment était dû à son instinct de tueur ou à la naturelle méfiance d'un jeune frère un peu trop protecteur.

– Dans ce cas... répondit Felix avec un haussement d'épaules.

Et ils se mirent en route à la suite des autres.

Le cheval dont avait écopé Jimmy sentait extrêmement mauvais. Des nuées de mouches virevoltaient autour de la pauvre bête. Quoi qu'il en soit, il était trop tard pour se défiler. Aux écuries, c'est Jimmy qui avait négocié le prix avec le propriétaire. En effet, il redoutait qu'on les facture le double du prix s'ils ne marchandaient pas en français. Le garçon d'écurie qui s'était ensuite occupé d'eux était couvert de boue de la tête aux pieds, et il ne semblait guère accorder d'importance à la sécurité. Non seulement aucune bombe n'était disponible, mais en plus, il se fichait comme d'une guigne de ce qu'on faisait avec ses chevaux, du moment qu'ils étaient de retour avant le coucher du soleil.

Alors que les autres trottaient en tête du cortège, Felix et Jimmy restaient en retrait, oscillant sur leur selle à chaque pas de leur monture.

– Mes pauvres fesses ! cria Felix. C'est pas possible un truc pareil. J'te jure, elles vont se casser et puis tomber.

Jimmy gloussa, même s'il souffrait du même désagrément.

– Mais moi, poursuivit Felix, j'en ai besoin de mes fesses... Sur quoi je vais m'asseoir si j'en ai plus ?

Eva était la seule du lot à être déjà montée à cheval — et elle ne se privait pas de le faire savoir. Jimmy était content de

se trouver assez loin pour ne plus entendre les conseils condescendants qu'elle distillait en minaudant. Le style de Georgie était du genre heurté, mais ce n'est pas là-dessus que Jimmy fixait son attention. Il était tout entier concentré sur Mitchell. Il ne voulait pas le quitter des yeux une seule seconde.

Dans un premier temps, le groupe progressa au pas en suivant les chemins, mais Eva en eut rapidement assez.

– Allez, on va les faire galoper un peu, annonça-t-elle d'un ton déterminé.

Sans attendre de réponse, elle se pencha sur l'encolure de l'animal, ouvrit la barrière d'un champ et éperonna vivement son cheval. Celui-ci s'élança vers un verger. Mitchell fut le plus prompt à la suivre, au grand dam de Jimmy.

Jimmy soupira en tentant d'oublier la douleur qui lui cisaillait le bas des reins. Mais pourquoi diable fabriquait-on des selles aussi inconfortables ? Tous les efforts de Jimmy pour faire quitter le chemin à son cheval se soldèrent par des grincements aigus du cuir sur lequel il était assis. Finalement, il parvint à ses fins.

Felix et Georgie n'eurent pas la tâche aussi aisée.

– Ce cheval est vraiment un âne ! hurla Felix en claquant les rênes, sans effet.

Jimmy aurait bien voulu rigoler, mais il était trop occupé à observer les deux cavaliers qui s'éloignaient sous les arbres.

– Je te rassure, le tien n'est pas un cheval, rectifia Georgie. C'est un poney.

Après quoi, désespérant de garder le contact avec Mitchell et Eva, elle hurla un « attendez-nous ! » à fendre l'âme.

– Ces canassons sont vraiment stupides, finit-elle par lâcher en abandonnant les rênes d'un geste désabusé.

– Entièrement d'accord avec toi, ajouta Felix. Si les êtres humains étaient supposés se balader à cheval, Dieu n'aurait jamais inventé les motos.

Jimmy les attendait toujours, se dandinant d'impatience sur sa selle.

– Jimmy ! cria finalement Georgie. On a notre dose. On se retrouve à la ferme.

Tous deux lui firent de grands gestes en guise d'au revoir. Jimmy leur rendit leur salut et se lança à la poursuite de Mitchell et d'Eva. Un autre jour, lui aussi serait rentré à la ferme, mais, aujourd'hui, il ne pouvait se départir de ses soupçons à l'égard de Mitchell. C'était quand même un peu gros qu'ils se retrouvent ainsi tous les deux dans le même village. Son malaise était-il justifié ? Jimmy décida qu'au pire des cas, s'il avait tort et avait péché par excès de paranoïa, il en serait quitte pour un bon mal aux fesses. Non, il ne pouvait pas s'agir d'une coïncidence. Mitchell était délibérément venu les trouver. Restait à découvrir pourquoi. Jimmy n'allait pas tarder à en avoir l'occasion.

Nul besoin d'être expert en équitation pour voir que Mitchell montait largement aussi bien qu'Eva. Légèrement en retrait, Jimmy les observait tandis qu'ils cheminaient en s'échangeant des mots doux. « Comment se fait-il qu'il monte si bien ? se demanda Jimmy. Voilà une qualité bien singulière pour un voyou de Londres. »

Jimmy se pencha pour éviter les branches, surveillant toujours Mitchell du coin de l'œil à travers le feuillage. Ils

poursuivirent leur route dans des champs de jeune maïs, où il était encore plus aisé de surveiller Mitchell. La balade dura ainsi presque tout l'après-midi, sans que Jimmy puisse en apprendre davantage.

Soudain, Mitchell s'arrêta aux côtés d'Eva. Leurs étriers se touchèrent. Que se disaient-ils ? Puis Eva éperonna son cheval et s'éloigna au galop en poussant un cri perçant. Une seconde plus tard, Mitchell s'élança dans une direction opposée. « Ils essaient de me perdre », pensa aussitôt Jimmy, qui les aurait volontiers laissés faire. Après tout, il n'avait rien de solide sur quoi baser ses soupçons — sinon un mauvais pressentiment — et il savait qu'il ne pouvait concurrencer ni l'un ni l'autre sur un cheval. Mais ils étaient loin de la ferme maintenant, et Jimmy n'était pas certain de retrouver son chemin pour rentrer. En outre, il y avait quelque chose au fond de lui qui le retenait.

Son séquençage. Mais bien sûr ! S'il pouvait cuisiner, tirer à l'épée et respirer sous l'eau, il n'y avait aucune raison pour qu'il ne puisse pas monter à cheval. Eva était presque hors de vue, dans un bosquet d'arbres. Mais Mitchell ne se trouvait qu'à deux cents mètres. Il regardait Jimmy par-dessus son épaule, le titillait, comme s'il le défiait de le suivre. Ce que Jimmy ne tarda pas à faire.

Les muscles de ses jambes se raidirent sur les flancs de l'animal. Il se redressa sur sa selle. En une seconde, il passa de débutant à cavalier émérite. Le cheval répondit à la soudaine transformation de son maître et démarra au galop. Jimmy pencha le buste en avant, comme un jockey. La crinière du cheval caressait son menton, de la poussière volait sur sa figure. Le roulement sourd des sabots heurtant le sol se stabilisa à un tempo élevé. Jimmy volait à la poursuite de Mitchell.

Ils filèrent ainsi à travers champs, Jimmy gagnant continuellement du terrain. Il l'avait en point de mire, à l'extrémité du champ. Son cheval s'éleva élégamment dans les airs et sauta la haie. Quelques secondes plus tard, Jimmy abordait le même obstacle. Il lâcha la bride de sa monture qui baissa la tête et s'appuya sur son train arrière. L'instant suivant, Jimmy se sentit propulsé sous l'énorme poussée de l'animal. Il s'accrocha à la selle en serrant les cuisses.

Plissant les yeux dans le soleil, Jimmy eut l'impression de voler pendant plusieurs minutes. Les jambes avant du cheval heurtant le sol se chargèrent de le ramener à la réalité. L'impact parcourut tout le corps de Jimmy, mais déjà, le cheval avait repris sa course folle dans le champ suivant.

Ici, la terre était bosselée. Une sorte de complexe industriel se profilait à l'horizon. Le seul groupe de bâtiments à des kilomètres à la ronde. Mitchell disparut dans un trou. Jimmy se rua en avant, à l'aveugle, conscient qu'il était en mesure de le rattraper.

Il passa le sommet de la butte et entama la descente, cherchant Mitchell des yeux. Introuvable. C'est alors qu'il sentit quelque chose lui fouetter la joue. Il se retourna. Mitchell était juste derrière lui, un sourire malsain aux lèvres. Il tenait les rênes de son cheval d'une main et, de l'autre, une corde en cuir enroulée. D'un léger mouvement du poignet, il la lança vers Jimmy. La corde s'enroula autour de son cou, comme un lasso.

Jimmy l'attrapa, mais trop tard. Déjà la corde lui serrait la gorge. Mitchell tira et le fit tomber de cheval. Il s'écrasa tête la première sur le sol et roula sur le côté. Mitchell enroula fermement la corde autour de son poignet. Jimmy suffoquait.

Mitchell le traîna dans la poussière, sans jamais ralentir l'allure. Le cheval de Jimmy — inconscient du drame qui se jouait devant lui — les suivit en galopant pitoyablement à leur suite. Jimmy racla le sol, s'écorchant chaque centimètre carré de peau en contact avec le sol. Il se retourna pour essayer de se libérer, mais cela ne fit qu'augmenter la force avec laquelle la corde l'étranglait. Il ouvrit désespérément la bouche pour reprendre sa respiration, et avala une grosse poignée de terre.

Jimmy était rouge écarlate. Avec des gestes fous, il tenta d'attraper la corde à son cou, mais rien n'y fit. Son crâne était prêt à exploser sous le manque d'oxygène. Ses vertèbres menaçaient de rompre. Il tendit chaque muscle et chaque tendon de son cou pour faire rempart à la strangulation. Sans être vraiment conscient de ce qu'il faisait, il porta sa main à sa bouche et enfonça ses doigts dans sa gorge. Il sentit un goût de terre sur sa langue, mais toujours pas la moindre bouffée d'air dans ses poumons.

Il agrippa une de ses molaires et tira. La douleur fut si intense qu'il pria pour perdre connaissance. Heureusement, son séquençage prit rapidement le relais et neutralisa l'agonie. Du sang commençait à gicler sur sa langue. Il força encore. Il fallait qu'elle sorte en entier. Bientôt, il put sentir les racines à la base de la dent.

Il n'y voyait pratiquement plus rien. La poussière et les cailloux lui fouettaient le visage. Il pouvait tout juste encore ouvrir les paupières tant elles étaient gonflées. Il lui fallut en appeler à ses dernières ressources pour ne pas s'abandonner au voile noir. Toujours sans savoir exactement ce qu'il faisait, sa vie reposant entièrement entre les mains de son programme génétique, il enfonça la dent dans son cou, juste au-dessus de la corde. Piégé quelque part au fond de son crâne, il y avait un jeune garçon persuadé qu'il était sur le point de mourir. Il enfonça la dent dans sa chair en tournant puis la retira d'un coup sec. Ça déchira sa peau de l'intérieur, mais fit aussi sauter le lien de cuir.

Felix et Georgie entrèrent dans la ferme d'un pas lourd. Ils étaient couverts de boue et de bleus. La mère de Georgie les attrapa dans le couloir.

– Qu'est-ce qui vous est arrivé ?

– Balade à cheval, grommela Georgie à mi-voix.

Helen Coates ne put retenir un petit rire.

– C'est vous qui vouliez sortir et vous amuser, railla-t-elle en souriant. Où sont les autres ?

– Ils étaient meilleurs que nous, répliqua Felix, aussi dépité de son après-midi que Georgie. Et Jimmy voulait les suivre.

Helen s'interposa, leur barrant le chemin de la cuisine.

– Comment ça, « les » suivre ? Qui d'autre est là-bas ? demanda-t-elle en jetant un regard accusateur à Felix.

Georgie le fusilla du regard. Il baissa les yeux d'un air penaud, ne voulant pas être celui qui vendrait la mèche.

– Bah, j'imagine que t'es en droit de savoir, soupira Georgie. On a rencontré un garçon au village, y a quelques jours de cela. Et il voulait venir avec nous.

Helen se raidit aussitôt. « Garde ton calme, se dit-elle intérieurement. Ne sois pas parano. »

– Ah oui ? Quel genre de garçon ? demanda-t-elle le plus innocemment du monde.

– Bah, un mec quoi, coupa Georgie avec un haussement d'épaules tout en se dirigeant vers l'escalier menant à l'étage. Il s'appelle Mitchell.

Helen s'immobilisa, aussi raide qu'un chien d'arrêt qui vient de renifler du gibier.

– Il est anglais ? balbutia-t-elle. Il a à peu près votre âge, un peu moins grand que vous, les cheveux châtains, coupés très court ?

– Ben ! ? ! Comment tu sais ça ? demanda Georgie en tournant la tête.

– J'ai vu une simulation de son séquençage, il y a treize ans, répondit Helen d'un ton sinistre.

Georgie et Felix en restèrent comme deux ronds de flan. Georgie tenta bien de dire quelque chose, mais aucun son ne sortit de sa bouche.

– Montez dans la camionnette, vous deux, ordonna sèchement Helen. Vous allez me montrer où ils sont allés.

7/ Le recyclage, c'est bon pour la santé

Jimmy avala une folle bouffée d'air. Il cracha les saletés qu'il avait dans la bouche et essuya ses yeux d'un revers de manche. Instinctivement, il tâtonna son cou meurtri. C'était sec. Mais il n'était pas sorti d'affaire pour autant. Le sol tremblait sous lui. Levant la tête, il vit la silhouette de Mitchell qui faisait demi-tour sur son cheval, se préparant à une nouvelle charge. Clairement, il ne s'arrêterait que lorsque Jimmy serait mort.

Jimmy se redressa et courut vers son propre cheval — qui galopait à la rencontre de son voisin d'écurie. Il posa sa main sur le pommeau et bondit sur la selle. Il dut employer toutes ses forces à convaincre le cheval de s'arrêter et de se retourner. Mitchell n'était plus qu'à quelques mètres.

– Allez ! murmura Jimmy entre ses dents, comme si le cheval pouvait comprendre ses encouragements. Quoi qu'il en soit, celui-ci avait dû sentir l'angoisse de son cavalier car il démarra en trombe. Mitchell répliqua en éperonnant sa monture. Une folle poursuite à travers champs s'engagea.

Dans la prairie, Jimmy ne pouvait se cacher nulle part. La plaie dans sa bouche se refermait déjà et de l'incision dans son cou ne demeurait qu'une tache grise, sous l'épiderme, ce qui n'empêchait pas son corps meurtri, couvert d'éraflures et d'ecchymoses, de le supplier de lui accorder un peu de repos. Il avisa des constructions, au loin. S'il parvenait à les atteindre, il aurait peut-être une chance.

Mitchell gagnait du terrain. Les deux chevaux couraient au triple galop, dévorant l'espace qui s'ouvrait devant eux. Jamais ils n'avaient filé aussi vite. La lourde silhouette des bâtiments grossissait à vue d'œil. Une pancarte rouillée signalait l'entrée et la fonction du site : traitement des déchets.

Jimmy ne fit rien pour freiner son cheval. Mitchell était quasiment sur lui. Un nouveau bond en avant, et le cheval de Jimmy s'élança au-dessus de la barrière, avant d'atterrir avec un bruit sourd à l'intérieur du mur d'enceinte. Une seconde plus tard, le même bruit se répéta. Mitchell venait de l'imiter.

Jimmy défila devant les entrepôts de tôles, cherchant désespérément un moyen de semer son adversaire. L'endroit était désert. Mitchell était tout près maintenant. Il tendit le bras et agrippa le bout de la selle de Jimmy. Ainsi reliés, ils foncèrent à travers l'unité de recyclage, Mitchell tirant sur le cheval de Jimmy pour se hisser à sa hauteur. Bientôt, il y parvint et lança son lasso à la gorge de Jimmy. Celui-ci fut assez prompt pour se saisir du fouet. Ils échangèrent ensuite une série de coups d'une main tandis que leurs montures poursuivaient leur course folle dans l'usine.

Ils s'engouffrèrent dans un des hangars. Brusquement, Mitchell bascula sur sa selle pour attraper les rênes de Jimmy. Ce dernier n'eut qu'à lever la tête pour comprendre pourquoi. Ils fonçaient droit sur une énorme machine d'acier. Jimmy se débattit pour échapper à l'emprise de Mitchell, mais il ne réussit pas à reprendre le contrôle de son cheval. Mitchell serra les mâchoires d'un air mauvais. Était-il décidé à aller au crash ?

Jimmy tenta rageusement de se libérer, mais c'est Mitchell qui guidait les chevaux. Finalement, juste avant le choc, il tira sèchement sur les rênes, car ce n'était pas un choc frontal qu'il recherchait. Non, Mitchell avait une autre idée en tête. Les bêtes bifurquèrent légèrement. Il empoigna le dos de la chemise de Jimmy et, pile au moment où les chevaux s'arrêtèrent, il le souleva à bout de bras. Avec l'élan, Jimmy se retrouva projeté dans les airs. Il vola par-dessus la paroi de la machine et s'écrasa lourdement de l'autre côté.

Il se retrouva assis au sommet d'un monceau de plaques métalliques, de bouts de fils de fer et de vieux plastiques. Soudain, le tas d'ordures sembla grommeler. Le grognement se changea rapidement en un vacarme assourdissant. Le niveau de la pile de débris se mit à baisser. Mitchell avait mis la machine en route.

Un trou apparut bientôt sous les pieds de Jimmy. Il s'ouvrit comme un tourbillon. Au fond, Jimmy aperçut une bille de bois qui tombait dans un entonnoir où des scies circulaires la

réduisirent instantanément en miettes. Jimmy était coincé dans le vase d'alimentation d'un broyeur industriel.

Il s'agrippa aux parois, tenta de les escalader, mais ne trouva aucun appui sur le métal lisse et glissant. Instinctivement, alors que son métabolisme n'en avait toujours pas terminé avec ses blessures antérieures, il jeta dans l'entonnoir l'objet le plus massif qu'il put trouver. S'il y avait bien un moment où il aurait souhaité que son séquençage prenne le contrôle total de son être, c'était celui-ci. Il l'appela de tous ses vœux tandis que, morceau après morceau, il empilait les débris pour augmenter la taille du perchoir sur lequel il était juché. Mais le niveau du sol ne cessait de baisser. La course tourna pourtant à son avantage et, au dernier moment, il réussit à atteindre la bordure de la cuve et à s'agripper à la paroi. C'est alors qu'il sentit quelque chose appuyer sur sa tête.

Mitchell. Il était grimpé sur le broyeur et avait bien l'intention d'interdire toute retraite à Jimmy. Ses doigts glissaient. Le sang qui coulait de ses mains n'arrangeait rien. Il fallait qu'il tienne bon. Mais déjà Mitchell cognait sur ses épaules, le faisant lâcher prise. Les yeux perdus dans le regard glacé de Mitchell, Jimmy tomba dans le broyeur.

Il tenta de nager au milieu des déchets, mais le courant était trop fort, le tourbillon l'aspirait inexorablement dans l'entonnoir. « Puis-je survivre à ça ? » Des centaines d'idées contradictoires se bousculaient dans son esprit, et une seule certitude : même lui ne résisterait pas à un broyeur industriel.

Il leva les bras pour se raccrocher à quelque chose — n'importe quoi — mais d'une main il ne parvint à agripper qu'un bout de fil électrique et de l'autre un clou à chevron. Les dé-

bris coulèrent avec lui. Un cri dément sortit de sa bouche quand sa jambe entra en contact avec les lames d'acier galvanisé tournant à mille tours par minute. La douleur explosa en lui. « Je ne peux pas souffrir autant, protesta-t-il, je suis spécial. » La douleur redoubla d'intensité, comme pour mieux le contredire.

Du sang gicla jusqu'en haut de la cuve, éclaboussant le visage du meurtrier. Le cri mourut. Mitchell détourna le regard. Mission accomplie. Il se laissa glisser le long de la cuve du broyeur. Arrivé au sol, il remarqua qu'il n'était pas seul. D'un bond, Eva mit pied à terre et courut à la rencontre de Mitchell. Elle avait les yeux emplis de terreur ; derrière elle, son cheval poursuivait sa course, comme s'il avait voulu fuir ce lieu maudit.

En un éclair, Mitchell évalua la situation. Cela ne faisait pas partie de son plan. Il aurait voulu accomplir sa tâche à l'abri des regards indiscrets, puis annoncer aux autres qu'un terrible accident s'était produit. Cet imprévu pouvait tout mettre par terre. À moins que…

– Son cheval l'a désarçonné, cria-t-il pour couvrir le bruit de la machine. Il est tombé dans le broyeur. J'ai bien essayé de l'aider, mais les commandes sont mortes.

À ces mots, il baissa les yeux sur le tableau de contrôle de la machine qu'il avait consciencieusement explosé avec une barre de fer un quart d'heure plus tôt.

– Je sais, répliqua Eva, pleurant à chaudes larmes. Je t'ai vu essayer de le rattraper.

– Écoute, il faut que tu m'aides, poursuivit Mitchell en plongeant ses yeux dans ceux d'Eva. C'était un accident. Mais personne ne me croira.

– Comment ça ?
– J'ai un casier judiciaire en Angleterre. Il faut que je me tire d'ici. Dis à tout le monde que j'ai fait tout ce que j'ai pu et que je suis vraiment désolé.

Mitchell marqua une pause, attendant que ses mensonges s'insinuent dans le cerveau d'Eva, qui le fixait d'un air étrange. De l'admiration ? Il retourna vers son cheval en courant, attrapa les rênes et sauta sur la selle. Au loin, il pouvait déjà voir une camionnette lancée à vive allure sur le chemin venant de la ferme. Il fallait qu'il parte. Maintenant. Mais Eva courait dans sa direction.

– Fonce ! hurla Mitchell. Va chercher de l'aide.

Eva se tourna une dernière fois vers l'énorme machine qui continuait à tourner puis, levant les yeux vers Mitchell, d'un ton larmoyant, elle murmura :

– Emmène-moi avec toi.

Mitchell ne l'avait pas entendue, mais il avait compris ce qu'elle disait en lisant sur ses lèvres.

Il n'avait que quelques secondes pour prendre une décision. Tuer cette fille aussi ? Non. Avec deux morts, il n'y avait aucune chance pour qu'on croie à un accident. Il n'eut pas le temps d'étudier les autres possibilités car déjà Eva se jetait sur lui. Elle lui agrippa le bras et sauta derrière lui, sur la croupe du cheval. Surprise, la bête se cabra. Pas le temps de discuter. Mitchell éperonna sèchement le cheval, et ils filèrent au triple galop à travers champs avant de disparaître à l'horizon.

Le fil de fer auquel Jimmy était accroché lui entaillait les mains. Le bout de ferraille était coincé dans le rebord de la

cuve grâce à un clou, tordu en forme de crochet. Il fallait juste espérer que Mitchell ne le remarquerait pas. La vie de Jimmy ne tenait plus qu'à un fil. Au sens propre. Un pied coincé contre la paroi de la cuve, il s'accrochait désespérément au fil de fer, le corps à l'horizontale au-dessus des lames impitoyables. Son autre jambe pendait pitoyablement sous lui. Du sang giclait des chairs à moitié déchiquetées, qui ne tenaient plus que par une fine couche de matière artificielle, de couleur grisâtre.

À l'agonie, Jimmy ferma les yeux. Son séquençage avait beau ne pas être totalement finalisé, il n'aurait jamais cru pouvoir en dépasser les limites. Mais il faut dire que la situation était extrême. Il tendit l'oreille. Il était coincé là depuis le départ de Mitchell. Mais le vacarme de la machine était assourdissant, l'empêchant d'entendre quoi que ce soit. Pourtant, par-dessus les grondements de tonnerre du broyeur, il lui sembla bien entendre des éclats de voix. Deux personnes criaient. Puis, plus rien. Rassemblant ses dernières forces, Jimmy se hissa le long du fil de fer, une main après l'autre, jusqu'en haut de la machine.

Quand il passa furtivement la tête hors de la cuve, il eut juste le temps de voir Mitchell et Eva s'enfuir au galop.

Il franchit le rebord du broyeur et se laissa tomber, se fichant comme d'une guigne de savoir si c'était haut ou pas. Cela n'était rien comparé à ce qu'il venait d'endurer. Le bruit lui crevait les tympans. Sa tête tournait. Et s'il perdait connaissance ? Allait-il se vider de son sang et mourir des suites de son hémorragie avant que quelqu'un arrive ? Pour un garçon normal, cette issue ne faisait aucun doute, mais

pour lui ? Les zones d'ombre de son propre métabolisme le torturaient. C'est tout juste s'il pouvait encore bouger. Il fallait qu'il attire l'attention, qu'il appelle à l'aide.

« Allez ! s'encouragea-t-il intérieurement. Bouge ou tu vas crever là, baignant dans ton propre sang. » Il rampa sur le sol du hangar jusqu'à se retrouver pratiquement dehors. Devant l'entrée se trouvait une pile de bidons d'essence. Il en renversa un. « Attirer l'attention. » Il jeta un œil derrière lui. Une épaisse trace de sang s'étirait jusqu'au broyeur. « Mon sang ? Serait-il possible que j'en perde autant ? »

Il en appela à ses dernières ressources pour pousser le bidon d'essence vers les bras articulés qui commandaient le broyeur. Il roula un moment sur le sol avant d'être écrasé par les pistons dans une gerbe d'étincelles. Jimmy rampa encore quelques centimètres pour se mettre à l'abri derrière le mur du hangar où il s'effondra dans un tas d'ordures. La dernière chose qu'il sentit avant de s'évanouir fut le souffle chaud de l'explosion dans son dos.

La camionnette roulait à fond. Felix et Georgie rebondissaient sur leurs sièges tandis qu'Helen lançait sa charge motorisée sur les chemins.

– Vous êtes sûrs qu'ils sont allés de ce côté ?

– Ils allaient dans cette direction, mais à travers champs, répondit Georgie, sa voix hoquetant dans les cahots.

– Mais on les a quittés y a longtemps, ajouta Felix en forçant la voix. On a mis des heures pour rentrer.

Helen scrutait l'horizon, tournant constamment la tête à gauche et à droite. Finalement, elle remarqua un mouvement.

– Là ! s'égosilla Georgie qui, elle aussi, avait vu quelque chose.

Deux chevaux. L'un noir, comme celui que montait Eva, l'autre alezan, exactement comme celui de Jimmy. Le problème c'est qu'aucun d'eux ne possédait de cavalier. Ils galopaient vers la camionnette et semblaient venir d'un groupe de bâtiments ressemblant à un petit complexe industriel.

Une fraction de seconde plus tard, de hautes flammes orange s'élevèrent dans les airs en grondant. Le sol trembla. Helen accéléra encore. Même confrontée à une gigantesque explosion, elle ne perdait pas le contrôle du véhicule. Une épaisse fumée obscurcissait le chemin. Ils ne voyaient que par intermittence ce qui se trouvait devant eux. Mais ce fut suffisant.

La camionnette quitta brusquement le chemin et enfonça une barrière. Ils étaient tout proches. Helen écrasa la pédale de frein.

– Restez là ! hurla-t-elle en sortant du véhicule.

Mais Felix et Georgie étaient déjà dehors. Tous trois coururent vers l'incendie.

– Restez près de moi ! ordonna Helen en se protégeant les yeux du plat de la main.

L'air était chaud. Des tisons volaient. Quand ils approchèrent du lieu de l'explosion, le brouillard se dissipa, aspiré par des vents tourbillonnants qui l'emportaient très haut dans le ciel. C'est Felix qui trouva Jimmy : gisant, inconscient, en guenilles, contre le mur extérieur d'un des bâtiments. Sa jambe était déchiquetée. Des lambeaux de chair pendaient, accrochés à une couche de matière gris mat.

Felix fit de grands signes à Helen et Georgie. Ensemble, petit à petit, ils portèrent Jimmy jusqu'à la camionnette. Quand ils l'allongèrent sur la banquette, Jimmy entrouvrit les yeux.

– Mitchell... murmura-t-il dans un filet de voix. Eva...

– Ils sont encore à l'intérieur ? demanda Helen, folle d'angoisse.

Jimmy n'eut que le temps de secouer faiblement la tête avant de perdre à nouveau connaissance. Du sang suintait de ses blessures, maculant les sièges. Georgie lui soutint la tête pendant le trajet de retour jusqu'à la ferme.

8/ Sur le départ

Mitchell et Eva marchèrent en silence dans le brouhaha tumultueux de la gare du Nord. Ils avaient abandonné les chevaux dans la première ville qu'ils avaient croisée après Beuvron et avaient rejoint Paris en taxi. À chaque étape, Eva s'était interrogée. Avait-elle avait pris la bonne décision en suivant Mitchell ? Pour sa part, ce dernier n'avait pratiquement pas ouvert la bouche. Peut-être qu'il se sentait mal à l'aise maintenant qu'il avait une fille avec lui et, qui plus est, une fille qui n'avait pas fait mystère de ses sentiments pour lui. Pourtant, Eva sentait que c'était plus profond que ça. Il n'était pas froid avec elle, il paraissait juste extrêmement soucieux.

Ils prirent place dans la file de voyageurs attendant de faire viser leur passeport. Eva était sur le point de demander à Mitchell ce qu'il avait l'intention de faire pour prévenir sa famille, restée à Beuvron, quand, soudain, elle s'immobilisa.

– Mais… Je n'ai pas mon passeport.

Elle se le représenta, dans le tiroir du bureau de son père, à la maison. Prendre leurs passeports était bien la dernière chose à laquelle ils avaient pensé quand ils avaient fui Londres en hélicoptère. Mitchell soupira et jeta un regard anxieux autour de lui.

– Tu m'écoutes ? demanda Eva. On ne peut aller nulle part. J'ai pas mon passeport. Et toi ? Tu as le tien ?

– Pas b'soin de passeport, coupa simplement Mitchell.

– Quoi ?

– Eva… — Il baissa la voix et la regarda droit dans les yeux — Je t'ai menti. Je ne suis pas en vacances, et ma famille n'est pas là. Quant au truc que je t'ai raconté sur mon casier judiciaire…, il marqua une pause et secoua lentement la tête.

Eva ne répondit rien. C'était comme si le dallage de marbre de la gare fondait sous ses pieds. Mitchell la prit par l'épaule.

– Je suis agent secret, confia-t-il à mi-voix. J'ai été envoyé en France pour te ramener.

Eva sentit ses jambes l'abandonner. C'est toute la gare qui s'écroulait autour d'elle. Se pouvait-il que cela soit vrai ? Viggo avait emmené Eva au beau milieu de la nuit par erreur. Jimmy et lui essayaient seulement de sauver Georgie de la maison d'Eva, dont les propriétaires étaient de fervents supporters d'Ares Hollingdale. Dans l'esprit du NJ7, Eva était l'otage du groupe d'insurgés, pas leur complice.

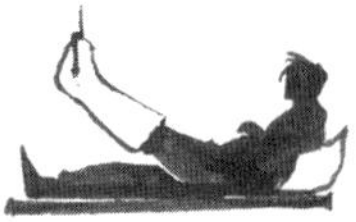

Mais pourquoi avait-on envoyé les services secrets à sa recherche et non la police ? Pourquoi Mitchell n'avait rien dit de tout cela quand ils s'étaient rencontrés la première fois ? Et pourquoi avait-il continué à mentir après la mort de Jimmy ?

Ces questions la taraudaient, mais elle ne pouvait en formuler aucune. Tout lui revenait en mémoire, par flashs. La rencontre au cybercafé, le flirt pendant la balade à cheval, le grondement du broyeur, le sang de Jimmy sur les vêtements de Mitchell. Devait-elle prendre ses jambes à son cou ? Parviendrait-elle à s'en sortir ? Pourtant, sous la confusion de ses sentiments, une autre pensée s'imposait à elle. C'était la même urgence impérieuse que celle qui lui avait commandé de suivre Mitchell, dans l'unité de recyclage. « Ne le laisse pas s'en tirer comme ça », hurlait une petite voix au fond de son cerveau.

Avant qu'elle ait compris ce qui lui arrivait, Mitchell l'avait prise par le bras et, dépassant la queue de passagers, l'avait fait avancer jusqu'au comptoir. Un grand brun, portant l'uniforme d'officier des douanes, émergea de la cabine à miroirs sans tain qui se trouvait dans le fond du bureau. Mitchell lui adressa un signe de tête discret, que l'officier lui rendit aussitôt. La procédure de contrôle des passeports se limita à cela.

Tout se passa si vite qu'Eva n'eut pas le temps de réaliser ce qui lui arrivait. Ils traversèrent le quai à grands pas, escortés par l'officier des douanes jusqu'au wagon de première classe où ils prirent place. C'est seulement lorsque Eva

s'installa sur son siège qu'elle remarqua le badge d'émail accroché au revers de sa veste. Il était barré d'une raie verte.

Semper occultus — le secret toujours —, disait la devise des services secrets. Mitchell n'arrêtait pas de la regarder. Elle s'étalait en lettres d'or sur le mur derrière le bureau, juste en dessous des armes de la famille royale. Il ne s'agissait pas du bureau de Mlle Bennett car ils n'étaient pas au NJ7. Une voiture avait attendu Mitchell et Eva en gare de Waterloo, et les avait emmenés au quartier général du MI6, sur les bords de la Tamise. Le bâtiment ressemblait presque à un château. Un château constellé de caméras de surveillance. Mitchell se trouvait au dernier étage. De la fenêtre, il pouvait contempler les toits de Londres et les gens qui traversaient le Vauxhall bridge. De là-haut, ils ressemblaient à des fourmis.

Ils avaient été transférés ici car il était hors de question d'autoriser Eva, une civile, à pénétrer dans le QG du NJ7. Même l'agent dont on avait réquisitionné le bureau avait eu du mal à croire que le NJ7 existait vraiment. Il avait toujours imaginé qu'il s'agissait d'une légende. Maintenant que le MI6 était au courant, le complexe du NJ7 ne tarderait pas à être sous surveillance.

Mitchell faisait tout son possible pour éviter de croiser le regard de celle qui, techniquement, n'était autre que son officier de commande.

– Alors ? demanda Mlle Bennett en posant sur Mitchell un œil accusateur.

– Jimmy Coates est mort, répondit Mitchell du tac au tac, sans la moindre émotion dans la voix.

Mlle Bennett demeura silencieuse. Avait-elle battu des paupières ? Mitchell n'en était pas certain. Il ne voulait pas la regarder.

– Rien d'autre ? finit-elle par ajouter.

– Il se pourrait que deux agents ennemis cherchent à glaner des renseignements en vue d'un raid sur l'ambassade de France. Un homme et une femme.

– Il se pourrait ?

– Il est possible que la source m'ait dévoilé ces informations dans le but de m'impressionner, répondit Mitchell avant de marquer une pause et de clarifier : Elle a peut-être tout inventé.

Un sourire se dessina sur les lèvres de Mlle Bennett, mais ses yeux restèrent éteints.

– Et comme ça, vous avez ramené Eva Doren dans vos bagages ? ironisa-t-elle de sa voix de velours.

– Affirmatif. Je lui ai dit que j'étais envoyé par les services secrets...

– Dans le cas contraire, votre venue ici aurait paru suspecte, l'interrompit Mlle Bennett.

– Mais elle croit que j'ai été envoyé pour elle, pas pour Jimmy Coates.

Mlle Bennett se frotta le menton un instant avant de reprendre à voix basse, comme si elle se parlait à elle-même :

– Astucieuse improvisation. C'est bien... — Elle leva les yeux vers le garde en costume noir, en faction à côté de la porte du fond. — Faites entrer la fille.

L'homme acquiesça en silence et sortit. Le cœur de Mitchell se mit à battre plus fort.

– Et pour moi ? Que va-t-il se passer ? demanda-t-il d'une voix légèrement tremblante, trahissant son anxiété.

– Tant que vous travaillerez pour nous, répliqua Mlle Bennett qui semblait s'attendre à cette question, vous n'avez aucun souci à vous faire.

Mitchell n'eut pas l'occasion d'ajouter quoi que ce soit car, déjà, Eva Doren faisait son entrée dans la pièce. Il fit un pas en arrière et alla se placer près du mur. Eva leva les yeux vers lui, mais, comme avec Mlle Bennett, il évita de croiser son regard.

« Il fait vraiment partie des services secrets », pensa Eva.

– Bonjour, mademoiselle Doren, lança Mlle Bennett sur un ton déférent qui confinait à l'obséquieux. Vos parents seront là d'une minute à l'autre. D'ici là, s'il y a quoi que ce soit que nous puissions faire pour vous être agréable... Quelque conseil à vous prodiguer...

Eva ne l'écoutait qu'à moitié. Elle connaissait tout de l'alternative qu'on allait lui soumettre. « Je n'ai pas vraiment le choix », se dit-elle intérieurement. Son dilemme était clair : retourner chez elle ou rester près de Mitchell afin de découvrir ce qui se tramait. Sa décision était prise depuis la gare du Nord.

Mlle Bennett jacassait toujours. Eva coupa court à sa logorrhée.

– Je ne veux pas retourner chez mes parents, lança-t-elle de but en blanc.

Mlle Bennett perdit un peu de sa contenance, mais il ne lui fallut que quelques secondes pour se ressaisir.

– Eva... Depuis votre enlèvement, vos parents ont remué ciel et terre pour vous retrouver.

– Je peux vous aider, poursuivit Eva. Laissez-moi travailler pour vous.

Mlle Bennett eut un rire coupant.

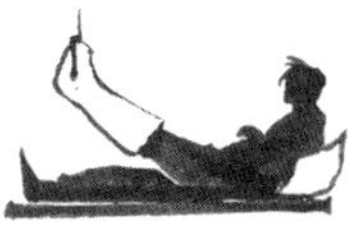

– Je sais que l'idée d'être une « espionne » peut paraître très séduisante, mademoiselle, et, d'ailleurs, peut-être qu'un jour, quand vous serez plus grande…

– Non, maintenant. Je ne demande même pas à être payée. Prenez ça comme un stage…

Mlle Bennett retint son rire et fit signe à l'homme qui gardait la porte d'emmener Eva.

– Christopher Viggo et Safran Walden préparent un raid contre l'ambassade de France ! cria Eva d'une seule traite.

Mlle Bennett arrêta le garde d'un geste de la main.

– Ils vont tenter d'exfiltrer les parents de Felix Muzbeke, poursuivit Eva.

– Est-ce là la pure vérité ? demanda Mlle Bennett en détachant bien tous les mots, ou essayez-vous de m'impressionner ?

Furtivement, elle lança un petit sourire complice à Mitchell.

– Je connais tous les détails de l'opération, répondit Eva, avant de marquer une pause, pour sonder les réactions de Mlle Bennett. Et je connais également beaucoup de choses sur vous. Je sais par exemple que, si Mitchell est comme Jimmy, alors il n'est humain qu'à trente-huit pour cent.

Mitchell tourna vivement la tête vers elle.

– Tu… Tu savais… ça ?

Eva acquiesça en silence.

– Et tu… — Mitchell s'arrêta, cherchant ses mots — m'aimes quand même ?

Eva hocha à nouveau la tête. Un éclair traversa les yeux de Mitchell. Un éclair qu'elle ne leur avait jamais vu avant. Mlle Bennett, pour sa part, était toujours aussi impénétrable.

– Je suis au courant pour le NJ7, ajouta Eva d'un air entendu.

Cette fois, Mlle Bennett se raidit.

– Vos parents ont déjà été informés que nous vous avions retrouvée, déclara-t-elle le plus calmement du monde. Ce serait vraiment dommage de leur annoncer qu'en fait nous n'avons retrouvé que votre dépouille.

Mitchell eut soudain le souffle court, terrifié à l'idée de ce qui pourrait arriver à Eva. Mais, visiblement, elle n'avait pas besoin de son aide.

– Dans ce cas, l'alternative se résume à : me tuer ou m'embaucher…

Mlle Bennett accueillit la proposition avec un large sourire. Visiblement, un déclic s'était produit. C'est alors que son portable sonna. Elle l'ouvrit sèchement et répondit, sans quitter Eva des yeux. Mitchell se prépara à en appeler à son séquençage. S'ils tentaient de tuer Eva, il interviendrait.

– Oui ? aboya Mlle Bennett dans son téléphone. Dites-leur qu'en fin de compte, il ne s'agit pas de leur fille… Dites-leur qu'on poursuit les recherches.

Elle referma son téléphone et le glissa dans sa poche.

– J'aime votre attitude, mademoiselle Doren. Vous êtes pragmatique. Comme moi.

– Vous avez bien fait de m'appeler moi, déclara le docteur, toujours penché sur la jambe de Jimmy. Un médecin civil serait allé tout droit à la police.

– Comment ça se présente ? répliqua Stovorsky, inquiet.

Ils parlaient en français ; pourtant, même à demi conscient, Jimmy n'avait aucune peine à comprendre ce qu'ils disaient.

Felix, en revanche, était complètement largué. Il restait assis à côté du lit, mâchoire béante.

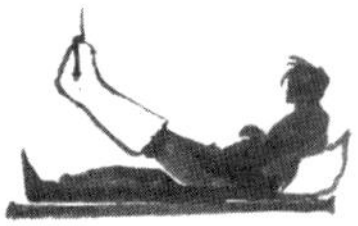

– Difficile à dire, finit par répondre le docteur en se passant une main sur la nuque. Les os de sa jambe ont été totalement broyés, mais ses tissus osseux ne sont pas normaux. Non seulement ils sont aussi résistants que des poutrelles métalliques, mais, en plus, ils se régénèrent à une vitesse vertigineuse. Il en va de même pour les muscles. Comme vous avez pu le constater, la chair du mollet est complètement arrachée, pourtant la plaie est d'ores et déjà en train de cicatriser... de l'intérieur. Son corps a stoppé l'hémorragie incroyablement vite, si on considère la profondeur de la blessure.

Tout en parlant, le docteur faisait le pansement. Jimmy ne bougeait pas. Il ne sentait rien, comme si son corps avait déconnecté toutes les terminaisons nerveuses sous son genou gauche, le temps que sa jambe guérisse. Une sorte d'anesthésie locale, produite au niveau interne.

Le docteur n'en avait pas fini avec son compte rendu.

– Ici, dit-il en se penchant sur le cou de Jimmy, la plaie est remarquablement propre. Il n'y a ni fragment de dent, ni morceau de cuir incrusté dans les chairs. Quant à l'hémorragie, si surprenant que cela puisse paraître, il semble bien qu'elle ait été arrêtée avant même d'avoir commencé.

Jimmy avait un épais bandage autour du cou qui immobilisait sa tête ainsi qu'un gros pansement dans le fond de la bouche, lui interdisant de parler. Il avait la nette impression que tout cela était inutile, pourtant il accompagnait les remarques du docteur par de petits hochements de tête et

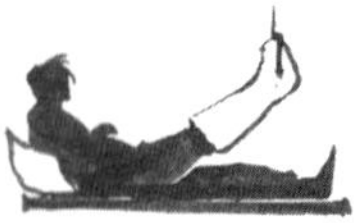

par des grognements approbateurs pour montrer qu'il avait compris. Le médecin ausculta rapidement ses yeux. Aucune compassion ne vint rompre le professionnalisme de ses gestes.

– Tout autre que vous ne remarcherait jamais, déclara-t-il d'une voix blanche en lançant un regard énigmatique à son patient. Mais, dans votre cas, d'après ce que je peux en juger, vous devriez rapidement guérir. Gardez le lit pendant un ou deux jours, avec la jambe en l'air, et ça devrait aller. Je vous ai prescrit une série d'exercices, pour ne pas vous ankyloser...

Pendant qu'il parlait, il commençait déjà à rassembler ses instruments, mais Jimmy n'était pas satisfait.

– Mgh, mmh ! tenta-t-il pitoyablement avant de recracher la gaze qui l'empêchait de parler. Docteur ! Il y a une chose que je ne comprends pas.

Sa voix était rauque et sa gorge lui faisait mal quand il parlait. Mais c'était le cadet de ses soucis.

Le médecin roula des yeux et ramassa le pansement qu'il avait pris tant de soin à poser.

– Pourquoi mon corps n'a-t-il pas mieux résisté ? demanda Jimmy, d'une voix suppliante.

Le docteur interrogea Stovorsky des yeux. Pour toute réponse, celui-ci opina doucement du chef, comme pour donner son aval.

– Mon jeune ami, déclara finalement le médecin, la voix chargée de déplaisir, vous avez beau être d'une facture toute particulière, vous n'êtes pas invincible. En outre, vous n'êtes pas complètement fini, n'est-ce pas ?

Jimmy ne savait pas quoi répondre. Il se sentait vulnérable et presque honteux de ses propres déficiences.

– Écoutez, soupira le docteur. De ce que j'en ai vu, même si vous continuez à vous développer, vous ne serez jamais Superman. Certes, vous serez capable de supporter de gros chocs, de survivre à de profondes entailles, et votre corps se régénérera toujours beaucoup plus vite qu'un organisme lambda. Mais... N'allez pas imaginer que vous vous en sortirez indemne si vous mettez votre jambe dans un broyeur... Vous avez également eu une chance extraordinaire de ne pas sectionner une artère principale en vous entaillant le cou avec votre dent. Imbécile ! Vous avez encore de la veine d'être vivant.

Jimmy était sous le choc. Aucun docteur ne lui avait jamais parlé de la sorte. Visiblement, la médecine militaire ne s'embarrassait pas des mêmes civilités que sa consœur de ville. Ne désirant pas se trouver sous le feu d'une nouvelle attaque, Jimmy se contenta de pencher la tête en arrière et d'ouvrir la bouche, pour que le médecin puisse remettre le pansement. Celui-ci éclata de rire.

– Et vous espérez sincèrement que je vais tout recommencer ? railla-t-il. Pour qu'ensuite vous crachiez mon pansement et posiez de stupides questions ?

Jimmy baissa les yeux d'un air penaud et referma la bouche. Il sentait la colère monter en lui.

– Écoutez, mon garçon, murmura-t-il en pointant un doigt sous le nez de Jimmy. L'arrogance est le pire des défauts. Un de ces jours, vous allez prendre une balle, croyez-moi. — Pour la

première fois, leurs yeux se croisèrent. Le docteur tenait Jimmy sous l'emprise de son regard. — Peut-être que la première ne vous tuera pas… car vous êtes spécial. Mais, ne vous faites pas d'illusions, la seconde le fera. Et ce ne sera pas une mort rapide, comme pour un être normal. Votre corps est aussi têtu que votre cerveau. Il résistera. Obstinément. Contre votre gré. Et vous mourrez lentement, dans d'atroces souffrances.

Jimmy avait les joues en feu et des picotements dans les yeux. Il se concentra sur le goût du sang dans sa bouche pour ne pas pleurer. Le médecin attrapa sa trousse puis quitta la pièce d'un pas décidé, non sans avoir lancé un regard renfrogné à chacun de ses occupants. Sur le pas de la porte, il croisa la mère et la sœur de Jimmy.

– Merci, docteur, murmura simplement Helen en lui serrant la main.

Jimmy était au désespoir. Il se sentait prêt à vomir. Il avala un filet de sang frais. La vue de sa sœur le sortit momentanément de sa torpeur. Il était content de la voir. Pourtant, quelque chose clochait. Il n'en était pas certain, mais il semblait que Georgie venait de pleurer.

Après s'être éclairci la voix, Helen lâcha :

– On a un problème.

Dans l'expectative, tous la regardèrent avec insistance. Jimmy sentit son estomac se nouer. Il avait l'impression d'avoir avalé une boule de bowling.

– Si Mitchell appartient au NJ7, poursuivit sa mère, alors ils sont au courant pour le raid que Chris et Safran préparent sur l'ambassade de France.

– Quoi ? s'étrangla Stovorsky. Et comment l'aurait-il su ?

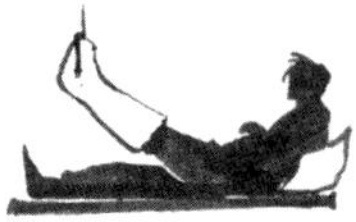

– Je le lui ai dit, répliqua Georgie d'une toute petite voix.

Jimmy était furieux.

– Comment as-tu pu faire ça ? hurla-t-il, indifférent à son mal de gorge.

– Du calme, soupira sa mère dans l'espoir de le calmer.

Mais Jimmy fulminait.

– Est-ce qu'il t'a torturée ? demanda-t-il d'une voix grinçante.

– Je voulais me rendre intéressante, répondit Georgie en baissant les yeux sur ses chaussures. Je sais, c'était idiot. Eva m'a surprise en train de lui dire. Elle est entrée dans une colère noire. J'ai pensé qu'elle était jalouse que je parle à Mitchell en privé. Mais elle avait raison. En plus, au bout du compte, il l'a choisie elle et pas moi.

La fin de sa phrase se perdit dans ses sanglots. Elle courut hors de la chambre. Un lourd silence se fit. Même Felix ne trouvait rien à dire pour l'instant. Jimmy n'osait imaginer le sort qui attendait Viggo et Safran si leur couverture était mise au jour. Stovorsky faisait les cent pas, le dos voûté.

– Je n'arrive pas à y croire, bougonna-t-il, furax. Comment Viggo a-t-il pu être assez stupide pour faire confiance à une bande de mioches ?

– Georgie a fait une bêtise, voilà tout, tenta Helen, du bout des lèvres. Ça peut sûrement s'arranger…

– Ça peut aussi compromettre tous les agents de terrain de la DGSE qui sont infiltrés au Royaume-Uni, explosa Stovorsky, dont la prononciation, avec la colère, devenait plus

erratique. Le NJ7 pourrait les dépister à partir de leur entrée dans le pays. Vous imaginez à quoi ça pourrait nous mener ?

– Dans ce cas, voilà une raison toute trouvée pour nous aider, vous ne croyez pas ?

Jimmy sentait bien que sa mère était bouleversée, mais qu'elle prenait sur elle pour garder son calme afin de ne pas envenimer une situation déjà délicate. Stovorsky ferma les yeux et soupira profondément.

– Si le NJ7 nous a dans le collimateur, il est plus que probable que nos routes habituelles sont sous surveillance, bougonna-t-il sombrement. Pourtant, quelqu'un doit y aller si on veut résoudre ce problème.

Il planta un moment ses yeux dans ceux de Jimmy puis fit de même avec Helen.

– Je suis le seul à pouvoir entrer dans le pays par la voie normale, poursuivit-il à mi-voix. Vos signalements doivent être placardés dans tous les postes frontières du pays.

Soudain, Felix — qui avait réfléchi en silence jusqu'ici — sortit de sa réserve.

– Et *quid* de Georgie et moi ? lâcha-t-il tout à coup de sa petite voix fluette. On peut retourner là-bas, nous. On n'est pas recherchés…

Stovorsky répliqua par un étrange grognement, entre l'amusement et l'horreur, qu'il ne daigna pas expliciter davantage. Felix regarda Jimmy un instant, puis baissa les yeux sur le sol, déconfit.

– Je vais aller à l'ambassade moi-même, déclara finalement Stovorsky en sortant un carnet de sa poche sur lequel il griffonna quelque chose. Une fois que j'aurai repris contact avec

Safran et Viggo, on essaiera de démêler ce sac de nœuds. Vous deux ! — Il pointa Jimmy et Helen du capuchon de son stylo. — Vous me rejoindrez quelques jours plus tard. Ça devrait nous laisser assez de temps. À moi pour arranger votre transfert, et à toi, Jimmy, pour finir de te remettre.

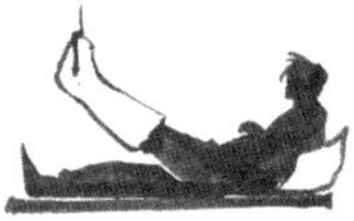

Il arracha un page de son carnet. Felix se pencha en avant pour lire. Stovorsky retira vivement la note de sa vue et la fourra dans la main d'Helen.

– Il est dix-sept heures. Vous voyagerez séparément. Voilà les indications pour vous rendre dans un endroit sûr. Nous nous y retrouverons dans exactement soixante-douze heures. Mémorisez ces instructions puis détruisez-les.

Ses yeux oscillèrent de Jimmy à Helen. Il consulta sa montre et disparut.

Jimmy était étendu le dos contre la table de la cuisine, les jambes en l'air et les genoux repliés. Les muscles de son visage étaient tendus par l'effort et la concentration. Il portait Felix, assis sur ses pieds.

– Encore un ! cria Georgie, debout à côté de la table.

Jimmy déplia lentement ses genoux, millimètre par millimètre, et souleva Felix vers le plafond.

– Cent ! hurla Georgie.

Felix sauta à terre et se mit à parader dans la cuisine comme si c'était lui qui avait exécuté la série.

Jimmy s'essuya le front, inspirant profondément. Grâce à la détermination qu'il mettait à reconstruire sa puissance musculaire, ses blessures avaient déjà bien guéri. Ne lui

restaient plus que quelques bleus au visage et un petit pansement au cou. Il ne prêtait guère attention à ces menus désagréments, sinon qu'il relevait le col de ses vêtements pour cacher le pansement.

– Alors ? demanda Georgie. Comment va cette jambe ?

– Bah, on dirait que ça commence à aller mieux, répondit Jimmy. J'ai retrouvé un peu de force.

– Tu rigoles ? l'interrompit Felix. Ces jambes sont les plus puissantes à avoir jamais foulé la surface de la Terre.

Jimmy sauta de la table et entreprit précautionneusement de faire le tour de la pièce.

– Je n'arrive pas à y croire, s'étonna Georgie. Il y a deux jours, ta jambe était répandue aux quatre coins de la campagne française et maintenant, c'est tout juste si tu boites. C'est fantastique !

– Ouais, ben moi, je ne me sens pas dans une forme fantastique, grommela Jimmy.

– Appuie-toi sur moi, proposa aussitôt Felix en se précipitant pour offrir son épaule.

– Ça va, j'en suis pas là... répliqua Jimmy en se laissant tomber sur une chaise.

Il avala une longue rasade d'eau au goulot d'une bouteille en plastique.

– Jamais je n'aurais dû laisser Mitchell me jeter dans ce broyeur.

– Ne sois pas trop dur avec toi-même, répondit Georgie en posant une main sur le genou de son frère. Mitchell a deux ans de plus que toi, tu te souviens ? Donc son programme interne est plus développé que le tien.

– Ça veut dire aussi que son séquençage possède deux ans de retard par rapport au mien, et qu'il est moins sophistiqué, rétorqua immédiatement Jimmy. Quel est l'intérêt d'être ce que je suis si je dois sans arrêt faire attention à ne pas me blesser ?

– Jimmy... tenta de l'interrompre Georgie de la voix la plus douce qu'elle put trouver.

Mais Jimmy ne l'entendait pas de cette oreille.

– Vous ne comprenez pas, insista-t-il, les yeux embués. J'ai cette... chose... à l'intérieur de moi. En permanence. Et tout ce que ça me rapporte, c'est d'être traqué, pourchassé. On me tire dessus, on me jette dans un broyeur, et tout ça pour quoi ? Vous avez entendu le docteur comme moi. Le fait d'être inhumain ne me sera d'aucun secours si je suis touché par une balle. Je mourrai plus lentement, c'est tout.

– Tu n'es pas inhumain, objecta Felix en fronçant les sourcils.

– Et alors ? ajouta Georgie. Quand bien même tu pourrais être tué par une balle, tu possèdes toujours un avantage par rapport aux autres.

À ces mots, elle plongea une main dans l'encolure de son T-shirt et tira la chaîne qu'elle portait autour du cou. Jimmy n'avait jamais remarqué qu'elle portait un collier. Accroché en sautoir à la chaînette : un petit cylindre argenté, qu'elle tint délicatement au creux de sa paume. Jimmy reconnut l'objet immédiatement. Une balle.

– Où est-ce que tu as eu ça ? demanda-t-il.

– C'est toi qui me l'as donné, répliqua Georgie, toujours aussi calme et protectrice.

Jimmy se souvenait maintenant. Il s'agissait de la balle qu'il avait récupérée, la dernière fois qu'un agent du NJ7 lui avait tiré dessus.

– Alors courage, déclara gentiment Georgie, les yeux plongés dans ceux de Jimmy. J'ai horreur que mes amis broient du noir.

Jimmy ne put retenir un sourire en entendant ces mots. Il ne s'était jamais considéré comme un ami de sa sœur auparavant. Sa joie fut de courte durée. Cette évocation des amis lui rappelait la dernière fois qu'il avait vu Eva.

Georgie remarqua le revirement de son expression.

– Quoi encore ? demanda-t-elle avant de comprendre de quoi il retournait. Ne parle pas d'elle. Elle n'existe plus.

– Malheureusement si, répondit doucement Jimmy. Et en plus, elle a changé de camp.

– J'arrive pas à comprendre, marmonna Georgie en secouant la tête. Elle commençait juste à se faire à la vie ici, à trouver que, finalement, ce n'était pas si terrible. On était même tombées d'accord pour dire qu'on pouvait survivre sans téléphone portable.

– C'est sûr qu'elle était moins pénible qu'au début, ajouta Felix.

– Et puis... dit Georgie en baissant le menton sur sa poitrine. Elle a tout fichu en l'air.

Ce fut au tour de Jimmy de réconforter Georgie. Il l'enlaça aussi tendrement que possible.

– Je suis fier de vous, résonna une voix derrière eux.

Ils se retournèrent. Leur mère s'était discrètement glissée dans la pièce. Elle n'en avait pas perdu une miette.

– Maman ! s'exclama Jimmy.

– Jimmy...

Sans un mot de plus, elle s'élança vers eux et les embrassa de toutes ses forces. Felix n'y échappa pas non plus.

– M'man ! implora Jimmy, tout juste audible. Tu m'étouffes !

– Oh pardon...

Elle les relâcha et fit un pas en arrière.

– Je... Je m'en vais, poursuivit-elle bientôt. Je veux dire... Je pars pour Londres. Tout à l'heure, Yanik te conduira à l'endroit où tu dois rencontrer ton contact.

Elle fixa son fils des yeux en souriant.

– Génial ! répliqua Jimmy. Jacob Estafette, c'est ça ? Il travaille pour un exportateur de viande hollandais ?

Il s'était répété les détails de l'opération encore et encore, depuis que Stovorsky les lui avait confiés.

– Ouais, ajouta Felix, enthousiaste. Et toi, tu seras : Michael Vargas, agent secret.

Il avait pris une grosse voix grave, comme celle des bandes-annonces de films d'action, pour prononcer les derniers mots. Il éclata de rire à sa propre blague.

– Motus ! le rembarra Jimmy en souriant. Tu n'es pas censé être au courant.

Jimmy était légèrement mal à l'aise d'avoir dévoilé sa couverture à Felix. Sa mère ne semblait pas partager son inquiétude.

– Ne t'en fais pas, dit-elle en riant. Tu n'as pas besoin de te souvenir de tout ça. Lui te reconnaîtra.

– Bien sûr, répliqua Jimmy, pas persuadé d'avoir tout compris. Tout baigne.

– Mais écoute-moi bien, poursuivit sa mère. Passer un contrôle douanier en douce n'est pas une mince affaire. Surtout en Angleterre. Dans un sens, tu as plus de chances d'y parvenir que moi, pour la simple et bonne raison que tu es plus petit.

– Ça va aller, m'man… Tu vas t'en tirer comme un chef, la rassura Georgie.

– On verra ça. Merci, Georgie. Quoi qu'il en soit, si, pour une raison ou une autre, je ne suis pas au rendez-vous, ne t'inquiète pas, Jimmy. Je pourrai toujours revenir ici et reprendre contact avec toi plus tard.

Elle regarda Jimmy droit dans les yeux. Celui-ci détourna le regard, soucieux de ne pas laisser paraître son angoisse. Il avait l'estomac noué.

Cette sensation s'accompagnait d'un étrange sentiment de déjà-vu qui traînait dans son sillage tous ces affreux souvenirs de cette première nuit où le NJ7 était venu le chercher. Mlle Bennett — dont il ignorait qui elle était à ce moment-là — avait éloigné sa mère. Jimmy ne pouvait s'empêcher de penser qu'elle refaisait la même chose.

– Bonne chance, m'man, murmura-t-il.

– Oui, bonne chance m'man, répéta Georgie. Même si je sais que tu n'en auras pas besoin.

– Bonne chance, fit écho Felix.

Elle les prit dans ses bras une dernière fois et déposa un baiser sonore sur la joue de chacun.

– On se revoit à Londres, lança Jimmy avec une assurance un peu feinte.

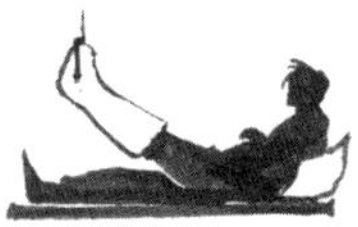

– Rendez-vous à Londres, répliqua Helen en esquissant un sourire.

Et elle disparut.

Jimmy était tendu. La simple évocation de sa ville l'avait fait tressaillir. Ce n'était ni de la peur ni une réinitialisation de son programme. Cela n'avait rien à voir avec les dangers que couraient Safran et Viggo, ni même de rapport avec la perspective de bientôt retrouver les parents de Felix. Jimmy était conscient qu'il aurait dû s'en réjouir, pourtant, il ne ressentait rien. Son cœur était vide de toute émotion.

Il était sur le point de retourner à Londres. Pourquoi cela le mettait-il dans un état pareil ? C'est alors qu'il comprit.

Il fit rouler le bouchon de la bouteille d'eau entre ses doigts. De l'autre main, il soupesait doucement la bouteille, à moitié pleine, puis, dans un furieux accès de rage, il lança le bouchon contre le mur. La bouteille ne tarda pas à prendre le même chemin. Elle explosa contre la cloison en plâtre, dans un déluge d'eau et de plastique.

À Londres, il allait revoir son père.

9/ Quand Vargas rencontre Estafette

Jimmy était ravi que Felix ait insisté pour les accompagner. Il se sentait toujours plus calme quand son ami était à ses côtés. En effet, quelles que soient les circonstances, son attitude ne variait pas d'un iota et il traitait Jimmy comme il l'avait toujours fait.

– Franchement, ils auraient pu prévoir quelque chose pour empêcher ça, maugréa Jimmy, les yeux clos, en prenant une profonde inspiration.

– Arrête de geindre, tu veux ? rétorqua Felix. Tu es malade quand tu lis en voiture, et après ?

– Je ne geins pas, objecta Jimmy. Je disais juste que, si j'avais eu à concevoir quelqu'un, je me serais assuré qu'il ne soit pas malade en voiture.

– Débrouillez-vous comme vous voulez, grommela Yanik, mais l'un de vous doit lire la carte, sans quoi vous n'irez nulle part, encore moins à Londres.

Et il écrasa la pédale d'accélérateur.

Jimmy tendit la carte à Felix, qui y jeta un œil en faisant la grimace.

– C'est tout en français, grogna-t-il, l'air renfrogné.

– Comment ça, c'est tout en français ? s'exclama Yanik, détournant les yeux de la route pendant une fraction de seconde. Une carte, c'est une carte. Les lignes ? Elles sont en français peut-être ?

– Oui, bon, ça va, soupira Felix en tournant et en retournant la carte. Voyons... Où est-ce qu'on... Là ? Non ?

Son doigt avait presque transpercé le papier.

– Ouais, on est là, bougonna Jimmy en ouvrant un œil.

– Parfait, lança fièrement Felix. Dans ce cas, on doit prendre la bleue ?

– La bleue ? ironisa Yanik. Tu sais, en vrai, elle n'est pas bleue.

– Évidemment, répliqua Felix, froissé. Je connais la couleur des routes quand même ! En tout cas c'est celle qu'on doit prendre. Bon ! Mais comment est-ce qu'on la prend...

Le nez sur la carte, il se plongea dans une étude approfondie de l'immense feuille de papier, relevant régulièrement le menton pour scruter le paysage à la recherche d'un hypothétique point de repère.

Ne pouvant s'empêcher de surveiller Felix du coin de l'œil, Jimmy abandonna définitivement l'idée de somnoler.

– Tu veux parler de cette bleue-là ?

Felix opina du chef d'un air pénétré.

– Pchhtt, j'me concentre, dit-il en repoussant la main de Jimmy d'une chiquenaude.

– Euh… Felix, déclara doucement Jimmy. Ça, c'est une rivière.

Il leur fallut une heure pour trouver le point de rendez-vous: une aire d'autoroute sur l'une des innombrables artères asphaltées qui sillonnent le nord de la France. Celle-ci était réduite à sa plus simple expression. Un téléphone, des toilettes et de rares tables de pique-nique qui pourrissaient sur place.

– On y est, marmonna Yanik. Jimmy, on n'est pas supposés attendre avec toi, t'es au courant…

– Je sais…

Yanik ne coupa même pas le moteur de la camionnette. Jimmy descendit seul du véhicule, suivant à la lettre les strictes instructions de Stovorsky. Il se retourna vers ses amis et se força à sourire. Il s'en voulut aussitôt, conscient que cette moue faussement joyeuse lui donnait probablement l'air plus anxieux qu'il ne l'était vraiment.

– Passe le bonjour pour moi, lâcha Felix.

– Quoi ?

– Quand tu verras mes parents. Passe-leur le bonjour.

Jimmy regarda son ami droit dans les yeux.

– Tu pourras très bientôt leur dire toi-même, coupa-t-il avant de refermer la portière.

Yanik fit un timide salut de la main et démarra. Felix colla son visage au carreau puis gonfla ses joues. L'effet était saisissant — et parfaitement grotesque. Jimmy pouffa, puis il tourna les talons et avança d'un pas nonchalant vers les tables, agitant sa main dans les airs en guise d'au revoir. Il voulait

paraître aussi désinvolte et détendu que possible. Par conséquent, il était hors de question qu'il suive des yeux la camionnette qui, déjà, disparaissait au loin. Il était temps de se réaccoutumer à la solitude.

L'endroit était parfaitement désert. Le ronron de l'autoroute, assourdi par un couloir d'épaisses haies et de buissons, paraissait s'être mué en une longue plainte spectrale. Le fond de l'air était frais. Jimmy respirait aussi régulièrement et calmement que possible. Mentalement, il se persuada qu'il n'était pas totalement livré à lui-même. Il avait le soutien de tout un réseau souterrain. Uno Stovorsky, un agent de tout premier ordre des services secrets français, avait tissé une chaîne de contacts et d'intermédiaires. Grâce à eux, il allait atteindre Londres en un rien de temps et retrouver une autre équipe, déjà en place. Pourtant, en dépit de ses efforts pour s'en convaincre, Jimmy avait surtout le sentiment de se retrouver seul, abandonné de tous, assis là au milieu de nulle part face au couchant.

Tandis qu'il attendait, il se remémora les détails de l'opération à venir. Son contact ne devait pas connaître son vrai nom, pas plus que les raisons pour lesquelles il voulait s'introduire clandestinement en Angleterre. Il en était là de ses réflexions quand un poids lourd se présenta sur la voie d'accès de l'aire de repos.

Le camion n'était pas du genre imposant — guère plus de six mètres de long — et, à première vue, il ne datait pas d'hier. La cabine était couverte de boue. La remorque bringuebalait et tanguait bruyamment tandis que le véhicule freinait lentement sa course. La calandre était ornée d'un improbable logo avec un cochon stylisé à la façon des dessins animés américains qui riait bêtement au-dessus d'une inscription en gros lettrage mollasson qui annonçait fièrement : « Thoosavlees ».

Le camion grinça, souffla et, dans un dernier cahot, s'immobilisa. Un homme court et large entreprit de s'extraire de la cabine, qui gîta sous son poids. Il était vêtu d'une longue doudoune imperméable qui lui descendait jusqu'aux pieds. Une abondante barbe noire lui mangeait le visage. Pourtant, dès qu'il eut fait quelques pas vers Jimmy, celui-ci en vit assez pour conclure que l'homme avait vécu son lot de coups durs au fil des ans. Son nez donnait l'impression d'avoir été aplati puis tordu pour faire bonne mesure. Son œil gauche, boursouflé, était plus bas que le droit. Ses vêtements exhalaient des effluves de sueur rance.

Il s'arrêta devant Jimmy, mais évita de le regarder en face.

– Michael Vargas ? demanda-t-il d'un ton bourru et d'une voix aussi râpeuse que sa barbe.

Jimmy détourna la tête pour se soustraire à la puanteur de son haleine.

– Onze ans, voyage seul, signe distinctif : porte son col relevé, poursuivit l'homme. Ça te ressemble ? Non ?

– Jacob Estafette, je présume, répondit finalement Jimmy en tentant désespérément de garder son assurance.

L'homme avait les poings dans les poches. Pour toute réponse, il tordit son poignet droit. La pointe d'un couteau apparut dans l'ouverture de la poche.

– Redis mon nom une seule fois, petit, et je te tranche la gorge.

Jimmy n'eut pas besoin de baisser les yeux sur le couteau pour savoir qu'il était là. Il avait tout de suite remarqué la bosse dans la poche du camionneur. Il fixa l'homme droit dans les yeux, tout au moins dans celui qui n'était pas oblitéré par le bout de chair flasque qui, un jour, avait été une paupière. Il y lut une certaine anxiété, que son attitude bravache ne parvenait pas à faire totalement oublier. À l'évidence, Estafette se méfiait de tous ceux qui voulaient *entrer* au Royaume-Uni. Généralement, c'étaient des marchandises qui voyageaient dans ce sens-là. Les gens, eux, préféraient le chemin inverse. Estafette n'était que l'infime rouage d'un trafic dont l'ampleur le dépassait. Son rôle se limitait — contre une juteuse rémunération — à faire entrer en contrebande tous les biens étrangers que Hollingdale et ses sbires avaient bannis du pays, au premier rang desquels se trouvaient le Coca-Cola, les tennis Nike, et même les disques de la plupart des musiciens étrangers.

Jimmy hocha doucement la tête, faisant de son mieux pour garder son calme. Il était parfaitement inutile de révéler à ce trafiquant à la petite semaine qu'il était bien plus dangereux que lui. Visiblement, Estafette ignorait tout de la vraie nature de Jimmy et il ne soupçonnait probablement pas non plus que les services secrets étaient dans le coup. Ils marchèrent ensemble jusqu'à l'arrière du camion et Estafette ouvrit la porte.

Jimmy eut l'impression de recevoir un coup de bambou sur le crâne. Il chancela, recula de quelques pas, et fit de gros efforts pour se ressaisir. Il ne réalisa qu'ensuite que ce qui l'avait frappé n'était pas une chose. Mais une odeur. Pendus au plafond de la remorque, soigneusement alignés en trois rangs, se trouvaient des dizaines de jambons crus. Et les bêtes dont ils provenaient faisaient certainement partie des plus gros porcs qu'on puisse trouver en Europe.

Jimmy plaqua le dos de sa main sur son nez. « Suis-je supposé voyager là-dedans ? » se demanda-t-il en levant un regard interrogateur vers Estafette. Celui-ci lui répondit par un sourire. Sous la moustache, Jimmy aperçut un trou béant — où étaient supposées se trouver des dents.

Jimmy grimpa dans la remorque, avalant de longues goulées de puanteur. Cela aurait pu être pire. Non, le pire était bel et bien le froid, qui ne tarda pas à lui couper le souffle. La remorque était réfrigérée.

– C'est-n'im-porte-quoi ! bégaya Jimmy d'une voix chevrotante.

Estafette se contenta de tendre l'index. Jimmy baissa les yeux sur l'appendice boudiné qui semblait bien indiquer le plancher de la remorque. Au début, Jimmy ne remarqua rien, sinon la jointure des plaques de métal qui formaient le plancher de la remorque, pourtant, en y regardant de plus près, il avisa un petit trou, à deux mètres de lui. Soumettant chacun de ses gestes à l'approbation silencieuse d'Estafette, Jimmy s'accroupit sur le sol de la remorque puis avança vers la cabine, au milieu des quartiers de viande et des jambons qui lui cognaient le dos. Quand il eut atteint le milieu de la remorque, il enfonça le doigt dans le trou et tira. L'épaisse plaque calorifuge pivota, révélant une petite cache.

Jimmy n'eut pas besoin de l'aval d'Estafette pour savoir ce qui lui restait à faire. Il se glissa dans l'ouverture en claquant des dents, puis se recroquevilla dans le réduit. Il n'avait pas assez de place pour étendre les jambes.

Estafette grimpa dans la remorque à son tour et alla lorgner la trappe d'un air mauvais. « Un gros jambon barbu emballé dans une doudoune », se moqua mentalement Jimmy.

– Vous avez un faible pour les sardines ? ironisa Jimmy en se tortillant pour se caler dans le petit coffre de tôle.

La réponse fusa, cinglante :

– J'ai un faible pour tout ce qui ne parle pas.

Jimmy laissa passer quelques secondes avant de demander :

– Cette viande ? Je peux en avoir ?

Estafette avisa les jambons comme s'il venait de remarquer leur présence. Puis, un petit sourire amusé sur les lèvres, il découpa une épaisse tranche et la lança à Jimmy.

– Désolé. Ni pain frais ni cornichons, ajouta-t-il d'un air narquois.

– Contentez-vous de m'amener en Angleterre, grinça Jimmy en retour.

Après quoi, Estafette referma bruyamment le couvercle de la planque, faisant un rempart bienvenu contre la réfrigération du compartiment. Ensuite, il y eut un second bruit métallique et sourd, quand Estafette claqua la porte de la remorque. Jimmy venait d'être mis au tombeau.

Il n'était pas certain de pouvoir supporter encore longtemps ce calvaire. Il avait beau se tortiller comme un ver dans son réduit, rien ne soulageait ses crampes. Il était dans la même position depuis quatre heures. Au début, il avait cru que le voyage ne serait pas trop pénible. Mais c'était sans compter avec la traversée de la Manche. Le ferry tanguait d'un côté à l'autre, gîtait, faisait de subites embardées sans jamais sembler devoir s'arrêter. Quant à au séquençage de Jimmy, c'était maintenant un fait établi, il ne prévoyait rien contre le mal de mer.

« Ne dégobille pas, se répétait-il inlassablement. Ne dégobille pas. » Il ferma les yeux et s'imagina allongé sur la pelouse, dans un parc, par un jour de grand soleil. Cette stratégie ne lui fut pas d'un grand secours. Il faisait noir là-dedans, et quand bien même il aurait enclenché sa vision nocturne, il n'y avait rien à voir. Il resta seul avec ses nausées. Les craquements du bateau et les rugissements du vent de l'autre côté de la coque résonnaient à ses oreilles, encore amplifiés par son mal de mer.

« On y est presque », tenta-t-il de se convaincre, alors même qu'il avait depuis longtemps perdu toute notion du temps. Cela faisait belle lurette également qu'il avait terminé sa tranche de jambon. Il se trouvait donc en butte à la pire des combinaisons qui soit : mal au cœur et faim.

Après cet interminable calvaire, le vrombissement des moteurs des voitures finit tout de même par se faire entendre. Ils n'allaient pas tarder à reprendre la route.

– Merci ! soupira-t-il quand enfin le camion sortit du navire.

Le seul fait de retrouver la terre ferme le remplissait de joie. Et quelle terre ! *England*. Il ne la voyait pas, mais pourtant, il y était bel et bien. Seulement quelques minutes plus tard, le camion s'arrêta à nouveau. C'était ça le véritable test.

Le contrôle des passeports. Dans les temps anciens, les gens pouvaient passer la frontière anglaise librement, dans un sens ou dans l'autre. Mais Hollingdale avait mis un terme à tout ça et, aujourd'hui, tout le monde était sévèrement contrôlé.

Le moteur du camion cessa de tourner. Jimmy tendit l'oreille pour essayer de comprendre ce qui se passait. Il entendait des voix étouffées. Les battements de son cœur couvraient les mots. La blessure qu'il avait au cou se réveilla. « Pourquoi attend-on aussi longtemps ? » s'impatienta-t-il mentalement.

Il était persuadé qu'à un moment ou un autre le couvercle de sa cache allait être soulevé. Il se représenta le visage de Mlle Bennett, penchant sa tête dans la trappe et lui lançant un regard carnassier. D'instinct, il retint sa respiration.

Il n'avait pourtant pas de raisons de s'en faire. Après trois minutes de supplice, le camion gronda à nouveau puis reprit sa lente route chaotique et bruyante. Jimmy poussa un profond soupir. Il se sentait un peu idiot d'avoir eu si peur. Il eut une pensée pour sa mère et se demanda si elle aurait à subir la même épreuve. Ce serait encore plus dur pour elle, et pas seulement parce qu'elle était plus grande. En effet, une des premières caractéristiques qu'il avait découverte sur sa modélisation d'assassin était que les chiens ne le flairaient pas. Sa mère ne jouissait pas de cet avantage.

Deux heures plus tard, le camion fit une nouvelle halte. Les gargouillis qui résonnèrent dans le châssis laissaient clairement entendre qu'ils étaient dans une station-service. Quand Estafette eut rempli le réservoir, Jimmy entendit les portes de la remorque s'ouvrir, et, soudain, le couvercle de la trappe fut soulevé. La face grossière d'Estafette apparut dans l'ouverture. Comme toujours, les rétines de Jimmy s'accommodèrent dans l'instant.

– Amène-toi, grogna le camionneur. Tu peux t'asseoir devant pour le reste du voyage. On est presque arrivés.

– Pas trop tôt, bougonna Jimmy en s'extrayant péniblement de son trou tandis qu'Estafette, d'un pas traînant, allait payer le gasoil.

Jimmy frissonna. Il avisa les jambons et en arracha un morceau. Ses jambes flageolèrent. Il était resté si longtemps coincé dans son coffre qu'il dut prendre appui sur les quartiers de viande pour ne pas perdre l'équilibre. Il émergea de la remorque en vacillant. La station-service brillait dans la nuit. Une oasis de néons.

Jimmy avait des picotements dans tous ses membres, conséquence du sang qui refluait à ses extrémités. Il s'étira et avança lentement vers la cabine en jetant un regard circulaire à la zone. Une dizaine d'automobilistes faisaient le plein, les yeux dans le vague. L'un d'eux n'était-il pas en train de l'observer ? « Ne sois pas paranoïaque, Jimmy. »

Il se hissa sur le siège passager, mâchant un bout de jambon. La cabine était décorée de tout un bric-à-brac. Il y avait des photos — dont certaines étaient passablement jaunies et froissées —, coincées aux quatre coins du pare-brise. Des enfants souriant, des gens qui jouaient sur une plage. Jimmy aurait pratiquement pu remonter toute l'histoire d'Estafette à partir de ces tranches de vie. Mais, tout à coup, quelque chose attira son regard et détourna totalement son attention

du bazar qu'Estafette avait accumulé dans sa cabine. Une voiture de police venait de s'arrêter à la station-essence. Le chauffeur ouvrit la portière et attrapa une pompe.

Jimmy se figea. « Si jamais il regarde dans ma direction... Surtout ne pas broncher. » Il ne voulait pas éveiller les soupçons du policier. Au fond de lui, son programme s'était réinitialisé, le tenant parfaitement immobile. Rien n'indiquait que cette voiture de patrouille avait été envoyée à sa recherche. D'ailleurs, aux yeux du NJ7, il était mort. Si Mitchell avait eu le plus petit doute à ce sujet, il serait resté sur place pour achever sa mission. Non, ce n'était sûrement qu'un hasard malencontreux.

L'agent était un homme jeune dont la frêle corpulence semblait ployer sous le poids de son équipement de combat. Il jetait des regards furtifs autour de lui pendant que l'essence coulait dans le réservoir. « Allez... » supplia mentalement Jimmy, dont la prière s'adressait autant au policier qu'à Estafette. Jimmy regardait droit devant lui, évitant ostensiblement de tourner la tête vers l'agent de police, qui, pour sa part, semblait lui aussi avoir remarqué quelque chose qui l'intriguait. Ses yeux étaient braqués sur le camion.

Jimmy mâchouilla un nouveau morceau de jambon. Il se tenait ratatiné sur son siège, faisant de son mieux pour paraître petit, insignifiant et anonyme, comme n'importe quel autre gamin du pays. Ses doigts agrippèrent un morceau de Scotch qui recouvrait une déchirure sur son siège.

Enfin, Estafette était de retour. Il se dirigea droit vers le camion, sans prêter la moindre attention à l'agent de police. « C'est bon... Continue comme ça. »

À moins de deux mètres du poids lourd, Estafette s'immobilisa. Le policier l'avait hélé. Jimmy regarda fixement le passeur. Il lut un doute dans ses yeux. Devait-il se retourner ? Faire comme s'il n'avait rien entendu ? « N'importe quoi, mais fais quelque chose », implora mentalement Jimmy, paralysé sur son siège, sous le regard inquisiteur de l'agent.

Estafette finit par se retourner. Il sortit une pomme de sa poche et entreprit de l'éplucher, nonchalamment, de la pointe de son couteau. Trop nonchalamment. Jimmy ne pouvait pas regarder. L'agent le montrait du doigt. Estafette éclata de rire, tête rejetée en arrière. La longue pelure de sa pomme rebondit dans les airs comme un ressort sur lequel on tire.

Du coin de l'œil, Jimmy observa le second agent, resté à l'intérieur du véhicule. Il cherchait quelque chose. Et s'il consultait sa base de données sur ordinateur ? S'il demandait de plus amples informations par radio ? C'était pas un fusil « spécial police » qui pointait au-dessus du tableau de bord ?

Jimmy sentit son pouls s'accélérer. Le sang battait à ses tempes. Quelque chose tournait dans sa tête. Son séquençage venait d'entrer dans une nouvelle phase, il « montait ». Mais pourquoi ? Dans quel but ? C'est alors qu'il réalisa qu'il était en train de calculer la meilleure façon de tuer toutes les personnes présentes dans la station. « Du calme », se dit-il en fermant les yeux pour garder son self-control. Mais l'autre moitié de son cerveau continuait son décompte macabre : « Tu te fais le premier au couteau, le deuxième et le troisième avec un fouetté à la tempe, quatrième et cinquième avec le fusil antiémeute... STOP ! » hurla-t-il dans sa tête.

Jimmy tentait désespérément d'empêcher ses jambes de bouger. Dans le cas contraire, une dizaine d'êtres humains périraient. « Ne prends pas le risque », tenta-t-il de négocier avec son programme interne.

Finalement, Estafette tourna les talons et revint au camion. Le policier ne le quittait pas des yeux.

– Ils ont demandé après toi, murmura Estafette en grimpant au volant. Je leur ai répondu que tu étais mon fils.

Jimmy hocha la tête en signe d'approbation.

– Partons d'ici, lança-t-il avant de marquer une pause et d'ajouter un ironique : « p'pa ».

Estafette le gratifia d'un autre de ses sourires édentés puis engagea la première et démarra.

– Tu t'en es bien tiré, fit-il remarquer après un silence.

Jimmy hocha à nouveau la tête, l'air innocent. Estafette ne savait pas à quel point il avait raison.

– Tu sais, poursuivit le routier avec une pointe de reproche dans la voix, ces jambons doivent vraiment être livrés. Je vais me faire attraper s'ils s'aperçoivent qu'ils ont été carottés.

– T'auras qu'à leur dire que c'est les rats, répliqua Jimmy sans hésiter.

– Des rats ? Mais ces trucs sont pendus à un mètre du sol.

– Des rats volants.

– Des rats volants ? répéta Estafette en éclatant de rire.

Le masque glacial dont il ne s'était pas départi avait enfin fini par fondre.

– Bon, OK… Des chauves-souris, alors ? ironisa Jimmy.

– Des chauves-souris ? hurla Estafette. Dans un camion frigorifique ?

– Ben oui, des chauves-souris polaires...

Et ils explosèrent tous les deux de rire, d'un rire aux accents d'autant plus hystériques qu'il faisait suite à une belle frousse.

– On va dire ça, Michael Vargas, rugit Estafette. Des chauves-souris polaires...

Le camion filait en vrombissant sur l'autoroute qui le rapprochait de Londres. À quelques encablures derrière lui, deux agents de police pressés d'être promus se disputaient sur la question de savoir s'il fallait mettre la sirène ou pas.

10/ Le retour du fils prodigue

C'est un éclair bleu dans le rétroviseur extérieur qui alerta Jimmy. Il le ressentit au creux de son estomac plus qu'il ne le vit.

– Mets la gomme !

Sa voix était dure, le ton sévère, façon *trader* donnant un ordre en bourse.

– Quoi ? — Estafette jeta un œil dans le rétro, la voiture de patrouille était immanquable. — Ça n'a peut-être rien à voir avec nous.

– Non, effectivement, nuança Jimmy, c'est après moi seul qu'ils en ont.

Estafette tourna vivement la tête. Le hurlement de la sirène était tout proche maintenant. Il résonnait à l'intérieur de la

cabine. Jimmy se pencha en avant pour évaluer la situation en regardant dans le rétro. Tout d'abord, il ne localisa qu'une voiture de police parmi la myriade de phares derrière eux. Puis, comme sortie de nulle part, une deuxième apparut.

– Vas-y, fonce, hurla Jimmy. Avant qu'ils installent un barrage.

– On entre dans Londres, protesta Estafette. C'est sûrement un simple contrôle de routine. Peut-être que je ferais mieux de m'arrêter.

Jimmy rumina un instant ce qu'il venait d'entendre. Peut-être qu'il avait raison. Il ne s'agissait peut-être que d'un banal contrôle à la lisière de la ville. Jimmy scruta le rétroviseur avec la même minutieuse attention que s'il s'agissait d'un tableau de maître. Une constellation de phares scintillait dans le miroir. Il baissa la vitre et passa la tête à l'extérieur. Le vent lui fouettait le crâne. C'est là qu'il la repéra. Il ne savait pas comment elle avait fait pour se retrouver sur l'autoroute, vu qu'ils n'avaient pas passé de bretelle, quoi qu'il en soit, elle était là : une longue berline noire sans marque ni plaque d'immatriculation avec, au niveau de la calandre, une sinistre raie verte.

– C'est eux, s'étrangla Jimmy.

– Qui ça : eux ?

– Des gens peu fréquentables. Vaut mieux que tu n'en saches pas davantage. La seule chose qui est sûre c'est que s'ils me voient, ils vont essayer de me tuer.

Estafette lança un regard confus à Jimmy, tentant de voir s'il était sérieux. Quand il eut avisé l'expression sur le visage du garçon, il écrasa la pédale d'accélérateur et bifurqua vers la sortie. Le camion filait à toute allure maintenant, avalant littéralement la route.

– Continue de rouler, hurla Jimmy pour couvrir l'énorme rugissement du moteur. Y a moyen d'entrer dans la remorque depuis la cabine ?

– Non. La seule ouverture, c'est les portes arrière.

– Impossible. — Les idées se bousculaient dans l'esprit de Jimmy à la même allure que les énormes pistons qui pompaient frénétiquement sous le capot. — Bon ! Faut que je descende, hurla-t-il finalement avant d'attraper le vieux plan des rues de Londres qui se trouvait à ses pieds. Du moment qu'ils me voient quitter le bahut, ça devrait aller pour toi. Ils vont concentrer leurs efforts sur moi.

Jimmy feuilleta rapidement l'index alphabétique, arracha une feuille et la fourra dans sa poche.

– Tu vas sauter ? s'étrangla Estafette. Mais… C'est de la folie.

– Merci pour tout, se contenta de répondre Jimmy en détachant sa ceinture.

Il avait déjà la moitié du tronc par la fenêtre, quand il ajouta :

– J'peux reprendre un peu de ton jambon ?

Il se tourna ensuite une dernière fois vers Estafette et fut étonné de le voir sourire de toutes les dents qu'il n'avait plus.

– T'inquiète, petit, rétorqua-t-il avec une œillade complice. Les chauves-souris polaires… Tu te souviens ?

– Ouais. C'est ça ! Les chauves-souris polaires.

Et c'est avec un sourire aux lèvres, pourtant guère à propos, qu'il sortit par la fenêtre du camion. Le vent était si fort qu'il eut le sentiment que ses yeux allaient sortir de leurs orbites. Il n'eut pratiquement besoin que d'une seule détente pour

contourner la cabine et atterrir entre celle-ci et la remorque, en équilibre sur l'attache. Il était relativement à l'abri ici ; en revanche, le bruit était infernal. Pourtant, ce vacarme n'était rien à côté de celui qui régnait à l'intérieur de sa tête, submergée qu'elle était par les millions d'instructions à la seconde que son séquençage envoyait à chacun de ses muscles.

Jimmy s'accroupit et passa la tête sous le châssis. Le bitume filait sous lui. Les roues du camion soulevaient des gravillons et des poussières, l'obligeant à plisser les yeux. Rassemblant toutes ses forces, il s'agrippa à l'attache et passa en dessous. Se tenant juste au-dessus de la route, il manœuvra jusqu'à se retrouver à l'horizontale, sous le châssis du camion.

Il avait des saletés plein la bouche. Tous les trente centimètres, il arrêtait son crawl inversé pour cracher un caillot noir et compact. Il tenta d'oublier le bruit, les crampes dans ses avant-bras, et les gyrophares de la police qui se reflétaient sur l'asphalte. Il chercha à tâtons sur le plancher de la remorque un endroit légèrement moins chaud que le reste, c'est-à-dire là où l'isolation était la plus fine.

Après un dernier coup d'œil à ses pieds et au-dessus de sa tête, pour vérifier qu'il se trouvait bien au centre de la remorque, il accrocha ses jambes aux longerons métalliques et soulagea un peu ses bras. Puis, il cogna le plancher de la remorque, de toutes ses forces. À la deuxième tentative, le métal avait déjà une grosse bosse. Jimmy frappa à nouveau, et encore, et encore. Il ne tarda pas à parvenir à ses fins et quelques secondes plus tard, son poing creva le fond de la trappe dans laquelle il s'était caché seulement quelques heures plus tôt.

Il déchira la plaque de métal, poussa, tira, jusqu'à ce que le trou soit juste assez large pour qu'il puisse se hisser à l'intérieur. Un dernier direct et le couvercle de la trappe s'ouvrit brutalement. Une bouffée d'air réfrigéré s'abattit sur son visage — même chargée d'odeur, il l'accueillit avec soulagement après le coup de chaud sous la remorque.

Jimmy se tortilla précautionneusement à l'intérieur, souffle coupé. Quelques secondes plus tard, il était debout au milieu des jambons, vacillant au même rythme qu'eux en essayant tant bien que mal de reprendre ses esprits. Il n'avait pas une minute à perdre. Il se redressa donc et ouvrit la porte de la remorque d'un coup de pied. Il se colla dos à la paroi intérieure du camion, pour ne pas faire une cible rêvée au cas où ses poursuivants décideraient d'ouvrir le feu.

Car ils étaient bel et bien là. Une file de voitures les suivait. De près. Jimmy fit un rapide décompte : trois de la police et deux du NJ7. Sans perdre une seconde, il se mit sur la pointe des pieds et décrocha délicatement un jambon entier qui pendait du plafond. La patte était presque aussi grosse que lui. Et elle pesait une tonne. Il la prit dans ses bras et la jeta par-dessus bord, juste devant la voiture de police qui leur collait au train.

Le chauffeur fit une vive embardée pour éviter la montagne de viande qui roulait sur l'asphalte. Une volée de coups de klaxon et le fracas d'un carambolage ne tardèrent pas à suivre. Jimmy ne regarda même pas. Il était déjà en train d'en décrocher un autre. Vacillant sous le poids de la bête, il s'approcha du bord et la jeta sur la route. Le camion lâcha ainsi une pluie d'improbables bombes charcutières de ses soutes.

Les énormes quartiers de viande qui rebondissaient sur la route rendaient impossible toute filature rapprochée. La cohorte de voitures garda ses distances.

Quand un vide suffisant fut créé derrière eux, Jimmy lâcha un dernier jambon qui rebondit un instant dans les airs avant de heurter de plein fouet la première voiture de la colonne. Les phares explosèrent en mille morceaux. La voiture fit un bond sur la route : le jambon s'était coincé sous le châssis. « Cool, ironisa mentalement Jimmy. Un croque-monsieur. »

Jimmy escalada ensuite la porte de la remorque et grimpa sur le toit. Il s'allongea sur le ventre, essayant de se faire aussi plat qu'une limande. L'autoroute sillonnait Londres maintenant. Tous les cent mètres, ils passaient sous un des nombreux ponts qui surplombaient la voie rapide.

Jimmy jeta un coup d'œil derrière lui. Seuls les véhicules du NJ7 participaient encore à la poursuite. Il en fallait plus qu'un peu de viande froide pour les arrêter. Ils gagnaient même du terrain. Lentement, essayant d'amortir les cahots du camion qui continuait sa folle ruée en avant, Jimmy se mit à quatre pattes sur le toit de la remorque. Le pont suivant grossissait à vue d'œil devant eux. Au moment crucial, il bondit.

Il heurta le tablier de béton avec une violence inouïe. Le choc se répercuta dans tout son corps, lui coupant le souffle. Mais il ne tomba pas. Ses doigts étaient solidement agrippés à la rambarde. Il tira sur ses bras et prit pied sur l'ouvrage, juste à temps pour voir les voitures du NJ7, en plein dérapage, s'arrêter au bord de la route dans un hurlement de pneus. Jimmy demeura un instant parfaitement immobile,

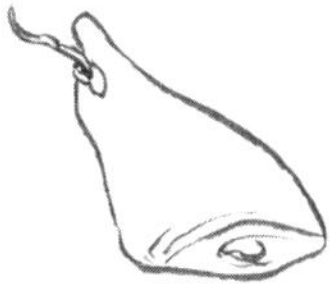

debout face à l'incessant défilé de voitures sur le pont. Il attendit qu'un agent du NJ7 sorte de sa voiture et lève les yeux vers lui. Estafette avait d'ores et déjà disparu à l'horizon. Personne ne le suivait.

« Mmh, il va devoir la jouer fine », s'amusa Jimmy en repensant au routier et à sa cargaison de jambons à livrer. Et il se mit à courir, fendant l'air nocturne à toutes jambes. Direction : le centre-ville. Il était de retour au pays. Mais quel sort lui réservait-on ici, au cœur de la capitale ?

Mlle Bennett raccrocha le téléphone avec une telle rage qu'elle faillit bien exploser le combiné sur sa base.

– C'est confirmé, grogna-t-elle sur un ton menaçant.

D'un bond, elle se leva de son bureau et se tourna vers la fenêtre, dont les volets étaient clos. On était au milieu de la nuit. Ce menu détail n'empêchait pas Mlle Bennett d'arborer un tailleur toujours aussi impeccable et Paduk — dans son uniforme à la fantaisie toute militaire — de se tenir debout, au repos, les mains dans le dos, le menton relevé, prêt à recevoir ses ordres.

« Jamais, ils vont au lit ? » se demanda intérieurement Mitchell, qu'on avait tiré d'un profond sommeil pour le soumettre à un nouvel interrogatoire. Lui était encore en pyjama. Il fixa la nuque de Mlle Bennett d'un œil endormi. La petite barrette verte qu'elle portait dans ses cheveux l'hypnotisait. Il eut l'impression d'attendre une éternité avant que Mlle Bennett ne daigne faire volte-face.

– Je veux savoir exactement ce qui s'est passé quand vous avez *cru* éliminer Jimmy Coates.

– Que voulez-vous dire ? demanda Mitchell d'une voix tremblante.

Ses yeux oscillèrent désespérément entre Mlle Bennett et Paduk. Plusieurs fois. Mlle Bennett le laissa patauger un moment avant de confirmer :

– Il est vivant. Et il est en Angleterre.

– Impossible, objecta Mitchell. Je vous l'ai dit... Je l'ai poussé dans un broyeur industriel. Il n'a pas pu survivre à ç...

Mlle Bennett l'arrêta d'un simple geste de la main. Mitchell garda la bouche ouverte. Au fond de lui, son estomac faisait des nœuds. Cette nouvelle avait affolé son séquençage.

– Amenez-la, grommela Mlle Bennett en se tournant vers Paduk.

Celui-ci alla jusqu'à la porte d'un pas raide, l'ouvrit, puis fit signe à Eva, qui attendait dans le couloir, d'entrer dans la pièce. Elle bâilla et lança un timide sourire à Mitchell, légèrement honteuse d'apparaître ainsi vêtue d'un pyjama d'emprunt trop grand pour elle. Il ne lui rendit pas son sourire. À le voir, on pouvait même se demander s'il avait seulement remarqué qu'elle était là.

– Qu'est-ce qui se passe ? demanda Eva.

Mlle Bennett ne s'embarrassa pas de cérémonie pour lui répondre.

– Eva ! Vous avez assisté à l'accident qui s'est produit en France. Dites-moi comment ça s'est passé.

Eva hésita un instant, interrogeant du regard tous les yeux qu'elle put croiser dans la pièce à la recherche d'un indice qui la mettrait sur la voie. Quel était donc ce cataclysme qui avait frappé le pays ? Elle avait pris ses habitudes à l'ambassade de

France. Et la nuit, le bâtiment était toujours très calme. Pourtant, ce soir, après qu'un agent l'eut réveillée et tirée du lit, elle avait trouvé les couloirs grouillant d'activité.

– La machine… embraya-t-elle avec hésitation. La machine tournait…

– Prends ton temps, réfléchis bien, suggéra Mlle Bennett d'une voix de velours. Tâche de te rappeler tous les petits détails que tu aurais pu passer sous silence lors de ta première déposition.

C'était bien la dernière chose qu'Eva voulait faire. La mort de Jimmy la hantait toujours. Chaque fois qu'elle fermait les yeux, elle voyait des giclées de sang monter du broyeur et, quand elle essayait de dormir, elle entendait le grondement entêtant de la machine. Elle eut une pensée émue pour sa maison, pour sa famille. Comme elle aurait aimé se trouver en sécurité, parmi les siens !

« Non, protesta mentalement Eva. Il faut que je m'accroche. C'est important. »

– J'ai vu Mitchell essayer de rattraper Jimmy, poursuivit-elle. Il était penché dans la cuve, mais…

– Y a-t-il la moindre chance pour que Jimmy ait survécu ? l'interrompit Paduk d'une voix encore plus grave que d'habitude.

Un frisson glaça le sang d'Eva. Elle avait le sentiment que si elle parlait, ses lèvres allaient se briser en mille morceaux. Mlle Bennett reprit la main.

– Quelle question ridicule, Paduk ! Nous savons tous très bien qu'il n'avait aucune chance de s'en sortir… Même s'il l'a fait.

Eva sursauta et revint à la vie. Elle ne pouvait pas croire ce qu'elle venait d'entendre. Elle se sentit rougir. Jimmy était

toujours vivant. Une joie immense la submergea. Une joie qu'elle s'empressa de dissimuler en prenant une pose éplorée, la tête entre les mains.

– Oh non ! s'écria-t-elle des sanglots dans la voix. Ils vont venir me chercher…

Ses larmes étaient réelles. Tout ce qu'elle avait eu à faire, c'était travestir le bonheur qu'elle ressentait en tristesse.

– Oh, regardez ce que vous avez fait… Vous pouvez être fier de vous, déclara Mlle Bennett en secouant la tête en signe de reproche à l'adresse de Paduk. Bon, ça suffit ! Retournez au lit vous deux, nous n'avons plus besoin de vous.

D'un vague geste de la main, elle invita Eva et Mitchell à quitter les lieux. Eva ne se le fit pas dire deux fois. Elle se précipita vers la porte en baissant les yeux pour cacher son visage. Mitchell lui emboîta le pas, tendu comme une corde de violon. Aucune chance qu'il dorme cette nuit.

– Pourquoi n'avez-vous pas dit la vérité à la fille ? demanda Paduk quand les deux adolescents eurent disparu. Pourquoi continuer à prétendre que c'était un accident ?

– Elle vient de commencer, Paduk. Pas besoin de la confronter tout de suite aux aspects les plus… regrettables de notre travail, rétorqua Mlle Bennett. Quand elle sera plus aguerrie, on pourra commencer à la former… Pas à pas.

– Dois-je en conclure que vous comptez la garder parmi nous ? demanda Paduk, qui avait du mal à cacher son étonnement. Êtes-vous consciente du risque que cela représente pour notre sécurité ?

– Si nous sommes capables de transformer des enfants en assassins, le coupa Mlle Bennett, je ne vois pas pourquoi nous

ne pourrions pas prendre une jolie jeune fille et lui apprendre à devenir un cadre de haut niveau...

– Mais les assassins sont génétiquement programmés, objecta Paduk. Cela nous fournit une garantie quant au résultat...

– Exact ! trancha Mlle Bennett avec un sourire méprisant. Et nous avons tous vu où cela nous a menés. Des garanties... Pff ! Je préfère me fonder sur mon propre jugement, Paduk. Et croyez-moi, Eva est typiquement le genre de personne dont notre organisation a besoin. Vous avez vu sa réaction, comme moi. Elle était sincèrement dévastée. Du patriotisme, Paduk ! Rien d'autre. Et ça, ça s'acquiert par une bonne éducation.

Mlle Bennett se laissa tomber dans son fauteuil, bâilla, puis reprit à mi-voix :

– Elle ira loin, Paduk. Je la verrais même bien me remplacer dans vingt ans. Ne vous inquiétez pas pour Eva. Je me porte garante pour elle.

Jimmy atteignit Kensington juste avant le lever du jour. Maintenant, l'aube pointait et il était épuisé. Ses mains tremblaient. Le vent pinçait. Il avait un goût acide dans la bouche et les poumons en feu. Il se força à continuer de courir. Son pantalon était trempé de sueur. Une fois de plus, son séquençage avait dans un premier temps refoulé la douleur, pourtant celle-ci était si intense qu'elle commençait à filtrer à travers les pare-feu et à s'insinuer dans son cerveau. Il fallait qu'il s'arrête.

La mort dans l'âme, il se précipita sous un porche et fit une halte, plié en deux, les mains sur les cuisses. Il consulta une

dernière fois le plan qu'il avait récupéré dans le camion. Il était tout proche. Mais le reste du trajet, il devrait le faire en marchant. La planque était parfaitement située — à quelques centaines de mètres seulement de l'ambassade de France, dans South Kensington. Ce quartier de Londres avait autrefois abrité nombre de boutiques chic, mais maintenant que seuls les créateurs britanniques étaient autorisés à avoir pignon sur rue, le quartier était aussi lugubre et vide que le reste de la ville.

Jimmy tourna une dernière fois et scruta l'alignement d'immeubles, tous les sens en alerte, le menton levé vers les milliers de fenêtres qui semblaient toutes tourner leur regard vers lui. Que se passerait-il si une patrouille de police le repérait et alertait les services secrets ?

Il ravala ses craintes et parcourut les derniers cent mètres de son périple avec une seule idée en tête : accomplir sa mission. Sa détermination était sans faille. Et quand bien même il devrait encore parcourir des kilomètres dans un froid glacial et avec l'estomac vide, rien ne l'arrêterait. Le sang battait à ses tempes. Il devait trouver Viggo et Safran dans les plus brefs délais et libérer les parents de Felix, où que soit leur prison. Mais, dans un premier temps, il allait attendre que sa mère et Stovorsky le contactent.

Il inspecta le bâtiment sur toute sa hauteur. Il était en tout point semblable à ceux qui le jouxtaient : une grosse demeure classique, construite au XVIIIe siècle, et depuis longtemps divisée en appartements. Jimmy gravit au petit trot la volée de marches menant à l'entrée, un œil par-dessus son épaule. Dans l'embrasure de la porte, il trouva un panneau en acier brossé.

Celui-ci ne comportait pas de sonnettes, juste un clavier numérique. C'était prévu. Il tapa le code d'entrée de l'immeuble : 311#279. Sa mère et lui l'avaient appris par cœur avant de détruire le bout de papier sur lequel Stovorsky l'avait noté.

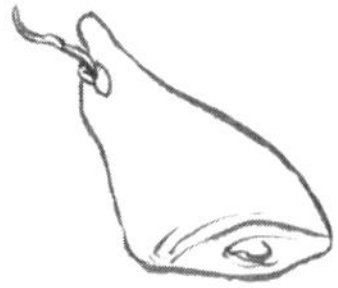

La serrure émit un petit clic. Jimmy poussa timidement la porte et pénétra à l'intérieur. L'immeuble était vieillot. Le sol du hall d'entrée était couvert d'une mosaïque apparemment d'origine car de nombreuses pièces étaient fendues. Un couloir menait à un petit escalier bancal donnant accès à une succession de portes. Jimmy jeta un regard inquiet aux portes du rez-de-chaussée en se demandant s'il s'agissait d'autres planques ou d'appartements anodins. Il frôla les manteaux accrochés dans l'entrée et grimpa l'escalier sur la pointe des pieds. Ses instructions stipulaient qu'il devait se rendre directement au dernier étage.

Au sommet de l'escalier se trouvait une nouvelle porte, elle aussi verrouillée par un code. Jimmy composa la suite de chiffres sur le clavier et entra… dans un studio minable. L'unique pièce était crasseuse. Il y régnait une odeur nauséabonde, comme si les fenêtres n'avaient pas été ouvertes depuis dix ans.

Le premier réflexe de Jimmy fut de fouiller la pièce. Il ne savait trop pourquoi il faisait ça ni ce qu'il cherchait vraiment, mais il fallait qu'il en ait le cœur net et rien n'aurait pu l'empêcher d'inspecter les lieux de fond en comble — ce qui ne lui prit pas beaucoup de temps, d'ailleurs. En effet, non seulement la pièce était minuscule, mais, en plus, elle ne contenait que deux lits et une commode vide. Un des coins du

studio avait été aménagé en cuisine. Il y dénicha un peu d'argent liquide dans un tiroir ainsi qu'un réfrigérateur contenant quelques denrées de première nécessité visiblement destinées à sa mère et à lui. Tout en grignotant un morceau, Jimmy démonta entièrement le frigo, puis le remit en place, pièce par pièce, n'y trouvant rien d'inhabituel.

Il y avait aussi un semblant de salle de bains, ou plutôt un placard agrémenté du trio usuel: toilettes + lavabo + douche. Le jour était levé maintenant, et il n'avait pas fermé l'œil de la nuit. Ses dernières forces avaient servi à s'assurer qu'il se trouvait en sécurité ici. Maintenant, il pouvait s'accorder un peu de repos et s'assoupir en attendant l'arrivée de Stovorsky et de sa mère.

Il se déshabilla, et posa ses vêtements sur le radiateur. Ensuite il retira précautionneusement le pansement qu'il portait au cou et le bandage qu'il avait à la jambe. La plaie avait cicatrisé, mais il avait encore d'épaisses traces rouges aux endroits où la peau ne s'était pas encore totalement reformée. Sur toute cette zone, il pouvait distinguer la matière gris-bleu qui se trouvait sous l'épiderme. Sans elle, Jimmy savait qu'il aurait perdu sa jambe.

Il décida de prendre une douche, histoire de retrouver ses esprits et aussi peut-être avec le secret espoir de se débarrasser des scories de sa folle nuit. Il fallut une bonne minute pour que l'eau se réchauffe, mais dès que ce fut fait, Jimmy pria pour que cette douce sensation ne s'arrête jamais. Son système d'exploitation avait beau contrôler en permanence sa température, ses extrémités étaient cruellement refroidies et ses mains comme ses pieds avaient grand besoin d'un peu de sang chaud.

Surtout ses doigts de pied. Ça allait beaucoup mieux depuis qu'ils baignaient dans l'eau chaude. Baignaient ? Jimmy baissa les yeux. Il avait de l'eau jusqu'à la cheville. Quelque chose obstruait l'évacuation. Il se baissa et dévissa délicatement le couvercle de la bonde. Un des carreaux était descellé. Non, pas un, mais toute une série, mastiqués ensemble pour faire un faux fond dans le bac de douche. Avec d'infinies précautions, Jimmy souleva le couvercle et découvrit un sac en plastique hermétiquement fermé contenant un ordinateur portable et un revolver.

Il écourta sa douche, se sécha rapidement et débuta l'examen de l'ordinateur. Sa batterie était chargée au maximum, mais il n'y avait aucune donnée sur le disque dur. L'engin possédait un modem intégré. Jimmy se demanda si le signal était couplé avec une balise. S'il l'utilisait, cela reviendrait-il à dévoiler sa position ?

Le pistolet était un Beretta 99G exactement semblable à celui qu'avaient utilisé les services secrets français quand ils avaient pris la ferme d'assaut. Jimmy remit en place l'ordinateur portable dans sa cachette et garda le pistolet.

Il n'en avait jamais tenu un auparavant et, pourtant, l'arme tombait naturellement dans sa main. Glaçant. Jimmy tourna et retourna l'objet, l'étudiant sous toutes les coutures. Devait-il en avoir peur ? Ou au contraire, devait-il se sentir plus puissant avec cette arme au creux de la main ? Plus il l'étudiait et plus l'objet lui faisait penser à un vulgaire bout de métal. Ce pistolet était certainement dangereux, mais le danger était également ailleurs : partout où le Premier Ministre avait des agents prêts à intervenir et, donc, dans un sens, dans Jimmy lui-même.

Dans un sursaut de dégoût, il jeta l'arme de poing sur le matelas. Il ne pouvait supporter de la toucher une seconde de plus. Il se précipita à la cuisine et fouilla nerveusement les tiroirs. Il y trouva une petite cuiller avec laquelle il entreprit de démonter le pistolet, s'acharnant sur les minuscules vis jusqu'à ce que l'ensemble se désolidarise. Puis il envoya voler les pièces métalliques qui s'éparpillèrent en tous sens sur le sol. « Voilà, se dit-il. C'est mieux comme ça. Seuls les tueurs ont besoin de revolvers. »

Alors qu'il s'apprêtait à se mettre au lit, il s'arrêta soudain, les yeux baissés sur ses mains. Il ne pouvait s'empêcher de les fixer, sentant monter en lui une folle bouffée d'angoisse. N'étaient-elles pas plus redoutables encore que l'arme qu'il venait de démonter ? Il finit par s'allonger sur le lit, la tête sur l'oreiller, et ferma les yeux.

Sa jambe blessée le lança. Ses mains tremblaient.

11/ Quartier haute sécurité

– Entrez ! résonna la voix de Mlle Bennett, parfaitement audible en dépit de la lourde porte qui la séparait d'Eva.

Celle-ci entra timidement dans le bureau, portant une enveloppe brune estampillée « Top secret ».

– Le ministère de la Défense a pensé que vous voudriez avoir connaissance de ce rapport, mademoiselle Bennett. Aussitôt que possible.

Eva s'avança vers le bureau, sous l'œil impatient de celle qui y était installée. Mlle Bennett saisit l'enveloppe kraft sans un remerciement, et sans cesser de fixer Eva des yeux.

– Tu es consciente que tu n'es pas prisonnière ici, n'est-ce pas ? demanda-t-elle d'une voix calme et monocorde. Tu

peux retourner à la maison quand ça te chante.

Eva acquiesça en silence, puis ajouta :

– Dès que je serai prête.

– Je comprends, répliqua Mlle Bennett en esquissant enfin un sourire. Tu as traversé de dures épreuves. — Elle marqua une pause, passant nonchalamment un doigt sur l'enveloppe. — Tu sais, moi aussi j'ai commencé très jeune dans les services secrets. Pas autant que toi, mais très jeune tout de même.

Eva tenta un sourire. Ses lèvres se contentèrent de se contracter par saccades, comme un tic.

– J'ai tellement de choses à t'apprendre, poursuivit Mlle Bennett. Pour commencer, pourquoi n'apportes-tu pas le petit déjeuner à nos hôtes ?

Eva opina à nouveau du chef et quitta promptement la pièce, prenant soin de bien refermer la porte derrière elle. Essayer d'épier la réaction de Mlle Bennett aurait été une pure perte de temps. Elle savait pertinemment qu'elle allait appeler le Premier Ministre sur-le-champ.

Car Eva avait déjà pris connaissance du rapport qui était maintenant entre les mains de Mlle Bennett. Elle le connaissait presque par cœur : *Un patrouilleur appartenant à la Navy a intercepté puis coulé une petite embarcation au large des côtes sud-est. L'ensemble de l'équipage et des passagers ont été appréhendés, parmi eux, une femme qui pourrait appartenir aux forces spéciales et dont le signalement correspond à celui d'Helen Coates.*

Eva s'arrêta une seconde pour intégrer l'information. Ils avaient la mère de Jimmy. Mais le contexte avait totalement changé depuis qu'Eva avait appris que son ami était vivant. L'espoir avait changé de camp.

Elle avança d'un pas solennel dans les fastueux couloirs de l'ambassade, sur l'épais tapis rouge qui couvrait le sol et au milieu des anciennes tapisseries françaises qui ornaient les murs. « C'est donc à ça que ressemble une ambassade, vue de l'intérieur », pensa-t-elle en sillonnant le dédale de corridors. Elle descendit ensuite un escalier monumental — contournant un agent d'entretien qui passait l'aspirateur avec un zèle furieux — jusqu'au hall principal, trois étages plus bas, où elle s'arrêta pour récupérer un plateau-repas à l'accueil.

– Mlle Bennett m'a demandé d'apporter le petit déjeuner, déclara-t-elle à l'agent de sécurité assis derrière son comptoir.

Son plateau à la main, elle traversa ensuite le hall en direction de l'ascenseur. Là, un autre agent de sécurité la gratifia d'un bref salut militaire avant d'appuyer pour elle sur le bouton. Au bout de quelques secondes, le témoin lumineux au-dessus de l'ascenseur clignota en émettant un léger tintement indiquant que la cabine était arrivée. Les portes ne s'ouvrirent pas pour autant. Le garde tira sur la chaîne qui pendait à sa poche. Une petite clé dorée était accrochée au dernier maillon. Il l'introduisit dans la fente du panneau situé à côté de la porte. Quand il tourna la clé, les portes coulissèrent.

Eva mit presque une minute à atteindre le sous-sol. Les portes de l'ascenseur se rouvrirent aux antipodes de là où elles s'étaient fermées. C'était comme pénétrer dans un autre bâtiment. Tous les ors avaient disparu. Eva se trouvait au seuil d'un immense hall caverneux, aux murs de béton nu,

ressemblant davantage au dernier sous-sol d'un garage qu'à l'ambassade de France à Londres. L'endroit avait les dimensions d'un terrain de foot. Au bout, une excavatrice était en train de démolir un mur. Des hommes portant casque de chantier et combinaison noire s'agitaient en tous sens pour faire avancer les travaux.

Eva traversa l'immense dalle d'un pas rapide, jusqu'à une rangée de cellules. Arrivée à proximité, elle s'arrêta devant un mur de Plexiglas blindé, à l'épreuve des balles. Un agent de sécurité contrôla le badge épinglé à sa chemise, pendant qu'un autre composait un mot de passe sur son ordinateur. Les portes du sas de sécurité coulissèrent dans un souffle pour la laisser passer.

Son « contact » avec les prisonniers n'alla pas plus loin. Déjà un garde s'était approché et lui avait enlevé le plateau des mains. Il attendit ensuite patiemment qu'elle passe la porte dans l'autre sens. Avant de retourner à l'ascenseur, elle jeta un regard par-dessus son épaule, en direction des cellules où gisaient les masses informes des prisonniers, tristement recroquevillés sur eux-mêmes. Deux d'entre eux étaient là depuis trois jours : Christopher Viggo et Safran Walden. Un troisième avait été fait prisonnier la nuit précédente. Il était accusé d'espionnage et devait être interrogé le jour même : Uno Stovorsky.

Jimmy se réveilla en sursaut et bondit de son lit. Il donna un coup de pied au pistolet démantibulé. Les pièces glissèrent sur le parquet. Il jeta un regard circulaire au studio. Quelle heure pouvait-il bien être ? Le cadran numérique du four à micro-ondes éclairait la cuisine de sa lumière blafarde. 17 h 34. Se pouvait-il que cela soit vrai ? Il aurait dormi toute la journée ? Pourquoi Stovorsky ne l'avait-il pas réveillé ? Où était sa mère ? Tous deux auraient déjà dû être là.

Les réminiscences d'un cauchemar embuaient encore son esprit. Il ne se rappelait jamais ses rêves, pas plus aujourd'hui que les autres jours. Pour seul vestige de son périple dans les limbes : une folle angoisse insinuée jusque dans ses muscles. Et, ce soir-là, il ne parvenait pas à s'en défaire.

Quelque chose avait mal tourné. Deux jours plus tôt, les seules personnes qui avaient besoin d'être secourues étaient les parents de son meilleur ami. Maintenant, il avait le sentiment d'être le seul à ne pas être enfermé quelque part.

Viggo et Safran étaient-ils seulement en vie ? Et sa mère ? Il lui fallut plusieurs minutes pour reprendre ses esprits et se calmer. Après tout, il n'avait aucune raison d'avoir peur. Ils étaient peut-être tout simplement en retard. Pourtant, au fond de lui, son inquiétude se muait en un tourbillon d'angoisse. Tout ce qu'il pouvait faire, c'était attendre.

Jimmy se prépara un sandwich avec ce qu'il put trouver dans le frigo puis arpenta la pièce de long en large. Régulièrement, il s'approchait de la fenêtre pour scruter la rue, derrière le rideau. Il tressaillait au moindre bruit, espérant entendre sa mère qui montait l'escalier. Mais personne ne vint.

« Je ne peux plus compter que sur moi », s'entendit-il déclarer intérieurement. D'abord, il refusa d'y croire, repoussant l'idée avec une conviction sans faille. Pourtant, chaque seconde qui passait amenait avec elle son lot de désillusions

et bientôt, il n'eut d'autre choix que de regarder la vérité en face. Il n'avait pas la moindre idée de ce qui était arrivé à sa mère, pas plus qu'à Stovorsky. Et ni l'un ni l'autre ne venait.

Jimmy se laissa choir sur un lit, les yeux fixés sur les toiles d'araignée dans l'angle du plafond. « Elle va s'en tirer, se rassura-t-il intérieurement. Elle m'a promis que tout se passerait bien. » Pourtant, le doute l'envahissait. Croyait-il vraiment à ce qu'elle lui avait dit ? Il balaya la question d'un revers de main. Trop effrayant.

Il bondit à nouveau et se mit à tourner dans le studio comme un lion en cage, donnant des coups de pied à tous les meubles.

– Pourquoi est-ce que ça a foiré ? hurla-t-il à pleins poumons, surpris lui-même par l'agressivité de sa voix.

Il ferma les poings. Une chaleur malsaine s'insinuait dans sa poitrine. Son poing partit tout seul contre le mur. Il retint son geste juste avant l'impact. « Pas la peine de s'énerver. Ça ne mènera à rien. Essaie plutôt de te concentrer. »

Une chose lui manquait entre toutes : ses proches. Jimmy se figura Felix et Georgie, coincés dans leur ferme française. Et s'il essayait de les contacter avec le portable ? C'était risqué, mais il connaissait sa sœur. Nul doute qu'elle était devenue un des piliers du seul cybercafé du village. Bien sûr, jamais elle ne prendrait le risque de se découvrir en consultant ses courriels. Mais il y avait d'autres moyens de tisser des liens sur la Toile.

Jimmy tournait et retournait cette idée dans sa tête. Plus les heures s'égrainaient, plus il devenait clair que Stovorsky et sa mère ne viendraient pas. Il était définitivement seul. Mais

peut-être plus pour longtemps. S'il existait la moindre chance que Felix et Georgie lui viennent en aide, il devait la saisir. La seule idée de les imaginer auprès de lui l'apaisa. Car, si le visage de Yanik s'étalait sans aucun doute sur toutes les fiches de police du pays, il n'y avait aucune raison pour que la douane arrête deux enfants.

Il sentit renaître l'excitation. Mais réussirait-il à leur laisser un message sans que celui-ci soit intercepté ? Jimmy tenta de se souvenir de tous les sites que sa sœur avait l'habitude de consulter. Une grande partie du réseau était fermée aux usagers anglais, en raison de la censure exercée par le gouvernement, ce qui restreignait la liste d'autant.

Il s'attela à la tâche méthodiquement, s'enregistrant sur tous les forums de discussion et tous les blogs dont il pensait qu'ils avaient une chance d'intéresser sa sœur. Ce n'était pas facile pour lui de se mettre dans la peau d'une fille de treize ans — certains sites lui donnèrent envie de rentrer sous terre. Mais, finalement, il trouva un rythme de croisière, virevoltant d'un site à un autre, s'inscrivant sous des dizaines d'identités pour pouvoir envoyer des messages. Il utilisait toujours le même pseudo : JawGee et son message était toujours le même : *Mettez-vous à l'heure anglaise avec Fée l'X. Le menu vous pèse ? Alors lâchez le chef.*

Jimmy était assez content de lui. Il trouvait que ça ressemblait assez à un délire de fille et que les gens n'y prêteraient guère attention, quand bien même c'était complètement à côté de la plaque par rapport à la discussion en cours. Quant au fait que ça n'avait pas de sens, eh bien, n'était-ce pas le propre des filles de faire des phrases qui n'ont ni queue ni tête ?

Au bout d'un moment, Jimmy eut les yeux fatigués. De plus, il était à court d'idées, il ne savait plus quel site consulter. Il rabattit le couvercle de l'ordinateur. Si Georgie avait vu le message et qu'elle en avait saisi le sens, Felix et elle accourraient à la planque. Mais ça pouvait prendre des jours — si ça arrivait jamais. Pour l'heure, Jimmy devait faire comme s'ils ne venaient pas.

Le point de départ de son enquête était évident : l'ambassade de France.

Jimmy alla à la salle de bains et se regarda dans la glace au-dessus du lavabo. Le miroir était fendu, il avait le visage coupé en deux. Il attrapa la savonnette et en détacha deux petits morceaux qu'il modela en deux minuscules soucoupes allongées. Il les colla ensuite au-dessus de ses sourcils, en appuyant bien fort. Il répéta l'opération, mais, cette fois, se colla deux bouts de savon sur les joues.

Ses mains accomplissaient les gestes avec calme et précision, comme si elles avaient réalisé ce tour des milliers de fois auparavant. Petit à petit, Jimmy réalisa que son programme interne l'aidait à remplir son office. Menu : créer un postiche.

Ensuite, il fit un rouleau avec un morceau de papier toilette et le fourra sous sa lèvre supérieure. Il en ajouta un peu sous ses joues et contre ses dents. Il se passa les mains sous l'eau pendant quelques secondes, puis les frotta sur le tuyau rouillé qui se trouvait sous l'évier. Il récupéra ainsi un gros paquet de crasse et d'oxyde de cuivre dont il entreprit de se couvrir le visage, noyant les morceaux de savon sous une couche de saletés qui faisait une couleur de peau tout à fait acceptable.

Pour finir, il devait maquiller ses cheveux. Il arracha une écharde de bois du dormant de la fenêtre et la posa dans la vasque. Il avait repéré une boîte d'allumettes dans un tiroir de la cuisine. Quelques secondes plus tard, le morceau de bois flambait dans l'émail. Il lui fallut quelques minutes pour brûler entièrement. Jimmy ramassa alors les cendres et les étala soigneusement sur ses cheveux, passant les doigts dans les mèches pour un effet plus réaliste encore.

Quand il se regarda à nouveau dans la glace, il eut envie de rire. La forme de son visage avait changé, le teint de sa peau avait changé. Ce n'était plus un jeune garçon qu'il avait devant les yeux, mais un vieillard. Un vieillard bien décidé à accomplir sa mission.

12/ Crise cardiaque

Felix pianotait nerveusement sur la vieille table de chêne de la cuisine, un livre ouvert devant lui. C'est tout juste s'il y avait jeté un œil au cours de la dernière demi-heure. Le livre était en français. Face à lui, Georgie faisait illusion. Elle paraissait réellement plongée dans sa lecture. Régulièrement, elle levait furtivement les yeux vers lui pour lui rappeler qu'ils devaient faire semblant d'étudier.

La mère de Yanik bricolait dans la cuisine, se parlant à elle-même et fronçant les sourcils quand elle croisait le regard du jeune garçon. Enfin, elle quitta la pièce. Felix bondit sur ses pieds et bloqua la porte avec sa chaise.

– Pff! J'ai bien cru qu'elle ne partirait jamais!

– Chut ! répliqua Georgie en se levant elle aussi. Et si elle essaie de revenir ?

– Aucune chance. Elle est partie pour une sieste. J'ai mis un peu de cognac dans son chocolat, avoua Felix avec un grand sourire qui déclencha l'hilarité de Georgie.

– Bon, dans ce cas ça nous laisse environ une heure avant que Yanik rentre du village. Allons-y, lança Georgie en sautant sur la table. Toi d'abord.

Felix se mit aussitôt sur la pointe des pieds et prit une pose qui se voulait guerrière. Après trois petits pas en arrière, il se jeta tête la première sur Georgie. Mais celle-ci était vive. Elle pivota et para sans difficulté l'assaut de Felix, qui alla s'écraser sur le sol. Il se remit debout aussitôt et tenta sa chance avec un fouetté retourné. Georgie attrapa son pied et le repoussa sèchement. Felix chuta à nouveau, à plat ventre cette fois.

– On dirait que tu as besoin de le travailler, celui-là, se moqua Georgie en gloussant.

Il n'avait cure de ses sarcasmes. Sans lever les yeux vers son sparring-partner, il passa une jambe autour d'un pied de la table et tira vivement. Georgie vacilla, étouffa un petit cri aigu, et s'écroula lourdement par terre. Felix était mort de rire.

– Tu penses que c'est à ça que ta mère pensait quand elle nous a demandé de bien étudier tant qu'elle serait partie ?

– On étudie l'art délicat du combat rapproché, gloussa Georgie.

– Enfin, pour l'instant, on dirait surtout que tu étudies les insectes rampants qui peuplent cette cuisine, railla Felix en se redressant.

Après quoi il remit la table d'aplomb et y grimpa.

– À ton tour, maintenant, lança-t-il avec un air de défi.

Ils poursuivirent ainsi la séance pendant près d'une heure, comme ils l'avaient fait à chaque fois qu'ils en avaient eu l'occasion depuis que Jimmy et sa mère étaient partis pour l'Angleterre.

– À ton avis, comment on s'en sortirait face à des grands ? demanda Felix, hors d'haleine, en se laissant tomber sur une chaise à côté de la cuisinière.

– 'Faut juste espérer qu'on ait jamais à le vérifier, répliqua Georgie, cherchant son souffle elle aussi.

Ils étaient aussi épuisés l'un que l'autre. Et aussi sérieux. Leurs rires s'étaient tus, car ils savaient tous deux que si l'éventualité d'un corps à corps se présentait, la menace serait vraiment sérieuse. Le souvenir du NJ7 ne les quittait pas.

Jimmy déambulait en traînant des pieds dans les rues de Londres. La claudication était volontaire, tout comme la pose voûtée, le visage penché vers le sol tandis qu'il jetait des regards furtifs autour de lui pour scanner les alentours. Les seuls vêtements dont il disposait étaient ceux qu'il portait en arrivant : un jean et un vieux sweat-shirt. Mais il avait pris soin de les dissimuler sous un trench-coat, qui semblait lui tendre les bras, accroché à son portemanteau, au rez-de-chaussée de son immeuble.

Les rues étaient plus sales que lorsque Jimmy les avait quittées, comme si la ville se dégradait chaque jour davantage. Il y avait encore plus de magasins fermés, reconnaissables à leurs vitrines obstruées par des planches. Les rares piétons marchaient d'un pas pressé. Personne ne semblait vouloir

s'attarder à la nuit tombée. Cela arrangeait Jimmy. Il avait moins de risques de se faire remarquer.

Il s'arrêta au coin de la rue, face à l'ambassade de France — un somptueux palais Régence. Deux agents de sécurité armés de mitraillettes gardaient l'entrée. Au-dessus d'eux, la hampe vide où le drapeau français aurait dû flotter. Le montant de la porte était barré d'une petite raie verte. Les choses étaient claires.

Jimmy s'avança lentement, le cœur battant la chamade et se répétant sans cesse qu'il était un vieil homme. S'ils le démasquaient, il y avait une chance qu'ils l'abattent en pleine rue. Il sortit de l'ombre et traversa, conscient que les gardes allaient l'aborder. Il prit soin de garder la tête baissée pour éviter de croiser leur regard car son maquillage ne résisterait certainement pas à un examen approfondi.

– Désolé, monsieur, déclara sèchement un des plantons en faisant un pas de côté pour barrer le chemin. L'ambassade est fermée.

Jimmy hésita, simulant des tremblements, puis il approcha encore un peu de la porte. Une fois de plus, le garde l'arrêta.

– Je vous ai dit que l'ambassade était fermée, répéta l'agent, plus fort et plus distinctement que la première fois.

Les tremblements dont semblait être victime Jimmy redoublèrent d'intensité. Il porta la main droite à sa poitrine, serrant son cœur.

– Ça va, monsieur ? demanda l'autre garde.

Pour toute réponse, Jimmy vacilla sur le côté en faisant semblant d'étouffer. Le garde le rattrapa par les épaules et le remit d'aplomb.

– Vous allez bien, monsieur ? Vous voulez un verre d'eau ?

Jimmy acquiesça d'un faible hochement de tête. Les deux gardes se portèrent à sa hauteur, le soutinrent puis l'aidèrent à marcher jusqu'au hall d'entrée de l'ambassade, exactement comme l'espérait Jimmy. Ils s'arrêtèrent au pied de l'escalier, où un des gardes aida le prétendu vieillard à s'asseoir pendant que son collègue se précipitait à l'accueil.

– Appelle une ambulance, juste au cas où, lança-t-il à l'agent assis derrière son comptoir.

Jimmy, qui avait gardé la tête baissée tout du long, leva un œil vers le garde resté près de lui. Se tenant la poitrine, il lui fit un petit geste de la main.

– Rien qu'un peu d'eau, murmura-t-il d'une petite voix plaintive et enrouée en pointant du doigt la carafe posée sur le comptoir de l'accueil.

Le plan fonctionnait à merveille. Jusqu'à sa petite voix grêle d'adolescent que le garde avait prise sans broncher pour le souffle souffreteux d'un vieil homme à l'article de la mort. Déjà, il avait tourné les talons pour aller chercher l'eau. Durant moins de trente secondes, personne ne fit attention à Jimmy. C'était plus qu'il ne lui en fallait pour se lever et grimper l'escalier en courant. Le garde se retourna, un verre d'eau à la main. Le vieillard s'était volatilisé.

Jimmy entendit l'alarme qui résonnait au rez-de-chaussée. Il ne s'arrêta pas pour autant. Il savait pertinemment que le premier réflexe des agents de sécurité serait de contrôler les bandes des caméras de surveillance placées dans le hall pour savoir où il était allé. Le bâtiment — jusqu'à ses abords —

était truffé de caméras. Jimmy devait tirer profit de la moindre seconde qui lui restait pour découvrir ce qui était arrivé à Safran et Viggo.

Il bondit à l'assaut de l'escalier, sans même savoir ce qu'il cherchait, le bruit des gardes lancés à sa poursuite dans son sillage. Il ne tarda pas à atteindre le troisième étage. Il brisa d'un coup de coude la vitre d'une alarme incendie. Aussitôt, le hurlement d'une sirène déchira l'air. La plupart des employés sortirent sur-le-champ de leurs bureaux. Les couloirs, parfaitement vides jusque-là, grouillèrent soudain de monde.

Jimmy esquissa un sourire. La confusion ralentirait tous ceux qui tenteraient de le suivre. Mais avant même qu'il ait pu se délecter de cette pensée, il fut pris de panique. La silhouette d'un mastodonte en costume sombre, avec les cheveux en brosse, grossissait dans le couloir face à lui. Jimmy était tombé dans la fosse aux lions.

Son séquençage prit aussitôt le relais, compensant ainsi son accès de panique. Ce regain d'activité interne le secoua aussi puissamment qu'un spasme. Son programme le poussa dans un des bureaux que les employés venaient de quitter, aussi sûrement que si on lui avait donné un coup d'épaule. Par chance, la pièce était vide. Il se demanda si quelqu'un l'avait vu.

Il se tapit sur le sol, une main à plat sur la moquette, juste à côté de la porte. Ainsi, grâce aux vibrations, il pourrait déterminer si quelqu'un approchait. Il jeta un coup d'œil pardessus son épaule. Il sut immédiatement que ce bureau vide ne lui fournirait aucune information intéressante. À l'évidence, tous les employés avaient suivi à la lettre la procédure

d'évacuation. Tous les postes de travail étaient éteints et verrouillés.

Le regard de Jimmy s'attarda un instant sur la fenêtre. Un message d'alerte prit peu à peu possession de son esprit : « Mission avortée, disait-il en grosses lettres rouges. Fuis tant que tu en as encore l'occasion. » Jimmy savait que c'était la bonne décision. Pour autant, la fenêtre n'était pas la solution car dès qu'il serait dehors, il serait instantanément repéré par les caméras de surveillance et constituerait une cible facile. « Va sur le toit, se dit-il intérieurement. Échappe-toi par là. »

Jimmy entrebâilla la porte. Le couloir était vide. L'avaient-ils déjà tracé sur le circuit fermé de caméras ? Il se glissa à l'extérieur et fut aussitôt contraint de se blottir dans l'embrasure d'une porte, juste en face. Quelqu'un venait de sortir d'une pièce, à l'autre bout du couloir. Jimmy n'arrivait pas à y croire. Il s'agissait de Mlle Bennett.

Le simple fait d'entendre le son de sa voix le fit suffoquer. C'était la voix qui lui avait assigné sa première mission et la voix qui, dans une autre vie, avait été celle de son professeur principal. Il dut faire de gros efforts de concentration pour garder ses esprits. Doucement, il essaya d'actionner le bouton de la porte. La serrure était verrouillée.

Mlle Bennett et l'inconnu qui l'accompagnait étaient entre lui et l'escalier. Ils marchaient dans sa direction. C'est alors qu'il reconnut la seconde voix. C'était celle de Mitchell.

– Je suis tout disposé à essayer encore, mademoiselle Bennett, déclara-t-il.

Ils n'étaient plus qu'à dix mètres. Coinçant ses pieds contre les montants de la porte, Jimmy grimpa dans l'embrasure

puis, collé au plafond, il arracha un bouton de son imperméable. D'un vif coup de poignet, il l'envoya voler en direction de Mlle Bennett et de Mitchell. Ils ne le virent pas filer au-dessus de leur tête, en revanche, ils l'entendirent distinctement ricocher contre les murs derrière eux.

– C'était quoi, ça ? coupa Mlle Bennett, en se retournant, emportant Mitchell dans son mouvement.

Jimmy en profita pour quitter son abri et grimper au mur, qui était recouvert d'une immense tapisserie suspendue à une tringle à laquelle il s'accrocha.

Quand Mlle Bennett et Mitchell se retournèrent à nouveau pour reprendre leur chemin, Jimmy se hissa vers le plafond et se glissa derrière la tapisserie. Le seul indice trahissant sa présence était une légère ondulation du lourd tissu ancien.

– Ne devrions-nous pas évacuer avec les autres ? demanda Mitchell, qui se tenait juste sous Jimmy.

Une simple épaisseur de tissu les séparait. Jimmy retint son souffle, envahi par la peur. Il tenta de se rassurer en s'accrochant à l'idée qu'il était sorti vainqueur du premier combat contre Mitchell. En vain, car il savait également que l'affrontement avait eu lieu à un moment où son adversaire ne disposait pas de tout le potentiel de son séquençage. Jimmy ne pouvait plus compter sur cet avantage.

– Oh, je vous en prie, soupira Mlle Bennett. Le bâtiment est-il en feu ?

Jimmy entendit Mitchell bougonner quelque chose.

– Jimmy Coates est arrivé en Angleterre, poursuivit Mlle Bennett. Exactement comme nous l'avions prévu...

Je vous veux ici près de moi pour que vous puissiez le tuer... À nouveau.

Ils reprirent leur marche. Tandis qu'ils s'éloignaient, Jimmy, toujours pendu à sa tringle de bois, avança en sens inverse. L'escalier était encore à deux mètres. Et la tapisserie s'arrêtait là.

Pas le choix. Il devait bondir à découvert et prendre ses jambes à son cou pour essayer de sauver sa peau.

Une fois encore, il se concentra sur lui-même, sur son programme interne, l'exhortant de lui donner suffisamment de vitesse et de discrétion pour réussir ce coup. Avec un peu de chance, il aurait atteint le palier de l'escalier avant que Mlle Bennett et Mitchell se retournent. L'alarme incendie hurlait toujours. Sa longue plainte stridente lui vrillait les tympans, s'insinuait dans son esprit, comme un écho à la terrible tension qui martelait sa poitrine. *Go !*

Il lâcha prise et atterrit sur l'épaisse moquette du couloir. À peine eut-il touché le sol qu'il entama un sprint dément. Les agents de sécurité montaient déjà l'escalier depuis l'étage inférieur, mitraillette au poing.

Juste devant les marches, Jimmy se figea, pétrifié. Il s'était tellement concentré sur Mlle Bennett et Mitchell qu'il n'avait pas remarqué la personne qui marchait quelques pas derrière eux. Maintenant, Jimmy se retrouvait nez à nez avec cette troisième personne : Eva.

Soudain, ce fut comme si la Terre s'était mise à tourner au ralenti. Dans une fraction de seconde, Jimmy aurait le dos criblé de balles de mitraillettes. Il croisa le regard d'Eva. Quelle était donc cette lueur dans ses yeux ? Ils pétillaient

d'une sournoise intelligence qu'il ne lui avait jamais vue. Était-elle de son côté ou du leur ? Eva coupa court à ses réflexions. Elle fit un geste. Pas de fuite, non, au contraire, elle se jeta dans les bras de Jimmy qui, stupéfait, la vit se blottir contre sa poitrine et se retourner pour regarder dans la même direction que lui. Dans le même mouvement, elle saisit son bras et le plaça autour de son cou. Jimmy comprit enfin où elle voulait en venir. Il tendit les doigts, crispa sa main en position de combat et l'appuya sur la tempe d'Eva. Il la fit ensuite pivoter face à ses ennemis, faisant rempart de son corps contre les agents de sécurité.

Eva poussa un long cri de terreur. Dans les derniers accents de sa plainte mourante, Jimmy menaça, d'un ton ferme et déterminé :

– Un pas de plus et je retapisse les murs avec sa cervelle.

13/ Jimmy trench-coat

Jimmy recula vers l'escalier, traînant toujours Eva par le cou. Les unités de sécurité gardèrent leur position. La bouche de leurs canons se leva en direction de la tête du preneur d'otage, qui atteignit bientôt la première marche. À pas de loup, Jimmy poursuivit son repli, se servant d'Eva comme bouclier. Il n'avait que quatre marches à monter avant d'atteindre un palier. S'il arrivait jusque-là, il pourrait tenter le coup de la course. Mais Mlle Bennett ne l'entendait pas de cette oreille.

– Abattez-les tous les deux, déclara-t-elle calmement.

Les unités d'élite ajustèrent leurs mires. Un cri à glacer le sang les fit hésiter.

- Nooooon !

C'était Mitchell. Il bondissait dans le couloir, balançant des coups de pied à tout va. Deux *high kicks* firent mouche : deux gardes s'affalèrent sur le sol. Jimmy saisit l'occasion pour démarrer. Ses chances étaient minces, mais c'était un début.

– Laissez-le-moi, beugla Mitchell, en plein sprint.

Jimmy monta l'escalier en trombe, Eva sur ses talons.

– Le NJ7 a pris le contrôle de l'immeuble, ânonna-t-elle entre deux respirations haletantes.

– Merci, je m'en étais aperçu, répondit Jimmy.

– Mais jamais les parents de Felix n'ont été ici.

– Quoi ?

– C'était un piège.

En dépit du choc, Jimmy ne s'autorisa pas à ralentir.

– Chris et Safran ont été capturés il y a quelques jours, quand ils sont venus ici, poursuivit Eva, le souffle toujours plus court. Ils sont au sous-sol, à l'interrogatoire.

Ils passèrent un nouveau palier, en trombe. Jimmy n'osait pas regarder derrière lui. Même assourdis par l'épaisse moquette, il entendait les pas de Mitchell qui martelaient le sol.

– Mais alors ? Où sont les parents de Felix ?

– Un endroit appelé Fort Einsmoor. J'sais pas où c'est.

Le nom ne disait rien à Jimmy, mais c'était toujours un point de départ. Il continua de gravir les marches, toujours aussi vite. Eva perdait du terrain à chaque foulée.

– Des nouvelles de Stovorsky ?

– Il a été arrêté hier, répondit Eva. — Elle cessa de courir, à bout de souffle, puis poursuivit à mi-voix, la tête dans les épaules. — Et... Jimmy ! Ils ont ta mère...

Les mots parvinrent jusqu'à lui, au moment où Eva, restée au palier inférieur, disparaissait de sa vue. Ce fut comme un coup de poignard. Pour autant, il ne pouvait se permettre de ralentir. Il entendit à nouveau la voix d'Eva, affaiblie par la distance. Son ton avait changé.

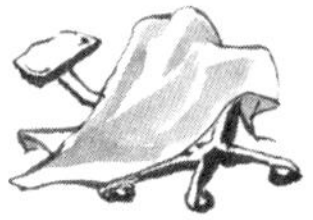

– Oh, Mitchell, j'ai eu si peur, sanglota-t-elle. Merci de m'avoir sauvée.

Au dernier étage, Jimmy fit voler la porte métallique d'une issue de secours et émergea enfin sur le toit. Le vent était violent. Il lui arracha un bout de savon du visage — le cadet de ses soucis pour l'instant. Il entendait déjà le rugissement des hélicoptères venus le tuer. Il traversa un toit en courant et sauta sur le suivant, atterrissant avec une roulade. Un bruit exactement similaire se répéta quelques secondes plus tard. Il n'eut pas besoin de se retourner pour savoir de qui il s'agissait.

Jimmy sentait ses muscles se tendre et vibrer d'une énergie insoupçonnée, ils le propulsaient à une allure qu'il n'avait jamais atteinte auparavant. Les hélicoptères étaient au-dessus de lui maintenant. Instinctivement, Jimmy ramassa une poignée de graviers. Entre ses mains ces petits cailloux pouvaient devenir redoutables. « Je t'en prie, ne tue personne. Personne ne doit mourir », implora-t-il mentalement. Mais son système interne tournait à plein régime et il savait que Mitchell n'était probablement pas armé.

Jimmy bondit sur l'immeuble voisin. Cette fois, c'était un saut de presque cinq mètres, au-dessus d'un vide de cinquante. Juste avant sa réception, il lança un caillou. Il mit tant de puissance dans son geste que le minuscule galet quitta ses doigts comme une balle. L'instant suivant, un nuage de vapeur haute

pression s'éleva dans les airs. Jimmy n'avait pas visé Mitchell, pas plus qu'un hélico tournoyant dans le ciel, mais un des nombreux tuyaux qui serpentaient sur ces toits. Sans cesser de courir, il lança d'autres cailloux. Les conduites qu'il touchait laissaient échapper de puissants jets d'eau et de vapeur qui le masquaient à la vue des hélicoptères. Ils ne pouvaient pas tirer car ils n'avaient pas de fenêtre de tir. Quand bien même ils auraient enclenché la visée thermique, il aurait encore été masqué par la chaleur des jets de vapeur.

Jimmy enjamba le rebord de l'immeuble. Le bruit des rotors s'estompa. Il n'osa pas vérifier où était Mitchell. Il se laissa descendre le long de la façade jusqu'à ne plus tenir que par la dernière phalange de ses doigts. Son corps flottait au vent, à six étages du sol.

Il sentit les vibrations de la foulée de Mitchell qui approchaient. Trop tard pour réfléchir. Il lâcha prise. La corniche du toit s'éloigna. Son estomac se noua. Il n'eut pas le temps de reprendre sa respiration qu'il s'arrêta net. Ses mains venaient d'accrocher le rebord de la fenêtre du dernier étage. Dans un balancier digne des plus grands athlètes, il se propulsa dans les airs en pivotant et passa à travers la fenêtre. Dans une pluie de verre cassé, il fit irruption dans un bureau vide.

Sans perdre une seconde, il retira précipitamment son trench-coat et en emballa une chaise de bureau. Il poussa le tout par la fenêtre puis souleva le bureau et le mit contre la fenêtre, pour donner l'impression qu'elle avait été réparée avec une plaque de bois.

C'est la chaise que Mitchell vit s'écraser sur le sol quand il se pencha par-dessus le parapet du toit. Dans la faible lumière, le leurre fonctionna sans peine. Jimmy Coates venait de tomber du toit. Mitchell scruta le sol puis enjamba la crête à son tour. Il avait déjà cru le tuer une fois, cette fois, il allait vérifier.

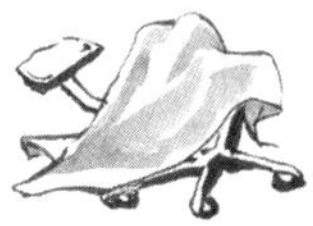

Mitchell mit très peu de temps pour descendre la façade et atteindre la rue. Jimmy, lui, avait pris l'escalier. Quand Mitchell donna un coup de pied rageur à la tubulure tordue de la chaise, il était loin de se douter que, de l'autre côté du bâtiment, son maudit alter ego émergeait en trombe d'un bureau et s'élançait dans la rue.

Jimmy retourna à la planque en faisant mille détours, n'empruntant que les petites rues et prenant soin de toujours rester dans l'ombre. Pour autant, il ne lambina pas en chemin. Plus tôt il pourrait se mettre à couvert, mieux ce serait. Il composa rapidement le code et se glissa dans l'immeuble de repli. Il poussa un grand ouf de soulagement dès que la porte d'entrée se fut refermée.

Il remonta ensuite au studio. Arrivé devant la porte, il s'accroupit et retira le cheveu qu'il avait placé dans l'interstice. Le fait qu'il soit toujours là, intact, était la preuve que personne n'était venu durant son absence.

À l'intérieur, il se précipita sur l'ordinateur portable. Une idée le taraudait pendant qu'il courait les ruelles de Londres : Fort Einsmoor. Certes la connexion à Internet comportait encore des risques, mais il avait tranché. Cela valait vraiment la peine de les courir. Il s'assit par terre et posa le portable devant lui, sur le lit. Mais il eut beau chercher, il ne trouva rien, aucun renseignement sur Fort Einsmoor.

Jimmy avait bien conscience qu'il ne devait pas être trop déçu — comptait-il réellement trouver aussi facilement des informations sur un centre de détention ultrasecret ? Et pourtant il l'était. Dépité, il referma l'ordinateur et tapa du poing sur le matelas. Durant un instant, il se sentit totalement anéanti. Ses mains tremblaient. Il avait la gorge nouée. Son cerveau refusait d'admettre l'évidence : la seule façon de procéder était de se rendre au quartier général du NJ7, le seul et unique endroit où il pourrait en savoir un peu plus sur Fort Einsmoor.

Il enfouit sa tête dans les draps. Il était malade d'inquiétude pour les siens, et pas seulement pour les parents de Felix, mais aussi pour Viggo et Safran, à l'isolement dans le quartier haute sécurité de l'ambassade de France. Sans compter sa mère. Il ne put s'empêcher d'imaginer tout ce qu'elle avait traversé. À grands coups d'arguments rationnels, il tenta de se persuader qu'elle allait bien. En vain. Plus il essayait et plus il était obligé de convenir qu'il n'en savait rien. Ce qu'il avait connu de sa mère jusqu'ici n'était qu'une façade, un rôle consistant à sauver les apparences et à fournir aux Coates tous les attributs d'une famille normale. Et puis, dès que la vraie femme qui se cachait derrière ce masque avait commencé à apparaître, il en avait été séparé une fois encore.

« Concentre-toi. Une chose à la fois, se dit-il intérieurement. Et la première des priorités c'est de trouver les parents de Felix et de les libérer. Leur seule faute, c'est d'avoir essayé de t'aider. Résultat ? Ils se retrouvent aux fers. Et ils ne sont pas préparés à ce genre d'épreuve. » Une responsabilité qui confinait à de la culpabilité s'abattit sur ses épaules. Ses muscles étaient aussi durs que la brique tant ils étaient contractés. Si seulement Felix et Georgie étaient avec lui. Le seul fait de voir leurs visages aurait été un soutien précieux. Est-ce qu'ils étaient en route ?

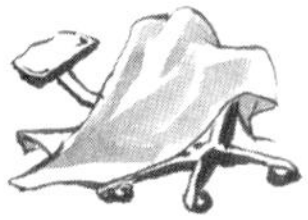

Puis, sans vraiment le vouloir, il se figura le visage de son père. S'il retournait au NJ7, il avait toutes les chances de le croiser. Un sentiment ambigu l'étreignit. Son cœur était encore imprégné d'amour filial. Mais il savait aussi que cet homme avait préféré rester loyal à son gouvernement au détriment de sa propre famille. « Comment peut-il soutenir Hollingdale ? » Jimmy n'arrivait toujours pas à y croire. « S'il me revoit, peut-être qu'il va changer d'avis... » Il se raccrocha à cette idée... tout en redoutant ce qui pourrait se produire.

Il ne lui fallut qu'une demi-heure pour se retrouver à nouveau dans la rue, sous un nouveau déguisement. En sortant, il emprunta un autre trench-coat dans le hall d'entrée, et sortit sur le trottoir d'un pas traînant afin que sa démarche corresponde à son apparence. Il croisa bien des voitures de police, mais aucune ne jugea nécessaire de contrôler un vieux Chinois de taille modeste qui se hâtait de rentrer chez lui, en trottinant péniblement. Des hélicoptères sillonnaient le ciel, criblant la ville de leurs pinceaux de lumière blanche. Leur ballet allait durer toute la nuit, mais rien n'y fit. Jimmy Coates s'était volatilisé.

À chaque coin de rue, Jimmy en appela à son sens de l'orientation et se fia systématiquement à sa première idée. C'était comme si son séquençage se languissait de la maison

et le poussait droit vers Westminster. La seule chose qui restait à trouver, c'était un moyen d'y pénétrer.

Quand il avait arraché ses parents aux griffes du NJ7 avec Christopher Viggo, ils étaient entrés par la station de métro Holborn. Un accès aujourd'hui impraticable puisque, comme ne l'ignorait pas Jimmy, la section du tunnel abandonné qui reliait le métro au NJ7 avait été noyée. Jimmy se souvenait néanmoins que la première idée de Viggo était de passer par les égouts. Selon lui, il existait une galerie par laquelle il était possible d'accéder au QG de l'agence.

Jimmy se précipita sur la première bouche d'égout qu'il vit. Il souleva la plaque et aussitôt, l'odeur fétide des eaux usées le prit à la gorge. Il remit le carré de fonte en place. Maintenant, il savait exactement quoi chercher : une galerie d'accès qui ne puait pas.

Il continua à marcher, en plein cœur de Westminster, et débusqua une autre plaque. Une petite bruine avait formé une flaque dans laquelle son visage se refléta quand il se pencha. Il évacua l'eau avec sa semelle, banda ses muscles et tira de toutes ses forces pour faire pivoter la plaque. Le bruit de la fonte raclant sur l'asphalte se répercuta en écho sur les façades des immeubles. Il pencha sa tête dans le trou. Pas d'odeur. Il descendit dans le goulet, prenant appui sur les barres de métal qui servaient d'échelle. Quand il fut assez bas, il remit le couvercle en place. Ce machin pesait une tonne. Il était déjà essoufflé, avant même que son périple souterrain ait véritablement commencé.

Le puits descendait à pic plusieurs mètres sous lui. Il y avait de la lumière en bas. « Un véritable égout ne ressemblerait jamais à ça », pensa-t-il. Il passa sa main sur le bord de la plaque à la recherche d'un éventuel câblage — s'il avait déclenché un système d'alarme, il voulait être au courant —, mais il ne sentit rien d'autre que le rugueux contact du ciment.

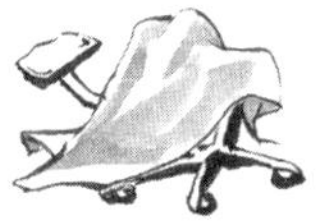

Lentement, mais sûrement, il descendit le long des barreaux. Et, plus il descendait, plus ses sens bourdonnaient. Il devait se tenir prêt à entrer en action. Aucun déguisement au monde ne pourrait lui sauver la mise dans ces galeries. Arrivé à la base du goulet, il s'immobilisa, à l'affût du moindre son. Aucun bruit de pas, mais ce n'était pas ce qu'il cherchait. Puis il l'entendit : le léger sifflement mécanique d'une caméra de surveillance tournant sur sa base pour balayer la galerie de son œil froid. Sans un battement de cils, il se concentra sur le mouchard et analysa le rythme de ses rotations, décryptant ainsi la zone couverte par son objectif.

Jimmy choisit parfaitement son moment. En une fraction de seconde il se balança hors du puits et agrippa ses jambes autour de la poutrelle métallique qui courait au plafond du tunnel. Quand la caméra pivota, Jimmy accompagna son mouvement en s'enroulant autour de la poutre, juste assez pour être toujours hors du champ. Il était dans la place. Et tant qu'il resterait accroché au plafond, il éviterait les caméras de surveillance.

Le sang lui montait à la tête. Ses abdominaux lui faisaient un mal de chien. Mais il ne lâcha pas la poutre. Pendu comme un singe, il avança aussi vite qu'il put dans ces galeries où régnait un silence de mort. Seuls quelques échos lointains et assourdis de voix humaines parvenaient parfois jusqu'à lui avant de s'évanouir dans le lointain.

La première idée qui lui vint fut de fouiller le bureau du docteur Higgins. Il s'était en effet souvenu des techniciens de la maintenance informatique qui y travaillaient la première fois qu'il avait été briefé par le NJ7. S'il parvenait à consulter les fichiers de ces machines, il ne faisait guère de doute qu'il y trouverait toutes les informations relatives à Fort Einsmoor.

Mais, alors qu'il approchait du but, il entendit exactement ce qu'il craignait : le bruit de quelqu'un qui pianotait sur un clavier. Il y avait encore du monde dans le bureau. Jimmy n'avait pas le temps d'attendre que l'opérateur ait quitté les lieux.

Forçant une fois de plus sur ses muscles, il passa l'angle que faisait la galerie. Ici, le tunnel s'élargissait pour donner naissance à un vaste espace ouvert, légèrement plus haut de plafond que le corridor. Juste sous lui se trouvait une rangée d'ordinateurs. Mais il ne pouvait pas s'atteler à la tâche avant d'avoir vérifié que les caméras n'allaient pas le repérer.

Toujours à l'envers, il se traîna vers la première machine. Des gouttes de sueur roulaient sur ses joues. Il faisait du mieux qu'il pouvait pour respirer silencieusement, mais les efforts consentis pour crapahuter ainsi la tête en bas commençaient à se faire sentir. Soudain, alors qu'il y était presque, Jimmy entendit résonner des pas et le brouhaha d'une conversation. Deux personnes approchaient. « Ne me dites pas que vous venez justement là », supplia mentalement Jimmy. Et pourtant… Les deux hommes entrèrent dans le bureau, côte à côte. Le premier était le docteur Higgins. Il se tenait juste en dessous de Jimmy, qui avait une vue plongeant sur sa calvitie et son nez protubérant. Un souffle un peu plus violent que les autres et il était perdu.

À côté du docteur Higgins se tenait un homme en costume, un attaché-case à la main. Son costume n'était pas le complet noir des agents du NJ7. La coupe était de meilleure facture et il était bleu marine. Quand Jimmy reconnut celui qui le remplissait, ses doigts faillirent lâcher prise. Il eut un vertige. C'était Ian Coates, son père.

14/ L'aveu

Jimmy s'accrochait toujours à la poutrelle d'acier, les bras tétanisés par l'effort, les yeux inondés de transpiration. Une partie de lui avait envie d'abandonner. Il en avait marre d'être pendu à l'envers, marre des déguisements, marre de toute cette affaire. Il espérait presque que son père lève les yeux et lui annonce en souriant que tout cela n'était qu'un jeu. Et s'il levait effectivement les yeux ? Son propre père allait-il le trahir une fois encore ? Le faire exécuter ? Jimmy refusait d'y croire. Mas cela ne lui en disait pas plus sur ce qu'il ferait effectivement.

– Est-ce qu'Ares a pris ses pilules ?

La voix du docteur Higgins était reconnaissable entre mille. Une voix de vieux, à laquelle l'autorité acquise

par l'expérience donnait des accents profonds.

– Oui, mais il refuse toujours de quitter le bunker.

– Cela vous met dans une position de pouvoir, n'est-ce pas, Ian ?

Le docteur Higgins se pencha sur son bureau. Jimmy remarqua un détail qu'il avait ignoré jusqu'alors : le plan de travail était recouvert d'un épais plastique noir. Le docteur souleva la bâche d'un geste théâtral, révélant le corps d'un jeune homme.

Deux yeux vides se braquèrent instantanément sur Jimmy, qui détourna la tête, horrifié. Pourtant, quand il l'observa à nouveau, il remarqua que l'homme en question n'était pas mort. Sa peau avait beau être d'une pâleur cadavérique, sa poitrine se soulevait au rythme lent et régulier de sa respiration. Pourtant aucune vie ne brillait dans ses yeux. Il n'était rien d'autre qu'un organisme en état de marche.

– Qui est ce malheureux ? demanda le père de Jimmy tandis que le docteur Higgins faisait rouler un gros truc chromé pour le mettre en place au-dessus du crâne du gisant.

– Ian Coates, je vous présente Leonard Glenthorne. Le frère de Mitchell, répondit Higgins avec un petit sourire qui faisait froid dans le dos.

– Vous le maintenez en vie ?

– Bien sûr… Il n'était pas sévèrement blessé. L'important c'était que Mitchell *croie* qu'il avait tué son frère. Tant qu'il ne nous crée pas de problème, autant le garder comme ça. Cela me procure l'opportunité de mener *in vivo* — si j'ose dire — une

précieuse batterie de tests, et de faire appel à nos dernières avancées technologiques…

À ces mots, le docteur Higgins tira sur une canule métallique puis l'appliqua sur l'œil gauche de Lenny. Il abaissa un commutateur. Un laser bleu jaillit de la buse et transperça la pupille de son cobaye, dont le corps se souleva, comme s'il était pris de spasmes, mais ces convulsions pouvaient également être le résultat des vibrations de l'alimentation laser. De toute façon, Jimmy ne souhaitait pas en voir davantage, encore moins s'approcher pour mieux voir.

– Donc, maintenant que vous êtes — façon de parler — le bras droit du Premier Ministre, poursuivit le docteur Higgins, toujours plongé dans son expérience, pourquoi vous a-t-il envoyé ici ? Quelque chose à me demander ?

Ian Coates se mit à faire les cent pas dans la pièce, comme si la question l'embarrassait.

– Vous n'allez pas apprécier, Kasimit…

– Comme d'habitude, répliqua le docteur Higgins avec un sourire narquois. Mais au moins ça m'occupe.

– Le Premier Ministre est inquiet.

– Inquiet ? s'étrangla le docteur. Vous devriez plutôt dire paranoïaque. Le voilà retranché dans son bunker pour Dieu sait combien de temps… Et il vous envoie vous pour remplir ses basses œuvres…

Jimmy en avait la tête qui tournait. Depuis quand son père était-il l'homme de confiance du Premier Ministre ? Il sentit un pincement là où, si le monde avait été différent, il aurait dû éprouver de la fierté.

Ian Coates ignora les remarques cinglantes du docteur Higgins. Il semblait mal à l'aise, agité. Quelque chose le turlupinait.

– Quand Memnon Sauvage a quitté le NJ7, il a fait passer des informations ultrasensibles à une agence française appelée ZAF-1.

– Foutaise, railla Higgins. Memnon était mon meilleur ami. Et, croyez-moi, vendre des secrets militaires à la France ne l'intéressait absolument pas. Tout ce qu'il voulait, c'était éviter que Hollingdale puisse se coiffer de lauriers qui ne lui revenaient pas.

– C'est pour ça qu'il a saboté le deuxième processeur ?

Jimmy était stupéfait. Il se remémora ce que sa mère lui avait dit, que chaque assassin était programmé par une carte mère unique. Dans le cas du second processeur, il ne pouvait s'agir que de lui. Jimmy Coates. Il ne savait plus contre quoi s'insurger d'abord : l'allusion à son sabotage présumé ou le fait que son père parle de lui en éludant jusqu'à son nom.

Le docteur Higgins leva les yeux de son expérience au laser et fixa le père de Jimmy droit dans les yeux.

– Vous osez parler de sabotage ? C'est oublier un peu vite que le vrai génie qui a permis à la technologie des assassins d'aboutir, c'est lui. Il aimait bien trop ce projet pour le saboter. Non. Il s'est juste contenté d'y apporter quelques fantaisies, quelques ornements, typiquement français d'ailleurs... comme l'escrime.

La simple évocation de ces souvenirs avait suffi à emporter le docteur Higgins. Il poursuivit avec une lueur nostalgique dans les yeux :

– Qui d'autre que lui aurait pu imaginer l'assassin du XXIe siècle guerroyant une épée à la main ? Du Memnon tout craché… Je me demande bien ce qu'il nous mijote en ce moment même, pas vous ?

Jimmy ne put réprimer un frisson. Entendre parler de soi en ces termes… *Saboté*. Comme une vulgaire machine. Il reconstitua mentalement le puzzle. Il y a onze ans, les rêves de gloire d'un savant français, qui travaillait pour le NJ7, ont été ruinés par Hollingdale. Moralité, le chercheur avait joué la fille de l'air et abandonné le projet sur lequel ils travaillaient à l'époque : Jimmy Coates, assassin préprogrammé. Jimmy se remémora aussi le duel avec Viggo, ainsi que la surprise du docteur Higgins quand il avait découvert qu'il savait manier l'épée. Était-ce cette même « filiation » française qui lui permettait de parler la langue de Molière ? De cuisiner ? Tous ses dons n'étaient-ils donc que le fruit d'un chercheur vaniteux qui avait voulu épater la galerie ?

– Je ne suis pas venu ici pour discuter le fait de savoir si le docteur Sauvage était un gredin excentrique ou un traître, coupa Ian Coates. Tout ce que je veux, c'est que vous cessiez vos expériences pour vous concentrer là-dessus. Il faut me décrypter ça.

Ce disant, il avait ouvert son attaché-case et l'avait vidé sur Lenny Glenthorne. Un classeur orange et un sachet plastique zippé contenant un *flash drive* taché de sang tombèrent sur le torse du mort vivant.

– Qu'est-ce que c'est que ça ? demanda Higgins, perplexe.

– Les dossiers de Memnon Sauvage. Comme vous l'avez dit vous-même, vous étiez son meilleur ami. Vous êtes la seule personne qui puisse déplomber tout ça.

Le docteur Higgins perdit soudain de sa superbe. Ses gestes se firent étonnamment lents.

– Où avez-vous eu ça ? demanda-t-il d'une voix chevrotante. À qui est ce sang ?

– Je… Je suis sincèrement désolé, Kasimit. — Ian Coates se racla la gorge. — On a ça depuis onze ans.

– Memnon est… mort ? demanda le docteur dans un souffle. Il est mort depuis onze ans et personne ne m'a rien dit ?

Ses yeux semblèrent tout à coup plus gonflés qu'une minute auparavant. Il paraissait vieillir à vue d'œil. Ses tempes virèrent au violet.

– Vous êtes en train de me dire que les Français l'ont tué parce qu'il refusait de leur livrer ce qu'il savait à propos des programmes secrets anglais ?

– Non, Kasimit, rétorqua Ian Coates d'un ton posé, comme s'il se sentait soulagé de voir enfin la vérité éclater au grand jour. C'est *moi* qui l'ai tué pour avoir effectivement livré nos secrets.

Le père de Jimmy n'en dit pas davantage, se contentant de tourner les talons et de disparaître dans la galerie, laissant Higgins seul avec le bourdonnement de son laser. Le docteur n'esquissa pas le moindre geste. Il restait planté là, les yeux rivés sur le dossier orange et le *flash drive* ensanglanté.

Jimmy en était réduit à la même chose. Il n'avait pas connu le docteur Memnon Sauvage — il n'avait même jamais entendu prononcer son nom avant aujourd'hui —, et, pourtant, au fond de lui, rien au monde ne lui aurait fait plus plaisir que de le savoir toujours en vie. Sa mort faisait de son père un meurtrier. Ian Coates avait avoué son crime. Et Jimmy n'avait pas perdu le moindre mot de sa confession, énoncée avec un calme glaçant.

Il sentit la rage commencer à bouillir en lui. Non seulement son père travaillait pour les services secrets britanniques, mais en plus, il tuait pour eux. Pire, il en parlait avec une désinvolture choquante, comme si cela était la chose la plus naturelle du monde. Combien de fois avait-il tué ? Combien de morts avait-il sur la conscience ? Combien de personnes avait-il éliminées simplement parce qu'elles contrecarraient les ambitions démesurées d'Ares Hollingdale ?

Une larme coula sur sa joue. Il était tellement abattu qu'il ne la remarqua que lorsqu'elle lui chatouilla le pavillon de l'oreille. « Onze ans, se répétait-il intérieurement. Cela veut-il dire que, pendant toute ma vie, j'ai eu un père meurtrier ? »

La larme tomba. À la manière d'une première goutte annonciatrice d'orage. Elle explosa sur le sol de béton. Jimmy s'immobilisa, réalisant la gravité de ce qui venait de se produire. Le docteur Higgins baissa les yeux sur la goutte. Une insignifiante trace d'eau salée par terre. Mais s'il levait les yeux…

Son ventre gronda. Quelque chose lui piquait la gorge. C'est alors qu'il sentit sa bouche s'ouvrir, malgré lui. Un sourd borborygme monta de son œsophage, qui se mua bientôt en un mot :

– Docteur !

Mais ce n'était pas la voix de Jimmy. C'était celle de son père. Sans trop qu'il sache comment, il était parvenu à parfaitement imiter la voix de Ian Coates. Qui plus est, en forçant sur ses cordes vocales, et en tirant avantage de la chambre d'écho fournie par le plafond, il avait réussi à donner l'impression qu'elle venait de l'autre bout de la pièce. La voix fit sortir Higgins de sa torpeur.

– Les dossiers, docteur, tempêta Jimmy avec les mêmes intonations de voix. Découvrez vite qui se cache derrière les initiales ZAF-1…

Jimmy était aussi choqué que le docteur Higgins. C'était comme si son propre père était enfermé dans sa cage thoracique et qu'il criait pour qu'on l'en délivre. Le docteur tourna la tête dans la direction d'où lui semblait venir la voix — à l'exact opposé de l'endroit où était Jimmy. Anéanti par ce qu'il venait d'entendre, fou de rage d'être ainsi humilié par Coates, Higgins attrapa le *flash drive* et le jeta sur le sol. Puis, d'un coup de talon vengeur, il le brisa et piétina brutalement les morceaux, laissant libre cours à son fiel.

À la colère et au ressentiment que Jimmy éprouvait pour son père, répondait un soupçon de pitié pour le docteur Higgins. Trahi par le pays qu'il avait loyalement servi durant toute sa vie, il n'était plus qu'un pitoyable vieillard, fragile et grêle.

Quand le *flash drive* fut totalement réduit en miettes, le docteur Higgins s'attaqua au dossier marqué ZAF-1. Il le tint un instant entre ses mains tremblantes, mais ne fit pas mine de vouloir l'ouvrir. Au lieu de ça, il écarta de l'œil de Lenny la buse du laser et la pointa en direction du dossier. Il tourna un curseur sur la machine, le dossier s'embrasa aussitôt. Il maintint le classeur sous le rayon jusqu'à ce que la dernière particule de papier fût réduite en cendres. Il poussa un horrible cri de douleur et retira vivement sa main. Les larmes maculaient son visage, poissant le pli de ses rides. Il courut hors de la pièce, tenant sa main blessée, le visage ravagé par la douleur et la peine.

Dans un premier temps, Jimmy était trop choqué pour réagir. Il ne pouvait évacuer l'image du docteur Higgins se brûlant la main au laser. Lenny Glenthorne avait des cendres partout sur le visage maintenant — non qu'il s'en souciât le moins du monde. C'était tout ce qui restait de ZAF-1, ou, à tout le moins, ce que le NJ7 en savait.

Jimmy finit par reprendre ses esprits. Il était venu ici dans un but précis : trouver Fort Einsmoor. Mais, pour cela, il ne pouvait pas se contenter de sauter par terre et de tranquillement s'installer à un poste de travail. En premier lieu, il dévissa précautionneusement les vis qui scellaient la caméra de surveillance à la poutrelle d'acier. Elle n'était donc plus fixée au mécanisme qui la faisait pivoter et ne pouvait plus balayer la pièce. Au contraire, elle restait coincée sur le coin de la salle, au fond.

Une fois qu'il fut certain de ne pas être sous l'œil inquisiteur du mouchard, Jimmy se laissa tomber à terre puis s'installa devant le bureau. Il n'était pas assis depuis dix secondes qu'il sentit quelque chose contre sa jambe. Il se leva d'un bond, à deux doigts de l'arrêt cardiaque. Un chat noir efflanqué émergea en silence de sous le bureau. Jimmy respira.

Il ne perdit pas une seconde de plus. Il posa ses doigts sur le clavier et laissa son programme le guider dans le dédale des menus et des fichiers. Ses mains étaient douloureuses et engourdies d'avoir si longtemps supporté son poids au plafond, mais cela ne le ralentit pas. Il ignorait de combien de temps il disposait avant que le docteur Higgins revienne dans le bureau.

Cette machine possédait un accès à Milnet — la version militaire d'Internet — aussi Jimmy n'eut-il aucune peine à

trouver ce qu'il cherchait sur Fort Einsmoor. Il mit facilement la main sur des plans du complexe ainsi que sur des schémas des systèmes de sécurité. Parfait. Il trouva même quelques informations sur Neil et Olivia Muzbeke, dont les noms d'emprunt sous lesquels ils étaient incarcérés. Jimmy poursuivit ses recherches aussi longtemps qu'il l'osa, emmagasinant autant de données que possible dans sa mémoire interne.

Des bruits de pas résonnèrent dans le hall. Il jeta un dernier regard à l'emplacement de Fort Einsmoor sur la carte, puis ferma la fenêtre et retourna sur son perchoir. Cinq minutes plus tard, il était de retour en surface, dans la peau d'un inoffensif vieux Chinois, qui claudiquait en traînant les pieds sur les trottoirs des rues de Londres, plongées dans la nuit.

15/ Fort Einsmoor

Georgie rentra en trombe dans la ferme, laissant la porte claquer derrière elle. Elle avait le feu aux joues.

– Felix ! cria-t-elle sans même reprendre sa respiration. Faut qu'on aille à Londres !

Felix émergea de la cuisine.

– Quoi ?

Georgie ne savait pas par où commencer.

– J'ai imprimé ça au cybercafé, dit-elle, haletante, en fourrant une feuille de papier entre les mains de Felix pendant qu'elle reprenait son souffle. J'ai trouvé ça sur le forum de Louise Rennison*.

* L'auteur du *Journal intime de Georgia Nicolson.*

– C’est qui celle-là ?

– Pas d’importance, haleta Georgie. Ensuite, quand j’ai commencé à chercher, j’ai trouvé plein de messages identiques sur des tas d’autres sites.

Felix gardait les yeux baissés sur la feuille A4 : *Mettez-vous à l’heure anglaise avec Fée l’X. Le menu vous pèse ? Alors lâchez le chef.* Un large sourire se dessinait sur ses lèvres.

– C’est Jimmy ! s’exclama-t-il bientôt. Sûr et certain.

– Je sais. Et regarde le pseudo. JawGee. Ça m’est clairement destiné.

– Il sait que c’est dangereux d’utiliser les mails, alors il a trouvé un autre moyen pour nous contacter. — Felix relut le message. — Fée l’X, c’est moi, non ?

– Tu sais, pour un crétin, il est sacrément intelligent parfois. Il n’y a aucun indice dans ce message que le NJ7 pourrait tracer, déclara fièrement Georgie avant de marquer une pause et d’ajouter : Tu crois que ça veut dire que m’man a des ennuis ? Et qu’est-il arrivé aux autres ?

Pendant un instant, elle parut se parler à elle-même, puis aussi subitement qu’elle l’avait quitté, elle revint vers Felix.

– Alors ? Quel est le plan ? demanda-t-elle.

Felix la regarda avec un air de reproche condescendant, un petit sourire aux coins des lèvres.

– Qu’est-ce que tu ne comprends pas là-dedans ? demanda-t-il, débordant d’énergie. Prends un sac léger. Ne porte rien qui puisse attirer l’attention. T’as un chapeau ou un truc comme ça ? Prends-le, au cas où, pour cacher tes yeux. Non que le NJ7 soit à notre recherche, sans quoi, jamais Jimmy ne nous aurait demandé de venir seuls. Lâchez le chef, il veut dire Yanik. T'avais compris l'allusion ?

– À ton avis ? rétorqua Georgie en levant les yeux au ciel.

– On parle de moi ici ? demanda Yanik en descendant les dernières marches de l'escalier, alerté par le bruit de cette conversation enflammée où il avait reconnu son nom.

– On doit aller à Londres, embraya Georgie d'un ton décidé qui laissait clairement entendre que sa décision était prise et qu'elle n'en changerait pas. Toi tu ne viens pas avec nous. Contente-toi de nous conduire à la gare, on t'expliquera en chemin. Ah ! Oui... On a aussi besoin de liquide.

Yanik tressauta.

– Vous êtes dingues ou quoi ? murmura-t-il en jetant un œil en haut de l'escalier pour vérifier que sa mère n'écoutait pas. Au cas où vous ne le sauriez pas, je suis responsable de vous tant que les autres ne sont pas là... Je ne peux décemment pas...

La fin de sa phrase resta coincée au fond de son gosier. Felix et Georgie avaient déjà mis leurs manteaux, et Georgie balançait les clés de la camionnette sous ses yeux.

– Toi, tu restes là pour t'occuper de ta vieille mère, ordonna Georgie. Mais avant cela, tu nous emmènes à la gare.

À ces mots, elle brandit le message de Jimmy.

Le cuistot lut plusieurs fois les quelques mots imprimés sur la feuille, puis il soupira et se frotta le menton.

– C'est bon, grogna-t-il simplement.

Le visage de Felix s'illumina. Il lança un grand sourire à Georgie et lui glissa à l'oreille :

– On dirait qu'il va être temps de mettre notre entraînement en pratique.

Tout comme celle de Fort Monckton, dans le Hampshire, ou de Fort Monmouth, dans le Yorkshire, l'existence même de Fort Einsmoor était formellement démentie par le gouvernement britannique. Il en avait toujours été ainsi. Mais Monckton et Monmouth étaient des centres relativement inoffensifs comparés à Einsmoor. Le premier était le camp d'entraînement principal du MI6, quant au deuxième, il consistait en une fosse de onze sous-sols gavés d'électronique à partir desquels les services secrets espionnaient les ordinateurs et les téléphones du monde entier. Mais pas Einsmoor. Le goulag anglais, selon ce qu'en avait appris Jimmy. Là où le gouvernement déportait ceux dont il ne voulait vraiment plus entendre parler.

Jimmy était allongé sur le ventre, embusqué dans les hautes herbes. Devant lui, au loin, les lumières de Fort Einsmoor se détachaient sur le fond désespérément noir de la mer. Il se tenait juste hors de portée des énormes projecteurs installés pour scruter les abords du camp, ce qui sous-entendait qu'il était à environ deux cents mètres de la base secrète. Celle-ci se composait d'un ensemble de solides petites bâtisses à l'allure martiale, entourées par une haute clôture de tôle ondulée, surmontée par des fils barbelés. Montant la garde, plus d'agents de sécurité que Jimmy en avait jamais vu en un seul et même endroit. Parmi eux, patrouillaient également quelques maîtres-chiens. Jimmy ne s'en souciait guère. Ils ne pouvaient pas le flairer. Grâce aux informations recueillies au NJ7, Jimmy savait que les Muzbeke étaient détenus dans deux bâtiments distincts.

La pluie qui tombait lui fouettait le dos. Il s'en moquait comme d'une guigne. Tout ce qu'il voyait c'était que ça allait réduire la visibilité des gardes. Et puis, il avait déjà crapahuté deux heures sous la pluie depuis la gare.

La seule autre construction à des kilomètres à la ronde était la petite baraque de béton que Jimmy était en train d'observer : une cahute qui abritait le transformateur électrique alimentant le fort. Jimmy savait que s'il lui venait à l'idée de couper le courant, le groupe électrogène auxiliaire se mettrait automatiquement en route, dans les sous-sols de la base. Mais les quelques secondes de battement qui précéderaient le redémarrage lui seraient suffisantes. Car dans ce court laps de temps, l'obscurité serait totale et Jimmy serait le seul à y voir clair. Logiquement, ça devrait lui suffire pour atteindre l'entrée principale.

Appuyé sur les coudes, il rampa en avant, s'enfonçant dans la boue. Le transformateur était gardé, mais beaucoup moins lourdement que le fort lui-même. Jimmy était tout proche maintenant. Deux gardes. Armés jusqu'aux dents et couverts de la tête aux pieds par des protections pare-balles.

Jimmy prit deux profondes inspirations. Et l'assaut commença. Sa présence révélée, il n'était plus question de reculer. De fait, il n'en avait jamais été question. Il était plus déterminé que jamais. Avant le lever du jour, il aurait exfiltré les parents de Felix de Fort Einsmoor.

Il se redressa d'un bond, et se rua sur le premier garde. Celui-ci n'eut pas le temps de lever son arme que Jimmy était déjà sur lui, volant dans les airs. À la faveur d'un tour complet

sur lui-même, il lui assena deux coups de pied. Le premier avec la jambe droite, le second avec la gauche. Quand son homologue tourna la tête, il eut juste le temps de voir le corps de son collègue s'affaler mollement sur le sol. Jimmy ne lui laissa pas le temps de donner l'alarme. Roulant sur l'herbe, il le plaqua à hauteur des genoux. Le garde tomba de tout son long. Une fraction de seconde avant de recevoir un violent atémi sur la nuque.

Les deux gardes inconscients, Jimmy attrapa le cadenas qui pendait à la porte de la baraque. « Lucide », se répéta-t-il mentalement. Son programme tournait déjà à plein régime, guidant chacun de ses gestes avec une précision diabolique. Jimmy sentit la puissance de son séquençage déferler dans ses doigts. Le cadenas cassa d'un coup.

À l'intérieur, il se retrouva confronté à une machine déconcertante : une grosse boîte grise avec des cadrans et des boutons sur toutes les faces et de grosses broches sur le dessus, d'où partaient des faisceaux de fils électriques. D'inquiétants pictogrammes montraient la silhouette d'un homme frappé par la foudre. Jimmy les ignora consciencieusement.

Il retourna précipitamment vers le garde le plus proche, qui gisait toujours dans la boue. Doucement, il lui retira sa mitraillette. Puis ses yeux tombèrent sur autre chose : son arme de prédilection, une dague de combat coincée dans la ceinture du garde. Jimmy la prit délicatement et retourna au transformateur.

Il s'attela aussitôt à la tâche, se servant de la pointe du poignard comme d'un tournevis pour ouvrir les panneaux de la machine... et mettre au jour encore plus de fils. Heureuse-

ment, Jimmy n'avait pas besoin de comprendre comment ce machin fonctionnait. Il devait juste la mettre hors d'état de marche. Il glissa la lame dans différents faisceaux de fils et trancha dans le vif. Une série de mini-explosions résonna dans l'air nocturne, accompagnées de gerbes d'étincelles qui jaillissaient de la machine et rebondissaient un peu partout sur le sol. Le bruit attira l'attention de tous les gardiens du fort. Jimmy passa furtivement la tête hors du local technique. Des chiens fonçaient vers lui, des filets de bave dansant sous leurs mâchoires. C'est alors que les lumières s'éteignirent. Jimmy se rua à l'assaut.

Soudain, les aboiements des chiens se changèrent en longs hurlements plaintifs. La brigade canine avait perdu sa trace. Jimmy fila à travers champs, poussant sur ses jambes plus fort qu'il aurait jamais cru pouvoir le faire. Les minuscules pinceaux de torches électriques zébrèrent la nuit au petit bonheur. Mais seul Jimmy avait une vision nocturne. Quelques secondes plus tard, il sentit dans son dos le souffle d'une énorme explosion. Le transformateur. Des flammes s'élevèrent dans le ciel, illuminant les alentours ; pourtant, dans la confusion, personne ne remarqua l'assaillant.

Il atteignit le portail au moment exact où le générateur de secours entrait en action et ressuscitait les projecteurs. Jimmy sprinta jusqu'au bâtiment principal. Dans un même mouvement, une unité entière pointa ses armes sur lui. Une pluie de balles tomba des miradors, cinquante mètres plus haut. Des tirs réflexes qui n'eurent pas l'efficacité escomptée.

Sans ralentir un seul instant, Jimmy fit irruption dans le hall d'entrée et mit hors d'état de nuire quatre gardes en quelques

assauts de karaté. Au dernier, il arracha le badge magnétique qu'il avait accroché à la ceinture. Le malheureux n'avait pas encore retouché le sol que Jimmy avait déjà collé le badge à l'œil de la cellule et franchi le premier sas de sécurité. Derrière la porte d'acier, un point de contrôle, occupé par un garde assis derrière un bureau. En un direct, il cessa de faire illusion. Jimmy enfonça d'un geste rageur le gros poussoir qui commandait le verrouillage des cellules.

Un chaos indescriptible s'empara de Fort Einsmoor. Le hurlement d'une sirène déchira l'air. En fond, le martèlement de la foulée des gardes qui se répandaient dans les couloirs en direction de Jimmy, leurs bottes couinant sur le linoléum. Les hurlements de joie des détenus noyèrent bientôt le bruit de la sirène. Tous avaient compris que quelque chose était en train de se passer quand les lumières s'étaient éteintes. Maintenant, ils se concentraient sur leur fuite.

En deux clics de souris, Jimmy consulta le registre sur l'ordinateur pour savoir où Neil Muzbeke était enfermé puis il remonta le flot des mutins. Il aurait pu trouver la cellule les yeux fermés car, depuis qu'il avait quitté le NJ7, il n'avait pensé à rien d'autre qu'aux plans du fort. Il passa en courant devant la rangée de cellules, en comptant les portes et en envoyant bouler aussi bien les gardes que les détenus, très occupés à régler leurs comptes. Il s'arrêta un instant puis pivota dans la cellule suivante.

– Jimmy ! s'exclama Neil Muzbeke, calmement assis sur le bord de sa couchette.

La prison l'avait usé. Il avait les traits creusés, sa barbe avait blanchi et son teint se fondait dans le gris passé de son

uniforme. Mais il avait un sourire aux lèvres. Un sourire aussi lumineux que s'il avait été le premier que son visage sût faire. Jimmy baissa son couteau et embrassa le père de son meilleur ami.

– Comment va Felix ? demanda l'homme.

– Bien, bien, hurla Jimmy au-dessus du tumulte ambiant. Maintenant, partons d'ici.

Mais Neil Muzbeke n'était pas seul dans sa cellule. Adossé au mur, parfaitement immobile, se tenait un homme fin et sec, aux muscles noueux. Son regard bleu acier semblait vouloir percer le désordre qui régnait dans le centre de détention. Et puis, soudain, il sortit un pistolet de sous l'évier.

– Pas un geste, lança-t-il d'un ton hargneux.

Neil Muzbeke se leva d'un bond, complètement éberlué.

Jimmy n'esquissa pas le moindre geste. Il ne s'attendait pas à trouver un agent du NJ7 infiltré dans la cellule. Pour autant, ce n'était pas la première fois qu'il se retrouvait nez à nez avec la bouche d'un revolver. Il leva lentement les mains. Puis, d'un geste vif comme l'éclair, il pivota et plia les genoux. L'agent tira, mais Jimmy s'était montré trop rapide. Le coup manqua sa cible. Jimmy arracha un drap de la couchette et fouetta le bras armé de l'agent. Celui-ci tenta de viser à nouveau, mais déjà le tissu s'était enroulé autour de son poignet. Jimmy l'avait à sa merci. Il tira sèchement. Dans un sursaut, l'agent essaya de prendre son arme de l'autre main, mais Jimmy ne lui en laissa pas l'occasion. Un fouetté explosif jeta l'homme à terre, inconscient.

Hors de la cellule, la confusion était encore montée d'un cran. Jimmy jeta un œil à l'extérieur. Les matons faisaient ce

qu'ils pouvaient pour maîtriser les plus acharnés des détenus. De l'autre côté du couloir, une nouvelle escouade de soldats arrivait : les SAS. D'une redoutable efficacité, ils avançaient en sécurisant le périmètre, cellule après cellule. Ils traquaient l'intrus.

– Pas de temps à perdre, murmura Jimmy, comme s'il se parlait à lui-même.

– Mais comment va-t-on faire pour sortir d'ici ? chuchota Neil Muzbeke.

Jimmy n'avait pas la réponse. Il avait perdu un temps précieux à cause de l'agent du NJ7. La sécurité du fort, c'était une chose… Les unités d'élite, une autre.

Neil interpréta justement le silence de Jimmy.

– Laisse-moi ici, Jimmy, marmonna-t-il, baissant la tête. Si tu es seul, tu réussiras à t'en sortir.

Jimmy sentit une colère sourde l'envahir. Il n'allait tout de même pas échouer si près du but. Pourtant, Neil avait raison. Seul, il avait dix fois plus de chances d'en réchapper. Mais s'il l'abandonnait derrière lui, Neil était voué à une mort certaine. Son raid sur Fort Einsmoor était en train de tourner au désastre. Des larmes de rage perlèrent dans les yeux de Jimmy. Il fit volte-face et baissa son regard sur l'agent du NJ7, qui gisait sur le sol et revenait doucement à lui.

« C'est de ta faute, pensa Jimmy. Toi et ton organisation de malheur. » Il fit un pas vers l'homme à terre et lui assena un violent coup de pied dans le ventre. L'homme se plia en deux, se tenant les côtes. Et l'orage qui couvait éclata.

– C'est de ta faute ! beugla Jimmy, totalement submergé

par son accès de rage et d'amertume. De ta faute et de celle de mon père ! Comment avez-vous pu faire ça ?

– Jimmy ! Qu'est-ce qu'on fait ? demanda Neil, terrorisé. Ils arrivent...

Jimmy balaya d'un revers de bras la main compatissante que Neil avait tenté de poser sur son épaule. La crise n'était pas passée. Il fallait qu'il hurle.

– On a emprisonné ton ami... sous tes yeux... et tu n'as rien fait ? — L'agent reçut une nouvelle série de coups de pied. — Ton ami... Tu as fait ça... à ton ami. — Les coups pleuvaient toujours. — Comment t'as pu ? Faire ça à ton propre fils ?

Le visage de Jimmy était mouillé de larmes. Neil le fit reculer d'un pas et le serra fort dans ses bras. Jimmy était secoué de violents sanglots. Il ferma les yeux et pria pour être avalé par l'obscurité. Mais le vacarme de la prison résonnait toujours dans sa tête. Il se dégagea de l'étreinte et se tourna à nouveau vers l'agent du NJ7. L'homme ne bougeait plus. Un filet de sang coulait de sa bouche. Tout au fond de lui, étouffée par la colère et la rage qui couraient encore dans ses veines, il entendit résonner une petite voix : « Qu'est-ce que j'ai fait ? »

16/ Au vert

– C'est bon, dit doucement Neil, en tirant Jimmy loin de la mare de sang grandissante. Il faut qu'on parte d'ici. Tout de suite !

Jimmy tourna la tête. L'homme étendu à ses pieds était peut-être mort, mais il ne voulait pas le savoir pour l'instant.

– Très bien. J'y vais, dit-il d'une voix enrouée par les pleurs. Vous, vous restez ici.

Soudain, son programme perça l'épais brouillard qui nimbait son esprit et il eut une idée.

– Faites-vous passer pour lui, lança-t-il en montrant du doigt la masse informe et inerte de l'agent.

– Quoi ?

– Il y a une rivière… À dix kilomètres d'ici… Vers l'est… ânonna Jimmy, qui avait le plus grand mal à faire une phrase complète.

Neil l'attrapa par les épaules et le secoua un peu. Jimmy reprit le contrôle de lui-même.

– Je vous y retrouverai. Voilà ce qu'il faut que vous fassiez…

En quelques mots, Jimmy exposa son plan à Neil, qui n'eut pas l'occasion de poser la moindre question. Les SAS étaient en train de fouiller la cellule voisine.

– Pigé ?

Neil Muzbeke opina du chef. Jimmy chassa de son esprit l'image du corps sans vie étendu sur le sol de la cellule et rassembla ses forces en vue des combats à venir.

– Vas-y, murmura Neil. Pars…

Jimmy explosa hors de la cellule. Juste au moment où un SAS émergeait de la porte voisine.

– Par ici. Vite ! cria le membre du commando en tournant la tête vers son unité.

Il scruta à nouveau le couloir. Rien. Il avait vu quelque chose, mais, de toute évidence, ce quelque chose n'y était plus. Deux secondes plus tard, les SAS se pressaient dans la cellule de Neil.

– Services secrets ! tonna Neil avant que le chef du commando ait pu prononcer le moindre mot. Je suis en opération commandée. Jimmy Coates était là, par conséquent, j'ai été contraint d'éliminer le prisonnier qu'il était venu chercher.

Ce disant, il pointa du doigt l'agent du NJ7 gisant à ses pieds.

– Pièce d'identité ! aboya le soldat.

– Une pièce d'identité ? pouffa Neil. Vous vous croyez à la

poste ou quoi ? Je vous rappelle qu'il s'agit d'une tentative d'évasion. Maintenant, faites ce que je vous dis.

Les membres du commando parurent hésiter un instant entre ouvrir le feu et obéir aux ordres. L'officier de commande baissa la tête sur son talkie-walkie, accroché sur son épaule.

– Warden, appela-t-il. Demande confirmation. Agent du gouvernement en mission secrète dans la cellule 217-4. Terminé.

Quelques secondes plus tard, la réponse tomba en crépitant dans le talkie.

– Affirmatif. Je répète. Affirmatif. Un agent des services secrets est bien en couverture dans la 217-4. Terminé.

L'attitude de l'officier changea aussitôt. Du tout au tout. Il releva le menton et salua.

– Escadron de cavalerie G. En formation de commando. À vos ordres, monsieur.

Seule la peur empêcha Neil de sourire. Portée par l'adrénaline, sa voix prit naturellement les inflexions autoritaires exigées par la situation.

– Jimmy Coates se dirige vers le baraquement D. Il est à la tête d'au moins dix hommes. Informez Warden. Concentrez vos forces sur ce bâtiment et mettez Olivia Muzbeke à l'abri. Fort Einsmoor est en péril. Je veux la prisonnière, vivante, cela va de soi, dans un fourgon blindé au portail principal. Je me charge de l'emmener dans un endroit sûr. Pour des raisons de sécurité, j'assurerai seul le transfert.

L'officier de commande salua à nouveau et les SAS partirent au petit trot. Neil était sur le point de leur emboîter le pas quand l'agent du NJ7 roula sur le côté en gémissant. Soulagé

qu'il soit encore en vie, Neil utilisa les draps pour le ligoter et le bâillonner, histoire de l'empêcher de tout faire capoter. Puis le père de Felix rejoignit les SAS.

Dès qu'il fut dehors, il ne put s'empêcher de respirer à pleins poumons dans l'air pluvieux, un large sourire aux lèvres. Il reprit son aplomb pour saluer les SAS puis il s'éclipsa vers la porte principale. Personne ne lui demanda quoi que ce soit. Certains, même, le saluèrent.

Pas une seule fois Jimmy ne regarda derrière lui. Il plongea dans la foule des détenus et se fondit dans la masse, avançant de telle sorte qu'il soit toujours à couvert. Ramassé sur lui-même, virant et esquivant, il parvint sans peine à éviter la ligne de tir des SAS. Chacun de ses gestes lui venait naturellement, guidés qu'ils étaient par l'instinct de conservation de son séquençage.

Et dans la cellule ? Était-il, là aussi, mû par son programme ? L'agent du NJ7 hors d'état de nuire, il n'y avait aucune raison de continuer à le cogner. Jimmy avait bien peur que, même sans déterminisme génétique, il aurait perdu son sang-froid et passé à tabac l'agent. Était-il toujours vivant ?

Jimmy tenta de se remémorer exactement les coups portés, un par un. Mais c'était impossible, il n'y arrivait pas. L'avait-il frappé à la tête ? Difficile à dire. Dans son souvenir, la scène était brumeuse, confuse, une sorte de trou noir, amer et violent. Rien que d'y penser, il sentait un arrière-goût de colère lui brûler l'estomac. Soudain, une balle siffla près de son oreille, le ramenant à la réalité.

Il se servit de la carte magnétique pour passer un sas, supposé être sécurisé. Surpris, le garde qui se trouvait de l'autre côté de la porte tressaillit et fit volte-face. Son acte de résistance s'arrêta là puisque Jimmy lui coupa le souffle avec un *high kick* au plexus solaire avant de l'assommer d'une énorme gifle du dos de la main. Jimmy s'installa au poste de contrôle. D'ici, il pouvait surveiller tout ce qui se passait dans le fort. En effet, une dizaine de moniteurs étaient sagement alignés au-dessus du bureau. Le circuit fermé de caméras lui procurait un avantage certain car il pouvait voir où les forces de sécurité étaient les plus nombreuses et — plus important encore — là où elles étaient en sous-effectif.

À en juger par les images neigeuses qui vibraient sur les écrans de contrôle, le plan se déroulait exactement comme prévu. L'armée avait fait venir des renforts et formé un cordon de sécurité autour du bloc D, celui-là même où Olivia Muzbeke était détenue. Ensuite les SAS lancèrent l'assaut. Méthodique et effroyablement efficace. Jamais Jimmy n'aurait pu la sortir de là tout seul. Mais ce n'était pas nécessaire. Les SAS faisaient le boulot pour lui — quand on veut un travail bien fait, on fait appel à des experts. Jimmy les observa qui se déployaient par vagues successives, sécurisant couloir après couloir pour, enfin, gentiment extraire Olivia Muzbeke de sa cellule.

Le bâtiment où se trouvait Jimmy était pratiquement sans surveillance. Mettant à profit les informations en temps réel que lui fournissaient les caméras, il échafauda un itinéraire

de repli. Et il éteignit les lumières. Cette fois-ci, il faudrait beaucoup plus de temps pour qu'elles reviennent car Jimmy ne se contenta pas de couper l'alimentation auxiliaire, il réduisit en miettes le tableau de commande. Il fit sauter les tôles du châssis et arracha les fils à pleines mains. Les moniteurs furent les premiers à s'éteindre, bientôt suivis par toutes les lumières de Fort Einsmoor.

Jimmy courut sous la pluie sans rencontrer le moindre obstacle. Il fut bientôt hors de l'enceinte du camp de détention, filant à travers champs. Devant lui, au loin, il aperçut la silhouette d'un fourgon blindé. Ses feux luisirent un instant dans la nuit, puis il prit un virage et disparut. Jimmy souriait.

Il rejoignit les Muzbeke à la rivière, exactement comme il l'avait prévu.

– Merci, Jimmy, dit Neil d'une voix haletante. Merci beaucoup.

À ces mots, il le prit dans ses bras, sans lâcher la main de sa femme. Jimmy fit la grimace dans la pluie battante. Ils étaient en rase campagne maintenant. Ils n'avaient plus que le fourgon pour se protéger un tant soit peu des violentes bourrasques de vent. Il jeta un œil vide aux visages radieux de Neil et d'Olivia. Sans pouvoir partager leur joie.

– Ne t'inquiète pas, Jimmy, déclara Neil, qui avait remarqué son malaise. L'agent de la cellule est toujours vivant. J'ai dû l'assommer à nouveau. Tu n'as tué personne.

Jimmy se détourna. Son soulagement était immense. Il n'était toujours pas devenu l'assassin que son patrimoine génétique voulait qu'il soit. Mais il n'en tirait pas pour autant gloriole car il avait parfaitement conscience que, cette fois-ci, ce n'était pas son programme d'assassin qui avait guidé ses gestes, qui l'avait poussé à tuer. Non. C'était *lui*. Jimmy Coates, l'humain. Il n'avait jamais perdu le contrôle sur cette partie de lui auparavant. Au fond, que sa victime soit morte ou pas importait peu maintenant. Juste une question de chance. Le fait est que Jimmy avait profité de sa position dominante et qu'il aurait très bien pu le tuer.

Olivia Muzbeke le sortit momentanément de ses états d'âme.

– Comment va Felix ? demanda-t-elle avec un sourire.

Jimmy s'essuya les yeux.

– Ne vous inquiétez pas. Il va bien. Il est en sécurité. Et... Oui ! Il vous passe le bonjour.

– Merci, Jimmy. Ce que tu as fait est formidable.

Jimmy scruta l'horizon, se demandant combien de temps il leur restait avant de devoir bouger.

– Je ne sais pas où vous pouvez aller, déclara-t-il. Je ne peux pas vous emmener à la planque. Ce serait trop dangereux d'aller à Londres. On peut encore utiliser le fourgon un moment, mais, très vite, le NJ7 va identifier son agent et ils seront après nous.

– Il va décliner son identité lui-même, le rabroua Neil. Il n'est pas mort... Tu te souviens ?

Pour toute réponse, Jimmy hocha doucement la tête. Son esprit était partagé, hésitant entre la stratégie militaire impulsée par son programme de tueur d'élite et la peur d'un garçon normal. Durant un instant, les deux versants de sa personnalité se rejoignirent en un même point, car tous deux

savaient que, dès que l'agent du NJ7 aurait donné l'alerte, toutes les forces armées de Grande-Bretagne quadrilleraient la campagne à la recherche du fourgon blindé.

– Neil, lança doucement Olivia. Pourquoi n'irions-nous pas dans la chambre d'hôte où on allait il y a des années ? Tu te souviens des propriétaires ? Moi, j'aurais tendance à leur faire confiance... Et puis, personne n'aurait jamais idée de venir nous chercher là-bas, dans ce minuscule village.

Neil, pensif, accompagna les propos de sa femme d'un hochement de tête approbateur.

– C'est où ? demanda Jimmy.

– Je vais te montrer sur la carte, répliqua Neil.

Il n'y avait guère d'autre option. Ils ne pouvaient évidemment pas aller chez quelqu'un de leur famille, ou même chez des amis proches. Ce seraient les premières portes auxquelles le NJ7 irait frapper.

– Dès que vous serez arrivés, ordonna Jimmy, repeignez le fourgon et enlevez les plaques. Ensuite débarrassez-vous-en. Coulez-le, enterrez-le, faites ce que vous voulez, mais faites-le disparaître.

Les parents de Felix acquiescèrent en silence, l'air grave.

Tous trois retournèrent ensuite au fourgon et filèrent dans la prairie pour rejoindre une route de campagne. Bientôt, ils arrivèrent à Ulverston Station, où Jimmy, toujours couvert de boue de la tête aux pieds, les abandonna. Neil et Olivia le remercièrent encore et encore, et ils partirent. Jimmy les regarda s'éloigner en espérant qu'ils avaient fait le bon choix et que cette chambre d'hôte leur fournirait un abri fiable, sans quoi, tous ses efforts n'auraient servi à rien.

Il dégotta une place assise dans le train qui le ramenait à Londres — un voyage de quatre heures — et essaya de dormir. En vain. Son anxiété était telle que sa tête bourdonnait, que ses oreilles sifflaient. Des taches de sang coagulé souillaient son survêtement. Dès qu'elles furent entièrement sèches, Jimmy les gratta du bout de l'ongle, décollant consciencieusement jusqu'à la dernière croûte.

– Vous vous fichez de moi ? tonna Hollingdale, faisant trembler les murs de son blockhaus, profondément enfoui sous les rues de Londres. Leur lieu de détention était classé secret défense !

Paduk baissa les yeux sur ses chaussures et bougonna, penaud :

– Je sais, monsieur... Pourtant, la nouvelle vient d'être confirmée. Les Muzbeke se sont évadés. Nous mettons tout en œuvre pour les retrouver.

– Qui a pu faire ça ? grogna Hollingdale, le visage rouge de colère.

Ses lèvres étaient sèches. Il avait de l'écume au coin des lèvres. Paduk observa le Premier Ministre, persuadé qu'il n'avait pas besoin d'apporter de réponse à sa question. Hollingdale savait. Et, d'ailleurs, il n'attendait pas de lui qu'il lui réponde.

– Ce garçon, fulmina-t-il. Mais comment a-t-il fait ?

Un lourd silence s'empara du bureau. Hollingdale lançait des regards inquiets aux quatre coins de la pièce, comme si celle-ci menaçait de l'engloutir.

– Quelqu'un va devoir payer pour ça, grinça-t-il d'un air mauvais. Ensuite, nous réglerons définitivement le problème Jimmy Coates.

Dans leur cellule, Safran, Viggo, Helen et Stovorsky étaient tous assis dos au mur. Il leur faudrait encore attendre plusieurs heures avant de pouvoir à nouveau marcher. L'implant d'une balise électronique dans leurs talons n'était pas une lourde opération, mais elle n'en était pas moins atrocement douloureuse. Pour autant, ce n'était pas la souffrance qui se lisait sur leurs visages, mais la concentration. Trouver un moyen de sortir de ce pétrin.

Helen Coates rompit le silence. Une de ses horribles quintes de toux.

– Il faut que tu voies un médecin, dit Viggo en levant les yeux sur le visage cramoisi d'Helen.

– T'inquiète... Ça va aller, répondit-elle avec un sourire contrit. On ne traverse pas la Manche sans encombre...

– Tu as vraiment une sale mine.

– Merci du compliment, gloussa Helen.

– Non, rétorqua Viggo, le rouge aux joues. C'est pas ce que je voulais d...

– L'un d'entre vous sait où se trouve Jimmy Coates, affirma Paduk en faisant irruption dans la cellule, comme sorti de nulle part. Et il est temps de me le dire. Toi ! Viggo.

Paduk pointa le prisonnier du doigt. Un autre agent pénétra dans la pièce et traîna Viggo au bout du couloir, dans la salle d'interrogatoire. Viggo prit plusieurs longues inspirations tandis qu'on l'attachait à un gros fauteuil recouvert de

Skaï. Ça ressemblait à un siège de dentiste, sauf que celui-ci était muni de boucles au niveau des chevilles, des poignets et du cou.

– Où est Jimmy Coates ? demanda Paduk.

Il avait répété cette question des centaines de fois au cours de chacun des interrogatoires. Pourtant, cette fois-ci, elle s'accompagnait d'une lueur un peu plus féroce dans le regard.

– Vous perdez votre temps, répliqua Viggo.

Sa voix ne vacilla pas, malgré l'extrême tension de chacun de ses muscles. Il sentit la pointe d'une aiguille s'enfoncer dans ses reins. Il ne broncha pas.

– Où est Jimmy Coates ?

– Comment... voulez-vous... que je vous le dise ? marmonna Viggo d'une voix rendue mourante par le sérum. Puisque... j'en sais rien...

Paduk se pencha en avant et posa pratiquement sa bouche sur l'oreille de Viggo. Puis il chuchota :

– Invente.

– T'es sûr que c'est la bonne rue ? demanda Georgie, qui commençait à sérieusement douter des indications que lui fournissait Felix.

– Positif. On est dans la bonne rue, ça fait aucun doute, répliqua ce dernier, catégorique. Fais-moi confiance.

Il jeta un œil au coin de la rue. L'endroit était désert.

– C'est cette maison-là, affirma-t-il avec assurance.

– On dirait une maison normale.

– Ouais, comme toi. Quand on te regarde, on pourrait presque te prendre pour quelqu'un de normal.

Georgie réalisa qu'elle n'avait d'autre choix que de s'en remettre à lui. Elle se présenta la première à la porte.

– Y a pas de sonnette, murmura-t-elle. Juste un clavier numérique.

– Ah oui, le code ! ? ! répliqua Felix en se frottant les sourcils et en marmonnant une suite aléatoire de chiffres.

– Ne me dis pas que tu as oublié le code... se lamenta Georgie en levant les yeux au ciel.

– J'y suis !

Felix poussa sans ménagements Georgie sur le côté et pianota sur le clavier, enfonçant consciencieusement son doigt sur chacune des touches. Georgie se raidit, s'attendant à chaque instant qu'un filet leur tombe sur le crâne. Au lieu de ça, la serrure de la porte émit un léger bourdonnement. Felix la poussa et pénétra à l'intérieur avant de se retourner et d'inviter Georgie à le suivre, un sourire triomphal sur les lèvres.

– C'est au dernier étage, murmura Felix avant de se ruer vers l'escalier.

Georgie demeurait immobile.

– Ne t'inquiète pas, la rassura Felix. Ce Vorstorsky a donné des instructions ultraprécises sur son bout de papier.

– C'est Stovorsky, rétorqua Georgie, l'air agacé. T'arrives même pas à te rappeler son nom, mais tu te souviens de tout ce qu'il y avait marqué sur une note que tu n'as vue qu'une seule seconde ?

– C'est vital. Sinon, comment je ferais pour pomper sur Jimmy pendant les interros ?

Jimmy se réveilla en sursaut. Le vague souvenir d'un cauchemar s'évanouit dans l'oubli. Son séquençage prit aussitôt le contrôle de son métabolisme, mettant tous ses sens en alerte, tendant chacun de ses muscles. Un bruit dans l'escalier. Aucun doute. Même endormi, il l'avait entendu. Il en était certain. Un coup d'œil à l'horloge lui apprit qu'il n'avait pas dormi longtemps.

Encore. Une marche qui craque. Et puis des voix. Qui que ce soit, ils n'étaient pas très discrets. Son programme prit la décision pour lui. Sa part humaine l'intégra presque malgré elle. Jimmy n'était pas assez réveillé pour qu'il en soit autrement. Il roula sur le côté et approcha en silence de la porte.

Il cligna rapidement des yeux pour éclaircir sa vue. Des murmures dans le couloir. Quelque part au fond de lui, il eut l'impression de reconnaître les voix. Mais il ne pouvait pas s'y fier. Cela pouvait être une ruse.

En un éclair, il tourna la poignée et fit pivoter la porte. Deux individus. Il bondit entre eux et attrapa le plus petit par le cou avant de le coller contre le montant de la porte. Le second, une fille, poussa un cri de terreur et recula.

Jimmy mit son pied en opposition. Elle trébucha et s'écroula sur le sol. Il appuya son pied sur sa nuque.

17/ Le pouvoir

– Jimmy ! C'est nous ! hurla la fille.

Le garçon que Jimmy tenait par le cou, les pieds ballant vingt centimètres au-dessus du sol, grognait et bavait.

– C'est moi. Georgie. Ta sœur !

Jimmy sursauta. Sa sœur ? « Ne t'y fie pas, disait la petite voix. Ce sont peut-être des assassins comme toi. »

– Jimmy… C'est toi qui nous as dit de venir, supplia la fille d'une voix plaintive.

Finalement, Jimmy parvint à remettre sur les rails sa part humaine. Il perçut une vague lueur dans les méandres de son cerveau ensommeillé. Il se concentra sur cette étincelle, essaya de l'aviver. Il relâcha l'étreinte sur le cou de Felix qui

titubа un instant en reprenant difficilement son souffle.

– Dé… Désolé, bredouilla Jimmy. Je n'voulais pas…

Ses mots restèrent coincés dans sa gorge. Que dire ? Sa sœur le prit dans ses bras et l'enlaça chaudement.

Tous trois entrèrent dans le studio. Jimmy ferma soigneusement la porte derrière lui et vérifia qu'elle était verrouillée.

– Vous… Vous m'avez réveillé, tenta-t-il de se justifier, encore sous le choc.

– Ah ben, t'es pas commode au réveil, ironisa Felix quand il eut retrouvé sa voix.

Jimmy esquissa un sourire puis donna un petit coup de poing sur l'épaule de son ami.

– Ça me fait plaisir de te voir. Merci d'être venu.

– Tu as l'air défait, répondit Felix.

– Où est m'man ? demanda Georgie, qui observait Jimmy avec un froncement de sourcils inquiet.

Jimmy hésita un instant, cherchant ses mots.

– M'man va bien…

– Je ne t'ai pas demandé comment elle allait, l'interrompit Georgie. Je t'ai demandé où elle était.

Le silence par lequel Jimmy lui répondit leva aussitôt l'équivoque.

– Le NJ7, n'est-ce pas ? demanda doucement Georgie.

Jimmy acquiesça d'un hochement de tête.

– Ils sont tous prisonniers dans les sous-sols de l'ambassade de France. J'suis tout seul. C'est pour ça que je vous ai envoyé ce message.

Petit à petit, les rouages de son cerveau se remirent en place. Il retrouva le fil de ses idées et, avec lui, ce par quoi il aurait dû commencer.

Se tournant vers Felix, il lui lança un grand sourire.

– Tes parents... Ils vont bien, dit-il en rabattant ses cheveux. Ils n'étaient pas à l'ambassade de France. C'était un piège. — Maintenant, les mots se bousculaient dans sa bouche. — Je les ai retrouvés dans un centre de détention secret appelé Fort Einsmoor. J'y suis allé et je les ai fait sortir. Enfin... En réalité, ce sont les SAS qui s'en sont chargés...

– Mes parents sont libres ? s'exclama Felix en se levant d'un bond.

Jimmy opina frénétiquement du chef.

– Ils sont où ?

– Pas de panique. Ils sont en sécurité. Une chambre d'hôte où ils avaient l'habitude d'aller.

– Cool ! dit Felix en sautillant dans la pièce et en lançant des directs à un adversaire imaginaire.

– Bravo, Jimmy, brillant, ajouta Georgie, qui, bien que plus calme, ne s'était pas encore totalement remise de toutes ses émotions. Maintenant, il faut qu'on libère les autres.

– Je sais, confirma Jimmy.

Felix avait cessé sa danse de Saint-Guy pour se concentrer sur le frigo. Il ne semblait pas autrement ému par le fait de devoir libérer tous les autres. Sa première préoccupation, c'était ce qu'il allait mettre dans son sandwich.

*

– J'ignorais que le directeur de cabinet du Premier Ministre devait rester au bureau si tard, railla le docteur Higgins.

Sa voix était rauque, son pas bizarrement chancelant, et ses gestes étonnamment nerveux.

– Ah, c'est vous Kasimit, répondit Ian Coates, surpris, en levant un instant les yeux de son bureau. Je ne vous avais pas entendu arriver.

D'un geste du bras, il indiqua la chaise en face de lui, invitant le docteur Higgins à y prendre place. Celui-ci ne quitta pas pour autant le pas de la porte.

– Je ne pars jamais avant le patron, ajouta Coates avec un petit sourire. Vous avez déjà craqué le code ?

Higgins avança vers le bureau. Son visage passa soudain de l'ombre à la lumière.

– Merci… Je vais rester debout, dit-il en pénétrant dans la pièce. — Son débit était étrangement lent et détaché. Il isolait chaque syllabe avec une sinistre netteté. — En fait, je suis venu vous parler de Memnon Sauvage.

Coates se leva de son fauteuil, dominant Higgins de toute sa hauteur. Le fait d'être séparé de sa famille et de ne plus se consacrer qu'à son travail d'agent secret lui avait permis de reprendre l'entraînement et de pratiquer régulièrement les arts martiaux, au grand bénéfice de sa stature, qui en imposait à son interlocuteur.

– Le docteur Sauvage représentait une menace pour la sécurité nationale. À ce titre, il fallait absolument qu'il soit neutralisé. J'imagine que vous comprenez…

Ian Coates se raidit à l'approche du docteur. Sa main droite était entièrement bandée, mais, dans la gauche, il tenait un revolver.

– Vous venger sur moi n'aurait aucun sens, argua calmement Ian Coates.

Il avait des fourmis dans les doigts. Si la manière douce échouait, il savait qu'il pouvait compter sur son arme de service, sagement rangée dans le tiroir du haut. Serait-il capable de faire feu assez vite ? C'est alors qu'il entrevit une opportunité à saisir.

– N'ayez pas de rancune à mon égard, poursuivit Coates. En bon soldat, je n'ai fait qu'exécuter les ordres. — Le docteur Higgins se rapprocha imperceptiblement. — Non, celui qui porte la responsabilité de toute cette terrible affaire, c'est le donneur d'ordre.

Le regard dur et perçant du vieil homme n'avait pas cillé. Il tenait Ian Coates sous son emprise. L'énergie du désespoir brillait dans ses yeux. On avait fait voler en éclats tout ce à quoi il croyait, maintenant quelqu'un allait payer.

– Je vais vous tuer, déclara froidement le docteur, dont les joues creuses donnaient un tour encore plus menaçant à ce qu'il disait. Vous tuer, *vous*.

Ses doigts tremblaient sur la crosse du revolver, à hauteur de sa hanche.

Ian Coates sentit son dévouement et sa loyauté battus en brèche par son instinct de survie. Un instinct animal, impérieux, féroce.

– Kasimit. Vous n'y êtes pas. Si vous me tuez, vous abattez un innocent. C'est comme ça que vous voulez vous venger ?

Une seconde encore, Higgins garda son revolver braqué sur Coates. Puis il détourna les yeux et baissa son arme.

– Qu'essayez-vous de me dire ? s'exclama-t-il d'une voix chancelante, proche des larmes. Hollingdale ? Jamais je ne réussirai à l'approcher.

– Et pourquoi pas ? rétorqua Coates, dont l'extrême tension avait fait hausser le ton de sa voix. Vous êtes son médecin. — Cette fois le discours était doux, compatissant, proche et persuasif. — Il suffirait qu'on ordonne à sa garde rapprochée de vous laisser l'ausculter en privé…

Ces mots firent immédiatement leur effet sur Higgins. L'immense désespoir qui se lisait dans ses yeux un instant plus tôt laissa place à une lueur fiévreuse.

– Vous êtes quelqu'un d'intelligent, Coates, déclara Higgins, brûlant d'émotion. Mais si je tue Hollingdale, qui occupera le poste de Premier Ministre ?

Ian Coates se contenta de lui adresser un sourire ingénu. Higgins sourit à son tour.

– Ne croyez-vous pas que l'opinion publique britannique risque de s'offusquer de ce changement ? demanda Higgins d'un ton songeur.

– Ils accepteraient n'importe quoi, à condition qu'on le leur présente correctement. Les gens sont prêts à toutes les bassesses pour préserver leur petit confort.

Les deux hommes se regardèrent droit dans les yeux durant un moment, chacun comprenant parfaitement les motivations de l'autre.

Après quoi, le docteur Higgins tourna les talons et s'éloigna d'un pas décidé. Ian Coates le suivit des yeux tandis qu'il

disparaissait dans le couloir. Il se sentait étrangement calme. Il décrocha le combiné de téléphone posé sur son bureau et composa un numéro interne.

– Le docteur Higgins sort de mon bureau, annonça-t-il avec autorité. Il a besoin de voir le Premier Ministre. Seul ! Traitement privé...

Il reposa brutalement l'appareil. Avait-il fait le bon choix ? Sa main s'attarda un instant au-dessus du téléphone. Il pouvait facilement rappeler la garde prétorienne d'Ares Hollingdale et lui demander d'arrêter le docteur Higgins. Sa main retomba le long de son corps. Enfin, il s'écroula sur son fauteuil, le regard perdu sur les innombrables papiers qui jonchaient son bureau, sachant pertinemment qu'il ne pourrait pas travailler ce soir.

Ian Coates avait toujours les yeux fixés sur les mêmes documents quand, quelques minutes plus tard, le téléphone sonna. Il décrocha et se tint coi, attendant que tombe la nouvelle prévue.

– Non. Ce n'est pas possible, s'exclama-t-il au bout de quelques secondes. C'est affreux... Oui, oui, envoyez un agent.

Il raccrocha. Il tenait encore le combiné qu'un jeune agent du NJ7 faisait déjà irruption dans son bureau.

– Empoisonnement, monsieur. Certainement dans ses pilules, annonça la jeune recrue, ne sachant où regarder. Une mort quasi instantanée. Nous n'avons rien pu faire pour sauver le Premier Ministre.

Ian Coates acquiesça et se leva. L'agent l'interrogea des yeux, en attente d'instructions. Face au silence, il se risqua à demander :

– Que fait-on, monsieur ? Le docteur Higgins est en fuite. Doit-on lancer toutes nos unités à sa recherche ? Désirez-vous un appui aérien ?

Le père de Jimmy promena un doigt sur l'arête de son bureau. Il semblait perdu dans ses pensées. Pourtant, il ne tarda pas à rompre le silence.

– Laissez-le partir, ordonna-t-il enfin.

– Je vous demande pardon ? s'étrangla l'agent.

Ian Coates le fusilla du regard.

– Je vous ai donné un ordre ! hurla-t-il. Et je n'ai pas pour habitude de me répéter.

Il attrapa sa veste, posée sur le dossier d'une chaise, et se recoiffa rapidement du bout des doigts.

– Convoquez les télévisions. Nous allons faire une conférence de presse. Cet après-midi, je m'adresserai à la nation depuis les locaux de l'ambassade de France.

Le jeune agent releva le menton et raidit les bras le long de son corps en un garde-à-vous révérenciel.

– O-Oui, monsieur le Premier Ministre, bégaya-t-il avec un salut hésitant quand Ian Coates le dépassa.

18/ Sandwich à la cellulose

Le lendemain matin, Jimmy se réveilla avec les pieds de Felix dans la figure. Ils avaient partagé le même lit. Tête-bêche. Jimmy sursauta d'horreur et manqua presque de tomber.

– Mmh ! C'qu'y a ? grommela Felix réveillé en sursaut lui aussi. Quoi ? Quoi ?

– Rieeeen, bâilla Jimmy en se baissant pour se gratter le mollet. — Le parquet était étonnamment froid. — C'est moi.

Georgie, son lit déjà fait, était en train de beurrer un toast.

– Mmm… J'en veux, lança Felix, soudain plus éveillé que tout le monde et qui se ruait déjà sur la nourriture. Parfait, Georgie. Merci bien. Ça c'est le vrai truc. Autre chose que la baguette.

Jimmy se gratta le crâne en inspirant profondément, espérant que cela l'arrimerait définitivement dans le vrai monde, loin de la noirceur tordue de ses cauchemars.

– Alors, c'est quoi le programme de la journée ? demanda Felix, la bouche à moitié pleine. Opération Tempête du dessert, phase une.

– Opération quoi ? s'exclama Jimmy.

– Tempête du dessert, répéta Felix. C'est chouette comme nom. Toutes les grandes opérations ont un nom de code.

– OK, mais « Tempête du dessert »...

– T'aimes pas ? Qu'est-ce que tu dirais de : « Groseille foudroyante » ? demanda Felix en roulant des yeux vers Georgie.

– J'pense que vous êtes tous les deux totalement barrés, répondit Georgie en haussant les épaules.

– Enfin, peu importe, coupa Jimmy avec un petit mouvement du menton. J'ai besoin d'informations. J'vais aller voir Eva.

– Eva ? répéta Felix en cessant soudain de mastiquer.

– Mais Eva est... ajouta Georgie sans parvenir à finir sa phrase.

Jimmy prit une profonde inspiration avant de répondre.

– Bon, écoutez. Je sais qu'elle est partie avec Mitchell. Je sais que j'ai toujours dit que j'avais du mal à l'encaisser... Pourtant, quand je me suis retrouvé dans le pétrin, elle m'a tendu la main. Enfin... C'est compliqué, mais je crois qu'elle est toujours avec nous.

Un lourd silence suivit, que Felix ne tarda pas à rompre :

– Celle-là... Elle est contre nous de naissance...

– Non, répliqua Jimmy. Elle n'est pas comme ses parents. Elle m'a aidé.

– Fais gaffe... bougonna simplement Georgie en détournant furtivement les yeux.

– J'croyais qu'Eva était ton amie, déclara doucement Jimmy en pointant sur sa sœur un regard qu'elle évitait consciencieusement. Georgie... Ne te fâche pas avec elle à cause de Mitchell. Ce type est programmé pour me tuer. Tu ne vas pas me dire qu'il te plaît tant que ça...

– Tais-toi, l'interrompit sèchement Georgie. Ça n'a rien à voir avec Mitchell. Bien sûr qu'Eva est toujours ma copine, seulement, je ne lui fais plus confiance, c'est tout !

Jimmy coupa court à la discussion et se rendit dans la salle de bains où, une nouvelle fois, il entreprit méthodiquement de se maquiller. C'était presque devenu une habitude : les bouts de savon, le papier toilette sous les lèvres, la rouille de la conduite pour la peau et les cendres pour les cheveux. Quand il s'inspecta dans le miroir, quelques minutes plus tard, il y croisa la mine ébahie de Felix, qui le regardait avec des yeux ronds, bouche béante.

– Alors ça... — Il était si impressionné qu'une fois n'est pas coutume, il ne trouvait plus ses mots. — Tu m'apprendras à faire ça ?

– Une autre fois, répondit Jimmy en essayant de ne pas rire devant la tête de son ami. Faut que j'y aille. Opération Trucmuche.

Une petite tape amicale sur l'épaule de Felix, un sourire à sa sœur, et Jimmy avança vers la porte. Juste avant de quitter la pièce, il se ravisa.

– Quoi qu'il arrive, ne sortez pas. Attendez-moi ici. Je viendrai vous chercher quand j'aurai besoin de vous.

Il regarda fixement chacun d'eux, hocha la tête, et sortit. Felix et Georgie restèrent un instant silencieux après que la porte se fut refermée, s'émerveillant intérieurement de la transformation opérée par Jimmy. Soudain, Felix prit conscience d'un détail qui le fit tressaillir.

– Il ressemble à ton père !

Ian Coates traversa le hall monumental de l'ambassade de France d'un pas raide et solennel. Son visage grave ne parvenait pas à cacher la fierté qu'il éprouvait. Mais diriger le pays était une affaire sérieuse qui exigeait concentration et rigueur. Mille problèmes à régler en même temps, qui, pour l'heure, se résumaient à faire bonne impression à la file de collaborateurs qui attendaient de le rencontrer. Tout au bout se tenaient Eva et Mitchell.

De son côté, Eva avait commencé à se faire au personnage de la petite fille flatteuse et enjôleuse. Elle jouait son rôle avec une telle perfection qu'elle était parvenue à se dégoûter elle-même de ses minauderies imbéciles. Et c'était Mlle Bennett qu'elle tenait pour responsable. Vis-à-vis de Mitchell, elle n'éprouvait plus que de la pitié. Elle avait compris qu'il était aussi captif qu'elle au NJ7, même si c'était pour des raisons différentes. Et puis, bien qu'elle n'ait pas été réellement en danger, il lui avait tout de même sauvé la vie.

Une partie d'elle-même aurait bien aimé se trouver ailleurs. À la maison. Mais, dans le même temps, elle avait parfaitement conscience d'occuper une position trop enviable pour l'abandonner. Mlle Bennett l'avait prise sous son aile. Eva avait donc accès à toutes les informations du NJ7 et, le moment venu, cela pourrait bien s'avérer d'un grand secours pour les prisonniers.

Alors que le nouveau Premier Ministre remontait la haie d'honneur, Eva repensait à tout ce qui lui manquait : Georgie, ses autres copines de l'école, ses frères et même peut-être ses parents. Ils avaient beau avoir fait preuve d'un loyalisme coupable envers ce gouvernement despotique, ils s'étaient toujours bien occupés d'elle et l'avaient choyée. C'était un peu comme si Eva réalisait tout à coup qu'elle les portait dans son cœur, quand bien même ils eussent contredit ses valeurs.

Les mains croisées dans le dos, elle se pencha légèrement pour ne pas perdre de vue le Premier Ministre. Bien sûr, elle avait déjà rencontré Ian Coates plus d'une fois, mais, à l'époque, il n'était rien d'autre que le père de sa meilleure copine.

– Il est comment ? murmura Mitchell.

– Arrête de flipper, répliqua seulement Eva, qui tentait de se concentrer sur ce qui se passait à l'autre extrémité de la file.

– Je vous présente Son Excellence le nouvel ambassadeur de France, susurra doucement Mlle Bennett, qui, pour l'occasion, servait de guide au nouveau chef du gouvernement.

Eva n'en manquait pas une miette. Elle n'avait même pas besoin d'entendre tous les mots pour comprendre le sens général du discours — qui était évident.

– Merci d'avoir bien voulu nous ouvrir les portes de votre splendide demeure, déclara Ian Coates, d'une voix chaude et profonde.

– Je vous en prie, monsieur le Premier Ministre, répondit obséquieusement l'ambassadeur.

C'était un homme de petite taille, le cheveu gris et rare, ce qui ne l'empêchait pas de porter fièrement une improbable mèche ondulée sur le sommet du crâne.

– Sachant la sécurité nationale en péril, c'est bien le moins que je pouvais faire, déclara-t-il en esquissant une révérence.

Quand il se baissa, ses yeux se tournèrent un court instant vers Eva, qui recula aussitôt d'un pas pour rejoindre discrètement le rang.

Le Premier Ministre poursuivit sa tournée des diplomates, gratifiant chacun d'une poignée de main et de quelques mots rassurants sur le fait que le gouvernement remettrait rapidement le bâtiment aux mains sages et avisées de Son Excellence M. l'ambassadeur de France. Eva se demanda quel crédit il convenait de donner à cette promesse. Car si tel devait être le cas, pourquoi l'excavatrice continuait-elle de creuser dans les sous-sols ? Elle soupçonnait plutôt que jamais les travaux ne s'arrêteraient avant d'avoir rejoint une des innombrables galeries du labyrinthe souterrain émanant du QG du NJ7.

Quand Ian Coates eut salué tout le personnel de l'ambassade, les cadres du gouvernement, les agents du NJ7 — qu'il connaissait pratiquement tous personnellement —, puis, enfin, les agents de nettoyage, il s'approcha d'Eva, sans la moindre lueur d'étonnement. Mlle Bennett l'avait peut-être averti de sa présence. Il la salua d'un aimable signe de tête et tendit la main. Eva n'hésita qu'une fraction de seconde avant de la serrer.

– Heureux de vous compter parmi nous, déclara le père de Jimmy.

La phrase était dite avec sincérité, pourtant Eva crut y déceler un soupçon de dépit. Regrettait-il que ce ne soit pas sa fille, debout face à lui ?

– Ah, l'Homme qui tombe à pic, déclara ensuite le Premier Ministre en tendant la main à Mitchell, sans un sourire.

Mitchell releva légèrement la tête, comme s'il avait voulu se grandir encore un peu. Une seconde, Eva se sentit de tout cœur avec lui. Elle savait que Mitchell se prenait pour un soldat. Certes, ce n'était plus un gamin, mais il ne correspondait pas pour autant à l'image qu'il voulait imposer. « Pas plus qu'à celle d'une machine de guerre, ajouta mentalement Eva. C'est le mec le plus instable que j'aie jamais vu. »

– Très honoré de faire votre connaissance, marmonna Mitchell, impressionné.

Par un jeu de lumière dans le hall, de longues ombres apparurent sous les yeux de Ian Coates, comme si le poids des responsabilités l'avait soudain vieilli. Mais peut-être aussi que, plus trivialement, il s'agissait d'un banal manque de sommeil.

– J'ai bien connu un garçon légèrement plus jeune que vous, murmura Coates, presque à lui-même. Lui aussi aurait pu être soldat.

À peine eut-il fini sa phrase qu'il tourna les talons et gravit l'escalier.

– Comment j'étais ? demanda Mitchell, à voix basse, en frétillant, mais faisant de son mieux pour le cacher.

Eva tenta de lui répondre, mais elle n'avait plus la force de parler. Sa bouche était sèche, sa voix inexistante. L'agitation

de Mitchell déclina. Il était parfaitement immobile maintenant, le regard perdu dans le vague.

– Je ne peux pas croire que je viens de voir le Premier Ministre, bougonna-t-il d'une voix monocorde, presque à regret, la bouche tordue en une moue réprobatrice. Tu sais, rencontrer le Premier Ministre… — Il marqua une pause, comme s'il hésitait à poursuivre. Quand il le fit, il avait des trémolos dans la voix. — C'est le genre de truc qui fait de toi un héros. J'veux dire… pour les gens qui te connaissent, ta famille, tout ça… J'pense que mon frère aurait été fier de moi.

Eva ne l'écoutait plus. Tout ce qu'elle savait, c'est qu'elle avait une furieuse envie de le prendre dans ses bras, ce qui, bien évidemment, lui était parfaitement impossible. Elle sentit sa main se figer le long de sa cuisse. C'est alors qu'elle remarqua enfin Mlle Bennett, qui tentait furieusement d'attirer son attention du haut des marches en claquant frénétiquement des doigts.

– Eva ! coupa-t-elle d'une voix tranchante. On vous attend.

Eva sursauta quand elle prit conscience que tous les autres étaient retournés à leur bureau.

– Où est votre bloc-notes ? demanda Mlle Bennett tandis qu'Eva s'approchait.

Celle-ci sortit un carnet et un crayon de papier de sa poche, puis entama la montée de l'escalier. Resté seul dans l'immense hall, Mitchell baissa la tête et s'éloigna.

Arrivée à l'étage, Eva se sentit défaillir. Mlle Bennett l'attendait avec le nouveau Premier Ministre. Certes, la principale activité d'Eva consistait à prendre des notes dans le sillage de

Mlle Bennett, mais assister à cette discussion… C'était autre chose.

– Mille excuses pour ce petit désagrément, monsieur le Premier Ministre, roucoula Mlle Bennett. Je vous en prie, poursuivez…

Ils descendirent ainsi le couloir, Eva un mètre derrière eux, prenant scrupuleusement en note les grandes lignes de ce qui se disait.

– L'équipe de télé ne va pas tarder à arriver, déclara Ian Coates. Je vais faire une allocution nationale. Les unités de sécurité du cabinet vont s'installer également. Tant que Downing Street est inutilisable, je veux faire de ce bâtiment un fort imprenable. Paduk va devoir avaler un paquet d'organigrammes.

Eva se battait sur deux fronts pour suivre. Avec les jambes, pour caler sa démarche sur les immenses pas de Coates, et avec son crayon, pour coucher sur papier la suite ininterrompue de recommandations qu'il énonçait à flot continu d'un ton impérieux. Quand elle entendit la phrase suivante, sa main se figea et c'est le monde autour d'elle qui vacilla.

– Quant aux prisonniers, soupira Coates, ils ont deux heures pour nous donner la localisation de leur point de rendez-vous. C'est là que se terre Jimmy. Dites-leur que s'ils ne le font pas, vous exécuterez l'un d'entre eux au hasard à expiration du délai. Puis un autre toutes les heures.

Mlle Bennett approuva d'un laconique hochement de tête avant de demander :

– Vous avez une préférence pour l'ordre ?

Le Premier Ministre parut hésiter. Il ne pouvait pas répondre. Du coin de l'œil, Mlle Bennett vérifia l'efficacité d'Eva.

S'agrippant à son crayon, celle-ci en planta la pointe dans la feuille et griffonna, en grosses capitales : « DEUX HEURES ». Quand elle voulut encercler les mots, la mine se brisa.

Eva devait jouer des coudes pour se frayer un passage dans la foule des cols blancs jetés dans les rues par la pause-déjeuner. Seule enfant sur ce trottoir bondé d'adultes en tailleur et en complet-cravate, elle gardait la tête basse, soucieuse de ne pas attirer davantage l'attention sur elle. C'était le seul instant de la journée où elle pouvait quitter le NJ7, Mlle Bennett et Mitchell. Pour autant, ce n'était pas le moment de flâner.

Tandis qu'elle faisait du surplace en attendant de payer son sandwich au comptoir du snack, elle se répétait à l'infini les mots qu'elle avait notés sur son calepin. Deux heures. Que pouvait-elle tenter en deux heures ? Et où était Jimmy ?

En se retournant pour partir, elle bouscula un vieil homme qui s'était posté juste derrière elle.

– Pardon, marmonna-t-elle sur le ton du reproche.

Le vieil homme passa son chemin sans même prendre la peine de s'excuser.

Eva planta ses dents dans son sandwich. Il était immonde. Il y avait quelque chose de bizarre au milieu. Elle le retira de sa bouche. Un morceau de papier, maintenant souillé de salive et de mie de pain. Elle était sur le point de retourner au comptoir pour se plaindre, mais le papier n'était pas vierge. Il contenait un message : *Les pédalos. Hyde Park. 5.*

L'écriture était enfantine. Elle remit aussitôt le bout de papier dans sa bouche et l'avala. Elle jeta un regard circulaire autour d'elle et ne remarqua rien d'anormal dans ce bataillon d'employés de bureau affamés, dévorant leur sandwich en pensant à autre chose.

Eva engloutit une autre bouchée, heureuse de pouvoir ainsi faire passer le goût de la pâte à papier, puis descendit la rue d'un pas rapide, en regardant régulièrement derrière elle pour voir si elle était suivie.

Le parc était relativement calme. Le vent était trop fort et trop froid pour que quiconque ait envie de prendre son déjeuner dehors. Comme il fallait s'y attendre, les abords du hangar à pédalos étaient déserts. Même les plus obstinés des touristes — et il fallait en être pour surmonter les obstacles administratifs dressés aux frontières anglaises — ne se seraient jamais aventurés dans le parc un jour comme celui-ci. Les stands de glaces étaient tous fermés. Seule âme qui vive : un vieil homme qui balayait tranquillement l'allée.

Eva avança vers le guichet du stand. L'homme fit un pas de côté. Quand ils se croisèrent, elle eut un choc en sentant quelque chose au creux de sa main.

– Au milieu du lac, murmura le balayeur avant de s'éloigner.

Eva ouvrit la main et y découvrit un ticket de location pour un pédalo. Elle longea le Serpentine (le lac qui traverse Hyde Park) et se présenta au stand des pédalos où, de l'autre côté de la barrière, un jeune débraillé lisait tranquillement son journal. Il prit négligemment le ticket qu'elle lui tendait puis la conduisit au ponton où étaient amarrés ensemble tous les engins. En quelques gestes brusques, il en détacha un et l'approcha d'Eva.

Tout le temps qu'avait duré la manœuvre, elle avait cherché des yeux le vieil homme et son balai. En vain. Il s'était

volatilisé. Eva se répétait qu'il ne pouvait s'agir que de Jimmy. Pourtant, elle ne parvenait pas à s'en convaincre.

Serrant son manteau, elle pédala vers le centre du lac. Son embarcation était la seule à l'eau. Même les canards avaient déserté l'étang glacé au profit de la douceur des berges.

Eva frissonna. Un affreux doute l'envahit soudain. Et si ce n'était pas Jimmy qui lui avait passé ces messages ? Après tout, à aucun moment elle n'avait vu le visage de l'homme. Le jeu de piste n'était-il pas en train de tourner à l'embuscade ? C'est alors qu'elle sentit quelque chose de froid lui attraper la main. Elle faillit en tomber de son siège. Un bras blanc et froid émergea de l'eau et s'agrippa fermement à son poignet. Elle voulut crier, mais aucun son ne sortit de sa bouche. Elle était pétrifiée. Enfin, une tête apparut au bout du bras. Jimmy.

Il lui fit signe de se taire sans pour autant desserrer l'étreinte sur son poignet. Il avait pris mille précautions pour venir jusqu'à elle, fendant la surface de l'eau sans le moindre bruit, sans la moindre vaguelette.

– Me regarde pas, murmura-t-il. Garde les yeux fixés au loin.

Eva obtempéra.

– Tu sais que je pourrais te noyer en moins d'une seconde, n'est-ce pas ?

Eva acquiesça en silence, les yeux mouillés de larmes. Jimmy lui faisait mal au poignet.

– Maintenant, dis-moi la vérité, ordonna-t-il d'une voix dure. Que fais-tu au NJ7 et pourquoi t'es-tu enfuie avec Mitchell ?

Eva était sur le point de pleurer. Ses mots tombèrent brutalement.

– Je pensais que Mitchell t'avait tué. Je l'ai vu te pousser dans le broyeur. Il a prétendu qu'il avait essayé de t'aider, mais je l'ai vu te repousser dans la cuve. Il ne sait pas que je suis au courant. Il pense que je suis sa copine.

– Et le NJ7 ?

– Ils croient que je travaille pour eux, répondit-elle d'une voix chevrotante. Je leur ai dit pour Viggo et Safran.

– Quoi ? C'est toi qui les as balancés ? grogna Jimmy en enfonçant encore un peu plus ses doigts dans le poignet d'Eva.

– Ils étaient déjà au courant, se défendit aussitôt Eva. Je n'avais pas d'autre choix que de leur apporter un gage de ma sincérité. Je t'en prie… Lâche-moi le bras !

Jimmy s'exécuta et en profita pour prendre appui sur le bord de l'embarcation. Eva retira prestement son bras et frotta les marques rouges laissées par la prise.

– Excuse-moi, marmonna Jimmy, soudain légèrement gêné. Il fallait que je sois sûr. Tu comprends ? Ah ! Et puis… Merci d'être venue.

– Ça va, répondit finalement Eva en esquissant un sourire.

– Me regarde pas. Ils sont peut-être en train de nous observer.

Eva baissa le menton, comme si elle s'était subitement assoupie.

– Dis à Viggo et aux autres que les parents de Felix sont en sécurité.

Malgré tous ses efforts, Eva ne put s'empêcher de relever la tête et de lancer un sourire radieux à Jimmy.

– C'est génial. T'as trouvé Fort Einsmoor ?

– Tourne la tête, répliqua seulement Jimmy, qui attendit qu'Eva ait effectivement détourné les yeux pour poursuivre.

J'ai pas le temps de te raconter. Mais, encore une fois, je te dois un grand merci car jamais je n'aurais pu les localiser sans le nom de leur camp d'internement.

Eva retint sa joie, se forçant à ne pas regarder Jimmy.

– Les prisonniers ? embraya-t-il. Ils sont toujours vivants ?

– Oui. Pour l'instant ça va, répliqua aussitôt Eva. — Jimmy poussa un gros soupir de soulagement. — Mais... Tu sais...

– Et ma mère ? la coupa Jimmy en essayant de ne pas montrer à quel point il était inquiet.

– Elle va bien. Comme tous les autres. Mais il faut absolument qu'on les sorte de là.

– Je sais. C'est même précisément pour ça que je suis ici.

– Non, mais... Maintenant ! Ils vont être exécutés dans moins d'une heure et demie.

– Quoi ? s'étrangla Jimmy.

– S'ils ne donnent pas les coordonnées de ta planque, ils seront fusillés, un par un.

– Quand ? hurla Jimmy. Il me reste combien de temps ? Exactement ?

– Je ne sais pas, répondit Eva, qui éprouvait les plus grandes difficultés à retenir ses larmes. Tu n'as plus de temps du tout.

– Bon, OK, haleta Jimmy en tentant désespérément de ne pas succomber à la panique. Il me faut des informations. Tout ce que tu sais. Le plus petit détail peut se révéler primordial. Je vais les sortir de là.

Jimmy s'en voulut aussitôt de s'être montré aussi dur vis-à-vis d'Eva, dont le courage, dans ces circonstances dramatiques, était pour le moins impressionnant. Mais ses jours de solitude l'avaient usé. Il se sentait de moins en moins humain. Et seuls les humains savent faire preuve de compassion.

– Je suis désolé, s'excusa-t-il à mi-voix. Je suis à bout.

Eva détourna les yeux, et posa une main sur celle de Jimmy. Sous son contact, il lui parut que tout le corps de Jimmy se réchauffait.

– Ils sont dans les sous-sols, marmonna Eva en cachant sa bouche derrière son autre main. À ma connaissance, le seul accès est l'ascenseur spécial qui part du hall d'entrée. Il est sécurisé. Il faut une clé pour le déverrouiller.

– Juste une clé ? l'interrompit Jimmy. Rien de plus élaboré, genre électronique ?

– J... Je ne crois pas, bégaya Eva. L'immeuble est ancien... Le plus sophistiqué, c'est quand t'arrives en bas...

– Bien. J'aurai besoin de cette clé. Tu peux t'en charger ?

– Je vais essayer.

– Parfait. En retournant là-bas, achète des chewing-gums. Tu t'en serviras pour coller la clé au beau milieu de la rue, juste devant l'ambassade.

– Compris.

Eva renifla bruyamment en jetant des regards inquiets dans toutes les directions, mais en évitant soigneusement Jimmy.

– J'pensais que ça se passerait mieux que ça, ajouta-t-elle bientôt dans un sanglot. Mais depuis que ton père a été nommé, il...

– Minute, la coupa Jimmy. Nommé ? Nommé à quoi ?

Eva resta interdite durant un instant. Même ses larmes arrêtèrent de couler.

– Ben… Tu sais… Depuis que ton père a été nommé Premier Ministre.

Jimmy accueillit la nouvelle par un irrépressible tremblement.

– Tu ne savais pas ? demanda Eva. Hollingdale est mort, tôt ce matin. Assassiné.

Jimmy jeta des coups d'œil désespérés autour de lui. Il n'arrivait pas à croire ce qu'il entendait.

– J'pensais que tu le savais, ajouta Eva de sa voix haut perchée.

Se forçant toujours à ne pas croiser le regard de Jimmy, elle ignorait à quel point celui-ci était dévasté par ce qu'elle disait.

– Il est à l'ambassade, poursuivit-elle. Il va faire une allocution télévisée d'ici quelques instants. Quand je l'ai vu, il était avec Mlle Bennett… C'est là qu'il a dit que… Oh, mon Dieu, c'était terrible. Deux heures, Jimmy ! Au fait, comment je récupère cette clé ?

Alors seulement elle baissa les yeux. Trop tard. Le visage émergeant de l'eau noire avait disparu.

19/ Chasse à l'homme

Jimmy sortit de l'eau à l'autre bout du lac, un endroit isolé et retiré. Il attrapa son manteau et le jeta par-dessus ses vêtements trempés. Il avait perdu son déguisement — et toutes ses certitudes — en nageant. Avait-il seulement bien entendu ? Eva avait-elle effectivement déclaré que son père était Premier Ministre de Grande-Bretagne ? « Je dois être plus exténué que ce que j'imaginais », se dit intérieurement Jimmy en démarrant au petit trot, trop embrouillé pour savoir où il allait.

Des bribes d'informations remontèrent à la surface de son esprit confus. Comme dans un rêve, il se répéta certaines des phrases qu'il avait entendues. Ares Hollingdale ? Mort.

Se pouvait-il que cela soit vrai ou son cerveau lui jouait-il un mauvais tour ?

Il sortit du parc d'un pas hésitant, s'arrêta, et jeta un regard inquisiteur autour de lui. Tout semblait normal. La marche du monde se poursuivait, comme si de rien n'était. Comment cela était-il possible ? Si ce qu'Eva lui avait dit était vrai, la Terre aurait logiquement dû cesser de tourner ; les rues auraient dû être pleines de gens affolés courant dans tous les sens et poussant de hauts cris. Il observait ceux qu'il croisait. Il ne pouvait pas s'en empêcher. À croire qu'il cherchait à lire sur leurs visages la confirmation que Ian Coates avait été nommé Premier Ministre et ce que cela sous-entendait.

Et puis, en dépit du brouillard qui baignait ses pensées, il remarqua un détail. Les gens semblaient tous étonnamment pressés. Ils hâtaient tous le pas pour rejoindre leur voiture ou s'engouffrer dans le métro, aussi ignorants de Jimmy que s'il s'était soudain changé en statue de pierre. Un groupe de passants se pressa devant la vitrine d'un marchand de matériel électroménager. Des postes de télévision de toutes tailles scintillaient dans la devanture.

Jimmy se baissa et se faufila au premier rang. Tous le laissèrent passer, fuyant la puanteur du Serpentine qui collait encore à ses vêtements. Toutes les télés montraient la même chose, mais, sans le son, difficile de comprendre ce qui se disait.

Que pouvait-il se passer de si important ? C'était comme si chacun de ses muscles le pressait d'en savoir plus. Il entra dans la boutique. Il y avait tellement de monde à l'intérieur que les gens durent se pousser pour permettre à la porte de s'entrebâiller. Finalement, Jimmy parvint à se frayer un chemin dans le magasin, où résonna soudain une voix qui lui glaça le sang.

– Mes chers compatriotes...

C'était Ian Coates. Son visage se répétait à l'infini dans la boutique. Où qu'il tourne les yeux, l'image de son père, assis derrière un immense bureau dans un cabinet de travail d'allure solennelle, s'imposait à lui. Sur l'écran, son père attendit un instant, prit une profonde inspiration, puis poursuivit, d'une voix plus profonde que dans le souvenir de Jimmy :

– Comme vous le savez sans doute déjà, aux premières heures du jour, notre Premier Ministre a été victime d'une odieuse attaque terroriste.

Jimmy battit des paupières et passa ses mains sur son visage, histoire d'être certain qu'il ne rêvait pas.

– En dépit des efforts louables de nos meilleurs médecins, le Premier Ministre a succombé à ses blessures. Dans ces conditions, moi, Ian Coates, directeur de cabinet, assure dès à présent les fonctions de chef de gouvernement.

C'était donc vrai.

Un léger murmure parcourut la foule, dans lequel Jimmy isola quelques bouts de phrases. À côté de lui, une femme gazouilla au bébé qu'elle tenait dans ses bras : « Tu vois mon chou, ce monsieur est un vrai patriote. »

Jimmy ne put retenir un rire moqueur. Aussitôt, il se ravisa et plaqua ses mains sur sa bouche. Son père était Premier Ministre. À n'en pas douter, tous ses problèmes allaient rapidement se résoudre. « Il va ordonner au NJ7 de me laisser tranquille, gambergea mentalement Jimmy. Ensuite, il libérera mes amis. » Pourtant, malgré ses efforts d'autosuggestion, Jimmy

n'arrivait pas à s'abandonner à sa joie. Par le passé, son père avait déjà prouvé qu'il faisait passer sa loyauté envers Hollingdale avant le bonheur de sa famille. Si ses convictions politiques étaient si inébranlables...

Au moment même où cette terrible pensée traversait l'esprit de Jimmy, Ian Coates confirma ses craintes.

– Devant vous, je fais le serment de poursuivre la noble tâche d'Ares Hollingdale et de consacrer tous mes efforts à la consolidation du régime néodémocratique créé sous l'égide de feu notre Premier Ministre. Dans ces temps de crise, je peux vous assurer que personne parmi vous ne sera mis en demeure de se prononcer sur les affaires gouvernementales. Personne n'aura à voter.

– Toujours ça de pris, approuva avec un hochement de tête la femme à côté de Jimmy.

Il fixa l'image de son père dans le poste de télévision. Incrédule, il regarda la lueur de nervosité qui brillait dans ses yeux au début de l'allocution disparaître lentement. Le choc était rude. Ian Coates ressemblait de plus en plus à un chef d'État.

– Par ailleurs, poursuivit la voix des téléviseurs, je vous promets qu'aucun effort ne sera épargné pour traduire en justice l'auteur de cet attentat barbare. En concertation avec la police et les services secrets, nous avons mis en action toutes nos ressources pour retrouver l'assassin d'Ares Hollingdale. Nous avons d'ores et déjà un suspect.

Une photo apparut sur les écrans. Le portrait d'un jeune écolier de onze ans. Le visage de Jimmy se démultiplia sur les moniteurs. La caméra zooma sur ses yeux. Un étrange sentiment de claustrophobie s'empara de lui.

– Sous les traits de cet enfant, embraya Ian Coates, se cache une menace pour la sécurité nationale. Si vous le voyez, ne vous approchez pas. Appelez immédiatement la police.

Le père de Jimmy réapparut sur les écrans. Il ourla ses lèvres en un sourire de circonstance, croisa les mains sur son bureau et conclut :

– Ayez confiance, mes chers compatriotes. Ici, à Westminster, la continuité du pouvoir est assurée.

Jimmy n'avait plus conscience du monde qui l'entourait. Il était plongé dans un insondable trou noir d'où seul le regard perçant de son père émergeait. « Une menace pour la sécurité nationale. » Les mots résonnaient dans sa tête, encore et encore. Son père ne pouvait tout de même pas souhaiter sa mort… Si seulement il pouvait lui parler, lui expliquer qu'il ne voulait nullement œuvrer contre le pays, ni faire de mal à aucun de ses représentants. Son père comprendrait sûrement.

Pour un peu, il l'aurait presque hurlé aux écrans de télévision. Mais à quoi bon ? Soudain, le brouhaha grandissant autour de lui le sortit de sa rêverie. Tout le monde reculait. La femme à l'enfant le montrait du doigt, la bouche grande ouverte, les yeux écarquillés.

Jimmy se retourna. Derrière son comptoir, l'employé du magasin avait déjà la main sur le téléphone. Jimmy n'attendit pas de savoir qui il appelait. Il se précipita hors de la boutique, bousculant tout le monde sur son passage et démarra en courant sous les cris vengeurs des badauds.

Les pensées se bousculaient dans sa tête à la même cadence que ses pieds heurtant le sol. Tout le pays allait prendre pour argent comptant le fait qu'il avait tué Ares Hollingdale. Il ne

serait plus à l'abri nulle part. Son père étant certainement un des seuls à ne pas croire ce qu'il avait dit. Jimmy fit de sérieux efforts pour ne pas céder à la confusion la plus totale tandis que, les épaules voûtées, il accélérait le pas sur les trottoirs.

Il avait eu son compte d'émotions pour la journée. Son père était devenu Premier Ministre. Il avait sans complexe endossé l'habit du dictateur assassiné, balayant d'un revers de main un possible retour à la démocratie. Comme si cela ne suffisait pas, il avait livré son propre fils à la vindicte populaire en le présentant comme un dangereux meurtrier. Mais pourquoi ? Puis, lentement, alors qu'il avançait dans les rues grises, Jimmy réalisa qu'il connaissait la réponse. Son père voulait le pouvoir. Tout le pouvoir. Il avait mis le pays sous sa coupe, maintenant c'était au tour de son fils.

Tandis qu'il traçait sa route à grandes enjambées rageuses, un autre versant du problème retint son attention. Une sourde douleur lui noua le cœur. Ses amis. Sa mère. Le temps jouait contre lui.

L'écho des pas de Ian Coates emplit le hall de l'ambassade. Il s'approcha de l'ascenseur, les yeux baissés. Toute son attitude trahissait l'ampleur des soucis auxquels il devait faire face. Mlle Bennett le suivait toujours comme son ombre. Eva, mâchant un chewing-gum, hâtait le train dans leur sillage. À leur approche, le garde devant l'ascenseur salua et enfonça sa clé dans le panneau sur le mur. Eva serrait furieusement les dents. C'est le moment que choisit un agent du NJ7 pour se précipiter vers Mlle Bennett et lui tendre une note.

– Monsieur le Premier Ministre, dit-elle immédiatement après avoir parcouru la feuille des yeux.

Elle prit Coates par le bras, le fit reculer de deux pas, puis jeta un regard inquisiteur autour d'elle. Tout le monde avait les yeux tournés vers elle.

– On ferait mieux d'attendre d'être là-dedans pour parler, ajouta-t-elle en regardant les lourdes portes chromées de l'ascenseur s'ouvrir en coulissant.

Tous deux s'engouffrèrent dans la cabine.

– Eva, attendez-moi ici ! aboya-t-elle sans même la regarder.

Dès qu'ils furent seuls — et protégés de toute indiscrétion —, Mlle Bennett reprit :

– Monsieur le Premier Ministre…

– Je vous en prie, mademoiselle Bennett, l'interrompit le père de Jimmy, une expression radoucie sur le visage. Vous pouvez encore m'appeler Ian. Tout comme je peux sûrement encore vous appeler…

– Mademoiselle Bennett, trancha abruptement la responsable du NJ7. Ce sera parfait.

Ian Coates accueillit cette réponse glaciale par un léger tressaillement. Mlle Bennett ne lui laissa pas le loisir de s'appesantir sur le sujet.

– Nous avons repéré deux passagers. Ils sont entrés sur notre territoire par l'Eurostar, hier soir, tard dans la nuit.

– Ne tournez pas autour du pot, mademoiselle Bennett, de qui s'agit-il ? demanda Coates en plantant ses yeux dans ceux de son interlocutrice, qui soutint son regard sans ciller.

– Felix Muzbeke et votre fille, monsieur, répondit-elle avec aplomb, presque sur le ton du défi.

Durant un instant, Ian Coates parut désarçonné.

– Alors comme ça ils sont en Angleterre... marmonna-t-il, comme pour lui-même. Les prisonniers sont-ils au courant de ce détail ?

– Non, monsieur. On vient de me communiquer la nouvelle.

– Ils sont sûrement avec Jimmy. Dites à vos agents que si on met la main sur eux, on trouvera également Jimmy. Mais ne leur faites pas de mal... Et ne les amenez pas ici, ordonna-t-il d'une voix éraillée, comme si les mots qui sortaient de sa bouche lui faisaient mal. Demandez à tous les agents de rechercher ces trois gosses.

– C'est comme si c'était fait, rétorqua Mlle Bennett d'un ton enjoué. Dois-je également annuler la frappe aérienne sur la ferme ?

– Pas encore, bougonna Coates, perdu dans ses pensées.

– Mais... Il n'y a plus personne là-bas. Seulement Yanik Ertegun et sa mère. Qui plus est, la surveillance-satellite nous a démontré que même eux avaient quitté la ferme pour s'installer au village. Quel est l'intérêt de bombarder une...

Coates la fit taire d'un petit geste de la main.

– Dites au pilote de se tenir à distance et d'attendre mes ordres... Je suis sûr que ma femme va adorer...

Eva attendait en tapant du pied sur le sol de marbre du hall. Elle lança un sourire gêné au garde en faction devant l'ascenseur, un homme d'âge moyen qui avait probablement travaillé à l'ambassade quand elle était encore sous l'autorité consulaire, avant que le NJ7 ne la foule aux pieds. Son embonpoint au niveau du ventre interdisait de penser qu'il ait pu un jour faire partie des services du NJ7. En effet, il ne ressemblait en rien aux deux autres agents chargés de la surveillance du hall, des purs produits des écoles militaires, qui se tenaient pour l'un derrière le comptoir et pour l'autre derrière la porte d'entrée. Non, ce garde près de l'ascenseur était une précaution supplémentaire… et un point faible.

Il lui retourna timidement son sourire, ce qui eut pour effet de souligner les pattes-d'oie qu'il avait au coin des yeux et qui remontaient presque jusqu'à ses tempes, qu'on devinait grisonnantes sous sa casquette. Le trousseau de clés pendait négligemment à la chaîne qu'il portait à la ceinture. Trop tentant. « Ma seule chance, pensa Eva. Mlle Bennett peut remonter d'un instant à l'autre. » Heureusement, Eva s'y était préparée.

Du coin de l'œil, elle avisa son objectif : un seau rempli d'eau savonneuse, posé à ses pieds, contre le mur — exactement là où elle l'avait placé à son retour de Hyde Park. « En scène », se dit-elle mentalement en inspirant profondément. Puis elle pivota, renversant le baquet d'eau sale au passage. Il y eut un bref fracas de métal sur le marbre puis l'eau se mit à couler sur toute la longueur du hall. Eva fit mine de se rattraper et s'étala de tout son long dans la flaque. Le faux pas le plus naturel qui soit.

– Argh ! glapit Eva en s'effondrant sur le sol, de l'eau savonneuse plein le front. Aidez-moi !

Comme de bien entendu, le garde avança en titubant, en prenant soin de ne pas glisser non plus, et il tendit la main à la malheureuse. Eva agrippa son poignet.

– Oh, merci, brailla-t-elle d'une voix perçante, et elle tira violemment le garde vers le sol.

Celui-ci ne s'y attendait pas. Il vacilla… et s'écroula. Le bruit de sa chute résonna dans le hall. L'impact envoya des gouttes voler à un mètre dans les airs.

– Oh non, hurla Eva en se relevant. Je suis confuse. Ça va ?

Le garde grommela et entreprit de se redresser. Eva fit semblant de glisser à nouveau et tomba avec un bruit sourd en travers de son torse.

– Oh, non ! Je vous ai fait mal ? demanda-t-elle, troublée, en se mettant à genoux. Ça vous fait mal si je fais ça ?

À ces mots, elle lui envoya un violent coup de coude au bas des reins. L'homme poussa un horrible cri de douleur. Eva tâtonna à la recherche des clés. L'agent qui se trouvait au comptoir se leva de sa chaise et, en appui sur son bureau, se pencha vers eux.

Eva mit enfin la main sur la clé tant convoitée. Elle se jeta sur le côté, puis, prétendant glisser à nouveau, elle se coucha à plat ventre pour cacher ses mains. Elle tira sur la chaîne. La clé refusait de venir.

– Ça va aller ? demanda le garde depuis son comptoir.

Le garde à terre grogna à nouveau. Eva lui donna un coup de genou dans la cuisse.

– Vous devriez plutôt appeler les urgences, bredouilla-t-elle. Et ne vous approchez pas trop, vous risqueriez de tomber vous aussi.

Les ongles d'Eva se prirent dans la chaîne, mais le savon la rendait glissante. Elle secoua violemment les mains.

Finalement, le garde parvint à se retourner. Elle ne pouvait décemment plus l'empêcher de se relever. Il se remit péniblement debout.

– Je suis sincèrement confuse, geignit Eva d'une voix plaintive en bondissant sur ses pieds.

Dans son dos, elle tenait au creux de sa main une petite clé dorée.

20/ Acte de guerre

Plus Jimmy approchait de l'ambassade de France, plus les rues étaient agitées. Il gardait la tête basse, conscient qu'il pouvait être démasqué à tout moment, par n'importe qui. Les Raies vertes avaient des yeux partout. Soudain, son cœur se mit à battre la chamade. Au bout de la rue, quadrillant le paysage des yeux, deux hommes dont les costumes sombres avaient le plus grand mal à contenir les pectoraux.

Les deux agents du NJ7 dévalèrent la rue dans sa direction. Jimmy s'immobilisa, rebroussa chemin puis s'enfonça dans les ruelles bondées, bousculant les gens sur son passage et changeant de direction à chaque fois que cela était possible.

Il n'avait plus qu'à espérer que les agents abandonnent la filature à cause de la densité de la foule.

C'était oublier un peu vite la qualité du maillage mis en place par le NJ7. En déboulant au coin d'une rue, Jimmy ressentit une nouvelle bouffée de panique. Deux autres agents se tenaient à moins de un mètre de lui. Sans hésiter, Jimmy se précipita sur la route, au milieu des files de voitures. Un pare-chocs frôla sa cuisse. Le hurlement des klaxons explosa à ses tympans. Plusieurs conducteurs sortirent la tête à la portière pour mieux l'invectiver.

Jimmy parvint néanmoins de l'autre côté de la rue, les oreilles résonnant d'un chapelet d'insultes colorées et les narines tapissées de particules émanant des pots d'échappement. Les agents le rejoignirent quelques secondes plus tard. Même fuyant et courant, une idée continuait à le tourmenter. Il se représentait sa mère, Viggo et Safran enfermés dans les caves de l'ambassade de France, se raccrochant à leur dernier espoir : lui. Le pire, c'est qu'il y était presque, mais à chaque fois qu'il entrait dans la dernière ligne droite, le NJ7 était là.

Combien de temps lui restait-il ? Il en avait tellement perdu… Paralysé qu'il avait été en apprenant la nouvelle. Il serra les dents et maudit sa faiblesse. Si seulement la machine qui était en lui pouvait compenser sa fragilité d'être humain.

Il fallait qu'il voie Mlle Bennett. Jimmy redoutait la perspective de libérer les prisonniers par la force, il se raccrocha donc à la dernière lueur d'espoir qui scintillait encore dans cet océan de désolation : Mlle Bennett verrait peut-être les choses autrement maintenant que le père de Jimmy était Premier

Ministre. Oui, il devait trouver le moyen de la convaincre de relâcher les prisonniers.

Un seul détail lui avait échappé : son père se trouvait aussi à l'ambassade.

Ian Coates et Mlle Bennett émergèrent de l'ascenseur, au sous-sol. La sécurité les attendait. Deux agents les escortèrent dans l'immense hall vide jusqu'à l'endroit où Viggo, Stovorsky, Safran et Helen Coates étaient toujours incarcérés. Les ouvriers du chantier d'excavation arrêtèrent le travail et se mirent au garde-à-vous. Même la femme de ménage, penchée sur sa serpillière, passa une main ridée sur son visage puis releva le menton et se retourna pour observer le Premier Ministre. Légèrement mal à l'aise, Ian Coates leur lança à tous un regard gêné.

– Apportez-moi un PDA, murmura-t-il à Mlle Bennett. Et connectez-le au satellite d'observation braqué sur la ferme.

– Entendu, répliqua-t-elle aussitôt en claquant des doigts à l'adresse de l'agent le plus proche d'elle.

– Ah oui, ajouta Ian Coates. Faites également descendre l'ambassadeur de France.

Mlle Bennett opina respectueusement du chef. Ian Coates avança vers les cellules. Il n'avait pas encore franchi la barrière de sécurité qu'une voix l'apostropha, le faisant tressaillir.

– Félicitations pour ta promotion, railla Helen, avec une moue réprobatrice.

De l'autre côté des barreaux, Ian se raidit et chercha le visage de sa femme, comme s'il ne l'avait pas vu depuis des lustres.

Viggo se jeta contre la grille.

– Monsieur le Premier Ministre, appela-t-il. Au nom du peuple britannique, je vous en conjure, organisez des élections. Laissez s'exprimer l'opposition et donnez la parole au peuple, qu'il choisisse ainsi celui auquel il veut confier la direction du pays.

Ian Coates leva un sourcil sans pour autant quitter sa femme des yeux, et leurs regards se croisèrent. Viggo poursuivit sa plaidoirie.

– Rouvrez nos frontières, monsieur le Premier Ministre. Laissez les entreprises britanniques importer des biens de l'étranger et laissez les entreprises étrangères s'implanter ici.

Viggo était totalement emporté par son discours. Les mots sortaient sans discontinuer de sa bouche, comme s'il avait répété mille fois. Malgré le supplice de la prison et des interrogatoires, il parlait avec plus de lucidité et de véhémence qu'il ne l'avait jamais fait.

Ian Coates attendit que le flot se tarisse légèrement pour enfin daigner répondre.

– D'autres revendications, Viggo ? lâcha-t-il, durement.

Helen, qui bouillait de colère depuis un moment, ne laissa pas à Viggo l'occasion de répondre.

– Laisse-nous partir, Ian ! hurla-t-elle, furieuse. Qu'est-ce que tu nous veux à la fin ?

– Jimmy. Je veux Jimmy, rétorqua le Premier Ministre du tac au tac. Il représente une menace pour la sécurité nationale. Soit il travaille pour moi, soit il sera neutralisé.

– Tu veux dire tué ? balbutia Helen, des larmes dans les yeux.

– Je ferai tout ce qui est en mon pouvoir pour protéger ce pays.

– Hollingdale était un odieux personnage, mais toi... tu es un monstre, hurla Helen en se détournant des barreaux, regrettant déjà la violence de son attaque.

Ian Coates accusa le choc. Il battit imperceptiblement des paupières avant de poursuivre :

– J'ai appris de la bouche de Paduk que, malgré ses efforts de persuasion, vous n'aviez toujours pas révélé la localisation de votre planque.

– Il n'y a pas de planque, siffla Viggo, sans pouvoir s'empêcher de frissonner en repensant à tout ce qu'il avait subi lors des séances dirigées par Paduk.

Ian Coates laissa échapper un petit rire.

– N'essayez pas de me mener en bateau, menaça-t-il. Où est-ce ?

Il balaya les prisonniers des yeux, qui lui rendirent un regard haineux. Aucun ne bougea.

– Très bien, se moqua Coates avec un sourire méprisant. Viggo ! Choisissez lequel de ces trois individus sera le prochain à passer entre les mains de Paduk. — Une sueur froide sembla courir dans le dos de Viggo. — Ensuite, vous choisirez lequel sera exécuté en premier.

Viggo ne broncha pas. Il se tourna vers ses amis et les interrogea du regard. Tous semblaient déterminés à tenir bon.

– Faites-nous ce que vous voulez, finit par déclarer Viggo, du dédain plein la bouche. On ne vous dira rien.

– Je n'en attendais pas moins de vous, répliqua Ian Coates en hochant la tête.

Il tendit négligemment la main vers Mlle Bennett, qui se dépêcha d'y déposer le PDA qu'il avait demandé. Il le montra

ostensiblement au prisonnier, à travers les barreaux. L'écran était à peine plus grand que sa paume.

– Regardez ça, ordonna-t-il sur un ton qui n'invitait pas à la contradiction.

Les prisonniers s'approchèrent. Pour imparfaite qu'elle soit, l'image ne laissait aucun doute quant à son contenu : une vue aérienne de la ferme en temps réel provenant d'un satellite espion, en position géostationnaire au-dessus de l'Europe de l'Ouest. Aucun son n'accompagnait l'image, seulement un sinistre silence.

– Qu'est-ce que tu comptes faire ? s'étrangla Helen. C'est là se trouve que notre fille. Tu es au courant, n'est-ce pas ?

Ian tourna les yeux vers sa femme. Tous deux gardèrent le silence.

– Arrête, implora-t-elle. Arrête ça tout de suite...

Stovorsky s'était levé. Safran aussi. Ils s'approchèrent de l'écran, comme deux insectes attirés par l'image zébrée et sautillante.

– Monsieur, déclara solennellement Stovorsky, autoriser une frappe aérienne sur le sol français serait une très mauvaise idée.

– Rien de tout cela ne se produira si vous me dites où se cache Jimmy Coates.

Viggo avait le plus grand mal à dissimuler sa surprise. Il était à la fois offusqué et, rétrospectivement, apeuré.

– Vous saviez où nous étions cachés en France ?

– Bien entendu, répondit Ian. Nous aurions pu vous anéantir en une fraction de seconde.

– Et pourquoi vous êtes-vous refusé ce plaisir ? railla Viggo.

– N'usez pas de ce ton avec moi. Si vous êtes encore en vie, vous le devez à Hollingdale, un vieil homme paranoïaque qui avait si peur de la France qu'il rechignait à raser votre insignifiante petite ferme. — Un sourire carnassier apparut sur les lèvres de Coates. — Mais Hollingdale est mort, ajouta-t-il à mi-voix. Et je ne suis pas un vieil homme paranoïaque.

Un lourd silence s'abattit sur la cellule, bientôt rompu par les hauts cris d'Helen Coates.

– Il y a quatre personnes dans cette ferme. Ian, je t'en prie… Deux d'entre eux ne sont encore que des enfants, dont notre fille.

Le Premier Ministre lui répondit d'abord par un regard vide, avant d'ajouter :

– La balle est dans votre camp.

– Wilson Street, lâcha abruptement Viggo.

– Chris, arrête ! cria la mère de Jimmy. Réfléchissons d'abord.

– C'est tout réfléchi, rétorqua-t-il. 54, Wilson Street. Dernier étage.

Ian Coates fit un hochement de tête autoritaire en direction de Mlle Bennett. Celle-ci se retourna, cherchant visiblement quelqu'un des yeux. Elle croisa le regard d'un agent et lui fit un petit signe de la tête. À l'évidence, l'homme attendait son signal car à la seconde où elle fit ce geste, il murmura quelque chose dans son téléphone cellulaire.

– Que vas-tu faire ? demanda la mère de Jimmy d'une voix plaintive.

Aucune réponse.

– Une fois de plus, c'est toi qui me trahis, Viggo, marmonna Stovorsky d'un ton sarcastique.

– Non, Uno, s'interposa Safran. Il n'a fait qu'épargner des vies — et protéger la France d'une attaque.

La réplique ne se fit pas attendre.

– Et *quid* de la vie de tous les agents français qui ont un besoin vital de ce point de repli ? Le long terme, c'est pas ton fort, hein ? Pas étonnant que tu aies choisi le mauvais parti…

Pour toute réponse, Safran traversa la cellule et prit la main de Viggo.

De l'autre côté de la grille, le père de Jimmy tourna la tête vers Mlle Bennett. Derrière elle se profilait la silhouette pimpante de l'ambassadeur, qui approchait de sa démarche sautillante.

– Monsieur l'ambassadeur, lança Ian, j'ai bien peur de devoir vous présenter mes excuses. Ce que je m'apprête à faire ne constitue pas un acte d'agression envers votre pays, mais une manœuvre pour défendre le mien.

L'ambassadeur jeta un œil inquiet autour de lui. Il était cerné par une horde d'agents du NJ7 qui le toisaient du haut de leurs cous de taureau. Il tremblait.

– N-N-Ne vous inquiétez pas, bégaya-t-il. Quoi que vous fassiez, v-vous avez ma bénédiction.

Ian Coates exhiba à nouveau son PDA.

– Qu'est-ce que tu fais ? hurla la mère de Jimmy. Es-tu devenu fou ? Tu as eu ce que tu voulais, non ? Alors arr…

Ses mots restèrent coincés au fond de sa gorge. Une ombre avait envahi l'image de la ferme, puis, en un éclair, l'écran vira au blanc.

– Nooooon !

L'image se matérialisa à nouveau sur le minuscule écran. Là où aurait dû se trouver la ferme, un horrible incendie faisait rage. D'immenses flammes s'élevaient des décombres. Un impressionnant panache de fumée recouvrait la scène.

– Comment as-tu pu ? hurla Helen, avant de s'écrouler en sanglots, à genoux sur le sol.

Tous les autres gardèrent le silence. Ian Coates n'eut pas un regard pour sa femme, qui se tordait de douleur par terre.

– Mais... Je vous avais dit la vérité, murmura finalement Viggo d'un filet de voix aigrelet, à peine audible.

Ian Coates fit deux pas vers lui et le fusilla du regard.

– On va voir ça, lança-t-il d'une voix hargneuse, sans desserrer les dents. Dès qu'une de nos équipes aura localisé Jimmy, on sera fixés. Si on ne le trouve pas, Mlle Bennett reviendra vous voir dans quinze minutes et l'un d'entre vous sera exécuté. Elle reviendra ainsi tous les quarts d'heure jusqu'à ce que vous soyez tous morts. — À ces mots, le Premier Ministre tourna les talons et se dirigea vers l'ascenseur. — Éloignez-le d'ici, ajouta-t-il après quelques pas en montrant l'ambassadeur du doigt.

Mlle Bennett marchait en tête d'une procession d'agents du NJ7. Ils escortèrent Ian Coates jusqu'à la surface. En état de choc, les prisonniers restèrent seuls avec leurs gardiens.

Stovorsky tremblait de rage.

– Il est allé trop loin, grogna-t-il en se cramponnant aux barreaux de la cellule.

– Mais on ne peut rien faire, déclara Viggo, fataliste, en se précipitant vers Helen.

Safran était déjà à son chevet. Les deux femmes pleuraient à chaudes larmes.

Stovorsky demeura immobile, le regard perdu sur l'immense sous-sol qui s'étendait devant la cellule. Viggo jeta un œil pardessus son épaule, curieux de savoir ce que Stovorsky regardait. C'est alors qu'il avisa la vieille femme de ménage, qui, de l'autre bout du sous-sol, approchait vers eux de sa démarche traînante, poussant nonchalamment sa serpillière.

– Qu'est-ce que tu fais ? demanda Viggo.

– Coates a attaqué la France, répliqua Stovorsky. Je me fiche pas mal de ce que peut raconter l'ambassadeur. Cette agression sur le sol français est un acte de guerre.

Cahin-caha, la femme de ménage arriva jusqu'à la barrière de sécurité qui commandait l'accès à la cellule. Les gardes auscultèrent son badge et lui ouvrirent les portes de Plexiglas. Elle approcha. Stovorsky se laissa tomber à genoux et, du bout du doigt, écrivit quelque chose dans la poussière. Viggo tendit le cou pour lire. Les lettres étaient claires. Pour autant, elles ne possédaient aucun sens à ses yeux : ZAF-1.

À peine Stovorsky avait-il fini d'écrire son message que la femme de ménage l'effaça d'un coup de serpillière. Après quoi, elle fit un imperceptible signe de tête.

– Qu'est-ce que... tenta Viggo.

Mais Stovorsky se retourna aussitôt et le fit taire en posant un doigt sur sa bouche. Derrière eux, les sanglots d'Helen n'avaient pas diminué. À son plus grand étonnement, Viggo vit un sourire sournois apparaître sur le visage de Stovorsky.

21/ Réunion

– Je ne comprends pas, lança Felix en se tournant vers Georgie, assise sur le lit. Je fais exactement la même chose que lui, mais sur moi, ça ne fait pas du tout le même effet. Juste un affreux gloubi-boulga.

Georgie réprima un fou rire — elle ne voulait pas l'encourager à continuer —, mais, une seconde plus tard, Felix passa la tête dans l'entrebâillement de la porte et elle ne put se retenir davantage. Elle explosa. Il avait des bouts de savon qui pendouillaient un peu partout sur la tête et même quelques-uns qui lui sortaient des oreilles. Ses cheveux étaient couverts d'une épaisse substance collante dont il valait certainement mieux ignorer la provenance, des filets d'eau noire dégoulinaient sur son menton.

– Supercamouflage, Felix, le charria Georgie dès qu'elle eut quelque peu repris son souffle. Felix éclata de rire lui aussi et s'essuya d'un revers de manche.

– Tu crois que ça a marché ? J'veux dire, son déguisement à lui ? Tu penses que tout roule ?

– Bien sûr, rétorqua Georgie en haussant les épaules. C'est Jimmy... Tu vas voir, il sera là d'une minute à l'autre.

Malgré son apparente décontraction, une pointe d'inquiétude subsistait dans sa voix ; ce qui, heureusement, échappa totalement à Felix.

– Ouais, comme ça, quand il reviendra, on saura ce qui se passe.

– Absolument, convint Georgie. Pff... Ils auraient au moins pu mettre une télé là-dedans pour qu'on ait quelque chose à faire en attendant.

Felix soupira lui aussi. Il n'y avait rien qui puisse les distraire ne serait-ce qu'un instant du souci qu'ils se faisaient pour Jimmy. C'est alors que quelqu'un frappa à la porte. Ils sursautèrent et se regardèrent en silence.

– Jimmy ? demanda Felix en articulant ostensiblement.

Georgie secoua la tête. Derrière la porte, une voix appela.

– Vite, ouvrez.

Une voix d'homme, profonde, où résonnaient de sincères accents d'affolement. Une voix qui n'appartenait à personne de leur entourage.

– Je m'appelle Roebuck, je suis un ami de Christopher Viggo. Il m'envoie vous chercher. L'endroit n'est plus sûr.

Felix et Georgie échangèrent un regard intense, cherchant dans les yeux de l'autre la réponse qu'il convenait de donner.

– Allez, poursuivit la voix au-dehors. Je sais que vous êtes là. Et vous avez raison de ne pas répondre, mais vous devez me faire confiance. Le NJ7 est en route en ce moment même. Vous entendez les hélicoptères ?

Ils tendirent l'oreille. Georgie se leva précautionneusement du lit. Elle eut d'abord du mal à le croire, pourtant le bruit était bel et bien réel, faible, mais présent. Un bourdonnement sourd, comme si un escadron de cavalerie chargeait vers eux.

– D'accord, lança finalement Georgie. Si vous connaissez Viggo, comment je m'appelle ?

– Georgie, non ? Et tu dois sûrement être avec Felix ?

Felix sursauta et se précipita vers la porte.

– Dépêchez-vous, bientôt, il sera trop tard, insista la voix dans le couloir.

Felix et Georgie continuaient de se dévisager, ni l'un ni l'autre ne sachant que faire.

– C'est une ruse, murmura Felix.

– Et si c'était vrai ? répliqua Georgie.

Nouveau silence, seulement rompu par le bourdonnement grandissant de l'hélicoptère qui, à leurs oreilles affolées, semblait crever l'air. Finalement, Georgie approcha de la porte et l'ouvrit.

Elle tomba sur un homme de grande taille, avec les cheveux blonds coupés très court. Son jean était boueux, mais il avait l'air cher. Même chose pour son imperméable.

– Georgie, Felix… Enchanté, murmura-t-il. Je suis Roebuck. Désolé, pas plus de temps pour les présentations. On doit y aller. Où est Jimmy ?

– Il est… bégaya Georgie, dont la méfiance lui commanda aussitôt de ne pas en dire davantage. Il est sorti…

– Bon… C'est pas grave, déclara doucement Roebuck après un froncement de sourcils. Il comprendra quand il entendra les hélicoptères…

Sans attendre de réponse, il se précipita dans les escaliers, Felix et Georgie sur ses talons, fascinés par la puissance qui se dégageait de chacun de ses mouvements. Au rez-de-chaussée, il tint la porte ouverte et leur fit signe de passer.

– Et pour… ? tenta Felix en jetant un regard perplexe à Georgie.

Il n'eut pas le temps de finir sa phrase. Roebuck les avait déjà poussés dans un typique taxi noir, garé juste devant l'immeuble.

Ils s'y entassèrent. Roebuck claqua la portière. C'était un vieux taxi londonien traditionnel avec une banquette arrière trois places et deux strapontins en face. Une vitre de Plexiglas séparait les passagers du chauffeur. Felix et Georgie restèrent seuls quelques secondes, le temps que Roebuck fasse le tour et s'installe au volant.

– Qu'est-ce t'en penses ? demanda Georgie à voix basse.

– J'sais pas. Et Jimmy ?

Roebuck était de retour. Il démarra sèchement. Peut-être était-ce la fatigue, mais ni Georgie ni Felix ne remarquèrent la discrète bande verte qui barrait la licence du taxi.

Jimmy allongea encore sa foulée. Son T-shirt était trempé de sueur. Le sang battait à ses tempes, se confondant avec les bruits de pas des agents dans son sillage. L'ambassade n'était qu'à un pâté de maisons. Il y était presque. Pourtant, à chaque fois qu'il passait un coin de rue, encore plus d'agents. Il changea à nouveau de direction. Ils l'encerclaient — de plus en plus près —, comme dans un collet. Des dizaines d'agents. Où que se posât son regard, d'autres costumes sombres et des petites cravates noires flottant au vent.

Subitement, Jimmy s'allongea sur le trottoir, la peur au ventre. Il se râpa les mains sur le béton. Dans le même élan, il roula sur le côté, descendit et, profitant d'un espace entre deux voitures, s'engagea sur la rue. Le ciel et l'asphalte passaient successivement devant ses yeux, avec parfois les visages rougeauds des agents dans leurs costumes noirs aux revers ornés d'une bande verte.

Arrivé au milieu de la rue, il s'arrêta pour expectorer les gaz d'échappement qui emplissaient ses poumons. Il leva les yeux : l'ambassade de France se trouvait pile dans son champ de vision. Une ombre s'abattit sur son visage. Il était cerné par les costumes sombres.

– Ne tirez pas ! s'exclama Jimmy, surpris lui-même par le calme de sa voix car, à l'intérieur, il se sentait défaillir.

Les agents l'alpaguèrent. D'énormes paluches — difficile de dire combien — agrippèrent ses vêtements. Il n'opposa aucune résistance.

– Amenez-moi à Mlle Bennett ! ordonna Jimmy. Elle me veut vivant ! (Et ça, c'était de l'improvisation.)

Pour toute réponse, les agents le retournèrent sur le ventre. Quelqu'un lui saisit les poignets et il sentit le contact glacé des menottes. Jimmy contenait délibérément son programme, le contrôlant à chaque instant pour que celui-ci ne prenne

aucune mesure draconienne. À cet instant, il n'était qu'humain, trop humain. Il se demanda si les agents avaient remarqué qu'il tremblait.

On lui maintenait la joue collée sur le goudron. Il avait des saletés sur la langue, il étouffait. Soudain il réalisa que ce n'était pas son souffle qu'il cherchait désespérément à reprendre. Ses lèvres étaient tout bonnement en train de mâchouiller le bitume. C'était dégoûtant. Et puis, au milieu des saletés de la route, le contact froid et électrisant du métal. La clé de l'ascenseur ! Comme il le lui avait demandé, Eva l'avait collée sur l'asphalte, au beau milieu de la rue, juste devant les portes de l'ambassade.

Jimmy la prit entre ses dents et la fourra dans sa bouche. Juste à temps. En effet, l'instant suivant, un agent lui tira la tête en arrière par les cheveux et fourra son crâne dans un sac de tissu noir. Même sa capacité de vision nocturne ne lui serait d'aucune utilité. Il ne pouvait pas voir à travers le tissu. Les agents le relevèrent sans ménagements — c'est-à-dire en lui administrant une volée de coups au passage. Le cliquetis caractéristique d'un pistolet qu'on arme résonna derrière lui. Jimmy laissa son corps s'avachir complètement. Il n'avait d'autre choix que de se livrer au NJ7. Deux agents le soulevèrent par les épaules tandis qu'un troisième posait son pistolet sur sa nuque. Ils l'escortèrent ainsi à l'intérieur de l'ambassade.

– Où va-t-on ? demanda Georgie, à l'arrière du taxi.

Pas de réponse.

– Tu crois qu'il m'a entendue ? demanda-t-elle en se tournant vers Felix.

Celui-ci se contenta de hausser les épaules.

– Où va-t-on ? répéta Georgie, cette fois en hurlant.

Pas davantage de réponse.

– J'aime pas ça, bougonna Felix, accompagnant ses mots d'un coup de coude dans les côtes de Georgie. Maintenant, on est hors de la planque… et complètement à découvert.

– Monsieur Roebuck, cria Georgie. Merci pour votre aide, mais nous avons décidé de continuer seuls. Laissez-nous descendre maintenant.

Une fois encore, la seule réponse fut le ronron du taxi. Les rues de Londres défilaient. Assise à l'extrême bord de son siège, Georgie s'avança vers la paroi qui les séparait du chauffeur.

– Hé ! Arrêtez ce taxi ! hurla-t-elle en frappant du poing sur la vitre. Arrêtez-vous tout de suite !

Le conducteur poursuivit sa route en silence, sans même esquisser un geste de la tête vers eux. Felix tenta d'ouvrir la porte. Elle était verrouillée.

– Laissez-nous sortir ! beugla-t-il.

Il se coucha sur le dos et cogna la vitre du pied. Elle était blindée.

Le taxi prit encore de la vitesse quand il quitta le centre de Londres, mettant ainsi de plus en plus de distance entre ses passagers et Jimmy. Felix et Georgie se regardèrent, interloqués. Ils étaient pris au piège.

Jimmy eut l'impression de pénétrer dans l'antre du lion. Même l'odeur de l'air — un mélange de produits d'entretien et d'huile que les gardes utilisaient sur leurs armes — lui parut

hostile. Il se tenait parfaitement immobile, tentant de cacher sa détresse. Sans arme, les mains menottées dans le dos et aveugle sous la cagoule, il était totalement impuissant.

Il marchait d'un pas chancelant, traîné par les agents. Il remercia sa bonne étoile d'avoir été fouillé après qu'on lui eut mis la cagoule. Il poussa la clé avec la langue pour la caler entre ses dents du bas et sa joue.

En marchant, il faisait très attention à la texture et au bruit du sol sous ses pieds : d'abord le marbre du hall, puis de la moquette, enfin un parquet. Il comptait aussi ses pas ainsi que les marches d'escalier car si quelque chose tournait mal, il devait être capable de retrouver rapidement son chemin jusqu'à la sortie.

Au bout de quelques minutes, on l'arrêta et on lui arracha sa cagoule. Aveuglé par l'éclatante lumière qui tombait des hautes fenêtres, Jimmy cligna des yeux. Il calcula aussitôt qu'il se trouvait dans un bureau du troisième étage, côté façade, probablement juste au-dessus de l'entrée principale. Mlle Bennett s'était assise face à lui, derrière un grand bureau qui aurait fait le bonheur de n'importe quel antiquaire.

– Jimmy… lança-t-elle d'une voix teintée de reproche et de sarcasme. Donne-moi une seule bonne raison de plaider ta cause.

Jimmy cala la clé contre sa gencive et prit la parole aussi normalement que possible.

– Vous ne devriez pas être dans une salle de classe, à distribuer les bons et les mauvais points ? demanda-t-il, non sans insolence.

Les mots étaient sortis tout seul, comme poussés par la haine qu'il avait ressentie en voyant le visage de son ancienne prof. Il fut un temps où il lui faisait confiance. Plus tard, il avait appris qu'elle l'avait trompé pendant des années.

– Pas de ce ton-là avec moi, Jimmy Coates, gronda Mlle Bennett d'une voix tranchante, une expression mortellement sérieuse sur le visage. Tu vas faire ce que je te dis de faire, un point c'est tout.

Jimmy se redressa, releva le menton, et la fusilla du regard. La clé lui cisaillait les gencives mais, jusqu'ici, il était parvenu à parler normalement.

– Relâchez ma mère et mes amis, lâcha-t-il sans ciller.

Mlle Bennett s'enfonça dans son siège.

– Comme c'est mignon, minauda-t-elle d'une voix soudain suave et chaude. Tu crois encore qu'une telle chose est possible ?

Jimmy perdit une grande part de son aplomb.

– Le groupe de prisonniers enfermé au sous-sol représente une sérieuse menace pour les fondations même de notre ordre social, ajouta-t-elle avec un large sourire sur ses lèvres écarlates. Réfléchis deux secondes, Jimmy. On t'a envoyé tuer Christopher Viggo, mais tu as échoué. Aujourd'hui, il est en lieu sûr. On peut l'exécuter quand bon nous semble, sans que personne s'en aperçoive et, qui plus est, sans susciter la moindre question embarrassante de la part de qui que ce soit.

Lentement, alors qu'il se laissait malgré lui bercer par la voix langoureuse de Mlle Bennett, Jimmy prenait conscience de l'horreur de la situation.

– La seule raison pour laquelle ils sont encore en vie, c'est...

– Moi, lâcha abruptement Jimmy.

Et dire qu'il ne l'avait même pas vu venir... Un vrai débutant ! Quand Safran et Viggo étaient partis à la recherche des parents de Felix, ils étaient tombés tête la première dans un piège. En fait, les Muzbeke n'étaient qu'un appât destiné à attirer les autres dans la nasse du NJ7. Ça aurait dû lui mettre la puce à l'oreille, car la même cause avait produit les mêmes effets quand Stovorsky, Viggo, Safran et sa mère avaient été capturés.

– Est-ce que vous les relâcherez, maintenant que vous m'avez ? demanda Jimmy, qui cherchait désespérément une manière de reprendre l'ascendant.

Un éclat de rire cristallin s'échappa de la bouche de Mlle Bennett.

– Et pourquoi ferions-nous une chose pareille ?

– Mais je pensais que...

– Tu sais, Jimmy, tu étais l'obsession d'Ares Hollingdale. On a beau être un politique visionnaire, avec l'âge, il arrive qu'on perde un peu la boule, et ce vieux bougre était devenu complètement paranoïaque.

Tout s'écroulait autour de Jimmy. Peu à peu, il comprenait qu'il n'avait plus ni monnaie d'échange ni atout pour négocier. Tout ce que voulait le NJ7, c'est-à-dire lui, ils l'avaient déjà, pieds et poings liés, aussi vulnérable qu'un nouveau-né. Ils pouvaient faire de lui ce qu'ils voulaient. Mais alors, pourquoi ne l'avaient-ils pas tué ? La dernière parcelle de lucidité dont il disposait encore lui fit soudain démêler l'écheveau.

C'est Hollingdale qui le voulait mort. Or celui-ci n'était plus. Quelqu'un d'autre avait pris sa place : son père. Cela signifiait-il qu'il était hors de danger ?

Il se raccrocha à cette infime lueur d'espoir pour tenir tête à Mlle Bennett, ou, au moins, sauver les apparences. De son côté, elle le jaugeait en silence. Épiant sans mot dire la moindre de ses réactions, comme le font les enseignants qui veulent mettre un peu de pression sur leurs ouailles. Et, de fait, Jimmy en convenait, Mlle Bennett était une bonne prof. Certes, il ne s'agissait là que d'une couverture, mais elle avait su se plier aux exigences du rôle avec un grand professionnalisme, sachant parfaitement se taire pour laisser le temps à un élève de comprendre ce qu'elle venait de lui expliquer. Jimmy croisa son regard. Elle lui lança un sourire qui lui donna aussitôt l'envie de prendre les jambes à son cou et de sortir en hurlant de cet immeuble sinistre.

Mais, avant qu'il ait pu esquisser le moindre geste, une porte coulissante s'ouvrit et la raison pour laquelle Jimmy était encore en vie entra dans la pièce. Il sentit son cœur et son esprit se vider d'un coup de toute émotion. Il se racla la gorge.

– Salut, p'pa.

Quand il se trouva en lointaine banlieue, le taxi quitta la route principale et s'engagea sur une voie si étroite qu'il aurait aussi bien pu s'agir d'un chemin communal. La voiture avança au pas jusqu'à ce qu'elle soit hors de vue de la route puis s'arrêta.

Georgie jeta un œil vers Felix, dont les yeux pétillaient de malice. Il lui fit un signe discret de la main, pouce levé, et, l'instant suivant, il se plia en deux et commença à tousser atrocement.

– Vite ! hurla Georgie. Je crois qu'il va être malade.

Felix s'effondra sur le plancher du taxi, se tordant dans tous les sens et émettant une ahurissante succession de bruits plus dégoûtants les uns que les autres.

– Du calme ! cria Roebuck, toujours assis derrière son volant. Retenez-vous.

– Mais... Il n'y a pas d'air dans cette voiture, répondit Georgie, affolée et hurlante. J'crois qu'il fait une crise d'angoisse. Ça va, Felix ?

Elle se pencha en avant, comme pour porter secours au garçon qui se convulsait à ses pieds.

– Beurk ! C'est dégueulasse, mugit Georgie. Y a un immonde truc jaune qui coule de sa bouche.

– Oh non, pas ça ! s'exclama le chauffeur en ouvrant immédiatement sa portière. Me dites pas qu'il est en train de vomir dans mon taxi.

Il ouvrit la portière arrière du côté de Georgie et, juste au cas où, sortit un revolver de son imperméable.

– Alors comme ça vous êtes un ami de Chris, hein ? railla Georgie dont la colère était décuplée par le fait qu'elle se sentait vraiment idiote d'avoir pu faire une seule seconde confiance à cet homme.

D'un bond, elle sortit du véhicule. Felix rampa sur le plancher et pencha la tête au-dehors.

Roebuck baissa les yeux sur lui, observant attentivement

ce qui sortait de la bouche de son passager. Celui-ci toussait, crachait et bavait tout ce qu'il pouvait.

– Tu ne bouges pas, ordonna l'homme en se tournant vers Georgie. À la moindre entourloupe, je vous ab…

Roebuck n'eut pas le temps de finir sa phrase. Felix avait mis à profit le court instant où celui-ci s'était tourné vers Georgie pour se relever d'un coup, tête la première… entre les jambes du chauffeur.

Roebuck poussa un horrible cri de douleur et se plia en deux. Il tenta de lever son arme, mais Georgie lui écrasa la main contre la carrosserie d'un coup de pied dévastateur. Felix en profita pour assener à l'agent une série de crochets au flanc, puis il se précipita vers le siège avant. Georgie laissa l'agent du NJ7 agoniser au bord de la route et prit place au volant. Elle enclencha la première, le taxi s'ébroua et démarra doucement.

– Tu sais conduire ? cria Felix, légèrement inquiet.

– Bah, ça doit pas être si difficile.

Déjà, l'agent s'était lancé à leur poursuite en titubant. À l'évidence, le punch de Felix n'était pas aussi destructeur qu'il l'aurait souhaité.

– Roule ! hurla Felix.

Elle appuya sur l'accélérateur. Le taxi s'éloigna en rugissant.

Georgie regarda la silhouette de l'agent du NJ7 rapetisser dans son rétroviseur.

– Tu crois qu'on devrait faire demi-tour et le tuer ? demanda Georgie.

– Pas besoin de le dézinguer. Par contre, il peut se brosser pour le pourboire.

*

– Veuillez nous laisser seuls un moment, mademoiselle Bennett, ordonna Ian Coates d'une voix inutilement forte compte tenu du volume de la pièce.

Elle acquiesça du chef et frôla Jimmy en se dirigeant vers la sortie.

– S'il se passe quoi que ce soit, déclara-t-elle avant de passer la porte, faites le 7 sur le téléphone… Ça déclenche l'alarme.

Jimmy entendit la porte claquer derrière lui. Il resta seul avec son père. Au fond de lui, il sentait une vague envie de se jeter dans ses bras et de l'enlacer. Mais cette envie venait de trop loin et elle était refoulée depuis trop longtemps. En outre, il avait toujours les mains menottées dans le dos. Pourquoi son père ne le prenait-il pas dans ses bras ? Jimmy sentit une larme couler le long de sa joue. Il se haïssait de se laisser ainsi aller.

– Arrête de pleurer, Jimmy, coupa son père.

La voix était dure, pourtant Jimmy y perçut une fêlure. La situation était émouvante pour lui aussi.

– J'ai donné des ordres… Il était hors de question que tu sois tué.

Jimmy autorisa une étincelle de bonheur à venir réchauffer l'océan de sa détresse. Son père ne lui laissa pas le temps d'en profiter longtemps.

– J'ai donné ces ordres parce que je pense que tu vas m'écouter, poursuivit-il en balayant la pièce du regard, sans jamais croiser les yeux de son fils. Ces gens que nous retenons prisonniers au sous-sol t'ont bourré le crâne avec des contrevérités. D'horribles mensonges…

– Non, s'étrangla Jimmy, qui avait l'impression de tomber dans un puits sans fond. Ne me dis pas que tu m'as laissé la vie sauve pour que je devienne à nouveau une machine à tuer ?

– Écoute-moi, Jimmy ! rugit son père. Hollingdale avait raison. Le pouvoir absolu. Voilà la seule façon de conduire les affaires d'une nation. La seule possibilité pour l'Angleterre d'aller de l'avant. Pourquoi tiens-tu tellement à rester à l'écart ?

Jimmy tenta de chasser les mots de son esprit.

– Tu m'as épargné simplement pour essayer de me convaincre de tuer pour toi ? — Une bouffée de rage montait dans sa poitrine. Il la réprima. — Moi qui croyais que c'était parce que tu m'aimais...

– J'aime mon pays, bougonna Ian Coates.

– Et ton fils ?

– Tu n'es pas mon fils.

Ces quelques mots se répercutèrent contre les murs et se propagèrent en écho dans la pièce, ainsi que dans la tête de Jimmy. Ses larmes cessèrent de couler, comme lyophilisées par la violence du choc. Il ouvrit la bouche pour parler. Seul un souffle rauque monta de ses cordes vocales. « Tu n'es pas mon fils », se répétait mentalement Jimmy. Son père ne le considérait-il plus comme un humain ou sous-entendait-il quelque chose de beaucoup plus trivial ? Suggérait-il qu'une autre personne avait contribué à son ADN ?

Il avait tant de questions à poser. Il aurait voulu les formuler toutes en même temps, comme on vide un sac sur une table. D'un coup. Une telle chose étant parfaitement inconcevable, il garda le silence, fixant des yeux l'homme

qu'il avait un temps appelé papa et qui, à présent, semblait aussi atterré que lui. Peut-être ses mots avaient-ils dépassé sa pensée, peut-être ne désirait-il pas faire cette révélation maintenant.

– Est-ce que tu le feras ? demanda Ian Coates d'une voix éteinte.

Jimmy ne répondit pas. C'est tout juste s'il avait entendu la question.

– J'ai dit à Mlle Bennett que si quelqu'un avait une chance de te convaincre, c'était moi.

La seule chose à laquelle pouvait penser Jimmy en regardant le visage de cet homme — soudainement devenu livide —, c'était que, pendant onze ans, ils avaient vécu ensemble, en famille, et bon an mal an, heureux. Comment son père pouvait-il prétendre à présent que l'unique raison qui l'avait poussé à épargner son fils était l'opportunité de le convaincre de tuer pour le NJ7 ? Comment pouvait-il ainsi renier l'amour qu'il lui avait donné ?

– Engage-toi à mes côtés, insista Ian Coates en décrochant le téléphone sur son bureau. Accomplis ton destin...

Jamais amour et haine n'avaient été aussi intimement mêlés dans le cœur de Jimmy.

– Quelle est ta réponse ? Tu n'as qu'un mot à dire, l'exhorta Ian Coates, un doigt planant au-dessus de la touche 7.

Jimmy sentit son programme redoubler d'activité. Profitant de la faiblesse de son contre-pouvoir humain, le séquençage tentait de prendre le dessus. C'était comme un murmure venu du plus profond de son être. « Dis oui. Accepte », soufflait la voix sans discontinuer. Refuser l'offre

le mettait en danger. Et ça, le programme ne pouvait l'accepter. Mais il y avait aussi autre chose. Son système d'exploitation insufflait dans les veines de Jimmy une sorte d'excitation malsaine, une joie jubilatoire à l'idée de rejoindre les rangs du NJ7 en qualité d'assassin officiel.

– Le tueur qui sommeille en toi ne fera que croître, Jimmy. Chaque jour un peu plus. Jamais tu n'y échapperas, car telle est ta vocation. Ne le sens-tu pas à l'intérieur de toi ?

Son père le scrutait. Jimmy demeurait parfaitement immobile, faisant tout son possible pour cacher que tout son être brûlait de dire « oui ». Puis, graduellement, il reprit le contrôle de lui-même. Ce faisant, il parvint mentalement à mettre son programme en veilleuse, à le canaliser. Certes il en avait besoin, mais pour *lui*, pas pour le NJ7.

– Je ne me sens pas l'âme d'un tueur, lança-t-il sans desserrer les dents. En revanche, au fond de mon cœur, je sens que des gens m'aiment. Et ils m'aiment pour ce que je suis, en tant qu'humain.

L'expression sur le visage de Ian Coates changea du tout au tout. Jimmy en avait assez dit. L'homme qu'il avait toujours pris pour son père baissa les yeux sur le combiné du téléphone. Une ombre passa dans ses yeux, d'où toute compassion avait disparu. Son doigt s'abattit sur le clavier.

22/ Invasion

Quelque part au large de la côte sud de l'Angleterre, un appareil de transport tactique A400M pénétrait l'espace aérien britannique. Sous ses ailes, les quatre hélices à huit branches étaient identifiables entre mille. Dans quelques minutes, il serait sur zone. Le pilote jeta un œil aux huit écrans de contrôle de son cockpit, puis leva le pouce en se tournant vers l'arrière.

Derrière lui, un peloton de quatre hommes fit mouvement vers la porte de largage des parachutistes. Les cinq membres du commando étaient vêtus de noir de la tête aux pieds. Un casque noir avec visière teintée couvrait leurs visages.

L'homme assis aux commandes appuya sur un bouton. Instantanément, le toit de la cabine de pilotage s'ouvrit et le pilote

fut propulsé dans les airs à une vitesse de trente mètres par seconde. Le reste de son équipe lui emboîta le pas en passant par la porte latérale. Dès que tout l'équipage eut quitté l'appareil, celui-ci monta en chandelle sous les ordres du pilote automatique et opéra un virage à cent quatre-vingts degrés. Retour en France par la route la plus directe.

Le parachute du pilote s'ouvrit automatiquement, comme il était censé le faire. Une minuscule silhouette virevolta en silence vers la terre sous un ciel d'encre. Au bout de vingt-cinq secondes de descente, il prit la position « plat et stable », dos voûté, jambes et bras écartés, mains à plat dirigées vers le sol. De là où il était, il y avait encore six cents mètres avant la terre ferme. Mais ce n'était pas le sol que ce parachutiste visait.

En orientant le poids de son corps, il se dirigeait dans les airs aussi sûrement que s'il avait volé. Le toit de l'ambassade devint soudain très proche. Il prépara sa foulée. Il ne lui fallut guère plus de deux pas pour atterrir et décrocher son harnais. Son commando l'imita avec un bel unanimisme.

En quelques instants, le toit — désert une minute plus tôt — s'était couvert d'hommes en armes. Une unité du NJ7 avait repéré le largage. Ils étaient passés en mode contre-offensive. Le pilote fit une chute avant. Quand il se releva, il tenait dans chaque main un couteau, qu'il avait décroché de sa ceinture pendant sa roulade. Il se déplaçait beaucoup trop vite pour les agents du NJ7. Ils n'eurent même pas le temps de crier avant que les deux dagues de combat les en empêchent définitivement.

Le peloton s'engouffra dans l'escalier de secours. Une fois de plus, l'ambassade de France avait été prise d'assaut.

*

Au moment exact où Ian Coates appuya sur la touche numéro 7 du clavier téléphonique, Jimmy entra en action.

Il exploita la pleine charge de son programme, chauffé au rouge par la rage qu'il sentait bouillir en lui. Les mains toujours attachées dans le dos, il sauta sur le bureau. Ian Coates demeura un instant interloqué, comme quelqu'un qui voit subitement arriver sa dernière heure. « Non, pensa Jimmy. Aie la force de l'ignorer. » Leurs yeux se croisèrent. Avant que Ian Coates ait pu réagir, Jimmy plia les genoux et, d'une formidable détente, sauta par-dessus la tête de son père et s'écrasa sur la fenêtre, épaule en avant, yeux clos.

La vitre vola en éclats. Il émergea à l'air libre, les yeux toujours fermés pour les protéger des éclats de verre. Le vent lui gifla le visage. La possibilité de voir où il tombait lui étant interdite, il n'avait plus qu'à s'en remettre aux estimations de distance et d'orientation effectuées avant le saut.

Il tendit ses jambes en avant et écarta comme il pouvait les mains dans son dos. Elles heurtèrent un mât métallique, la hampe où le drapeau français avait par le passé si fièrement flotté. La barre plia légèrement sous son poids. Suspendu au mât, il pivota et mit à profit la flexion du métal pour se retourner. Dans la manœuvre, il eut le temps d'apercevoir les deux gardes de l'entrée principale qui époussetaient leurs uniformes des éclats de verre et qui dégainaient leurs armes.

Jimmy se réceptionna sur ses pieds et chancela légèrement. C'était particulièrement difficile de garder son équilibre avec les mains attachées dans le dos, mais il y parvint néanmoins,

se retrouvant debout sur la hampe du drapeau. Avec l'assurance d'un gymnaste, d'une impulsion, il fit volte-face. Penché à la fenêtre fracturée, Ian Coates l'observait, le combiné du téléphone collé à l'oreille. Par-dessus le grondement sourd de la circulation, Jimmy entendit un des gardes beugler dans son talkie-walkie :

– J'ai une fenêtre de tir !

Un flot continu d'agents du NJ7 se déversait dans la rue maintenant. Depuis les ors rassurants de son bureau, Ian Coates, le visage tordu en une moue impavide, fixait toujours son fils. Celui-ci n'entendit pas résonner les mots, en revanche il put parfaitement les lire sur les lèvres de son père : « feu à volonté. »

Jimmy eut l'impression que son cœur s'arrêtait de battre quand les premières salves de balles giclèrent. Mais son système ne permettrait pas qu'il meure. Une impulsion. Saut périlleux sur la hampe. Les balles sifflaient. D'autres, encore plus nombreuses, s'apprêtaient à suivre.

Jimmy baissa les yeux, la vue légèrement troublée par les sécrétions lacrymales, et il fixa une bouche de canon. Une et une seule. Concentrant toute son énergie sur la balle explosant hors de la chambre. Son ouïe capta cette détonation précise au milieu de toutes les autres. Sa rétine était si fermement braquée sur le projectile qu'il pouvait le voir déchirer l'air avec la même clarté et la même vitesse qu'une plume de duvet tombant d'une armoire. Jimmy se contorsionna une fraction de seconde et fit un nouveau bond, dos voûté, bras rejetés vers l'arrière.

En plein dans le mille ! La balle trancha net la chaîne des menottes et partit en sifflant se ficher dans le mur. Il se rattrapa

aussitôt à la hampe du drapeau et se jeta contre l'immeuble. Les agents tiraient, mais leur cible bougeait aussi vite qu'un petit pois pris dans une tornade.

Les pieds de Jimmy heurtèrent la façade, qu'il utilisa comme planche d'appui pour opérer un incroyable saut arrière. La figure avait été réalisée si vite qu'un des gardes n'eut pas le temps de battre en retraite pour l'éviter. Jimmy lui atterrit en plein sur le dos, sécurisant aussitôt sa prise d'une double clé au cou. Maintenant, il disposait d'un bouclier à opposer au feu nourri du NJ7. L'agent rua et tangua pour essayer de le désarçonner. Il tordit son bras pour faire feu par-dessus son épaule. Mais c'était Jimmy qui possédait le contrôle de la situation. Il referma sa main droite sur celle de l'agent qui tenait le pistolet, lui fit mettre un genou à terre, puis arrosa l'endroit de balles.

Toute la colonne du NJ7 s'effondra sur le sol, certains de ses membres hurlant de douleur. Jimmy prit alors appui sur les épaules de l'agent et le dépassa à saute-mouton, non sans un double atémi aux tempes.

Pourquoi n'y avait-il pas plus d'agents ? Pourquoi les snipers n'ouvraient-ils pas le feu depuis les fenêtres ? C'était comme si la moitié du personnel avait été appelée sur une autre urgence.

Le temps d'un éclair, Jimmy vit le bout de la rue. Il pouvait courir. Mais cette option n'était pas envisageable. Dans les sous-sols, la vie de quatre personnes ne tenait plus qu'à un fil, et ce fil c'était lui. Il pria pour qu'il ne soit pas déjà trop tard, et replongea à l'intérieur de l'immeuble.

Quarante mètres au-dessus de la rue, une fenêtre s'ouvrit. Une tête apparut à la balustrade. Mitchell comprit instantanément de quoi il retournait. Des agents HS étendus sur le sol et un gamin disparaissant en trombe dans l'ambassade. Limpide. Mitchell n'avait aucune sympathie particulière pour les agents du NJ7. Il s'octroya donc le luxe d'un petit sourire, appréciant à sa juste valeur ce dont Jimmy était capable. « Bien sûr qu'ils allaient pas te tuer, argumenta mentalement Mitchell. Puisque c'est un boulot pour moi. »

« Mais où sont-ils passés ? » se demanda Jimmy en traversant à toutes jambes le hall de l'ambassade.

Normalement, des dizaines d'hommes auraient dû lui barrer la route de l'ascenseur. Même le garde habituellement posté devant les portes coulissantes chromées avait disparu.

Jimmy sortit enfin la clé de sa bouche. Il postillonna et cracha pour tenter de se débarrasser du sale goût qu'elle lui avait laissé tout en essuyant le petit bout de métal sur son pantalon. Puis, sans presser le bouton d'appel, il enfonça la clé dans la serrure du boîtier mural et se dépêcha de la tourner. Les portes de l'ascenseur s'ouvrirent en coulissant dans un chuintement feutré. N'était-ce pas des coups de feu qu'il entendait claquer dans les étages supérieurs ? Mais contre qui d'autre que lui le NJ7 aurait-il pu faire usage de ses armes ? Pas le temps de chercher à savoir. Il se glissa entre les portes. Bien entendu, la cabine n'était pas là. Il sauta.

L'ascenseur était plus bas qu'il s'y attendait. Des poussières lui fouettaient le visage tandis qu'il filait dans la cage. Il tendit

un bras, attrapa un des pylônes qui couraient au centre du goulet et le passa entre ses jambes. La peau de ses mains ne résista pas longtemps aux frottements du gros câble d'acier. Il grimaça quand l'entaille atteignit l'intérieur des chairs. Une odeur de cochon brûlé flottait à ses narines. Il n'avait d'autre choix que de s'en remettre à la qualité de fabrication du corps étonnant qui était le sien.

Il heurta le toit de la cabine avec un bruit sourd. Il serra violemment ses mains l'une contre l'autre, espérant que cela apaiserait la douleur. Il réalisa qu'il transpirait. « Allez !!!! » s'ordonna-t-il mentalement. Son programme accéda à sa requête. Le mal reflua.

D'un coup de pied vengeur, il testa le toit de la cabine. Plus dur que ce qu'il escomptait. Renforcé avec du béton. Il tapa à nouveau, y mettant toute sa force. L'onde de choc traversa sa jambe, envoyant des messages étranges à ses terminaisons nerveuses jusque dans sa hanche. « Vas-y », s'encouragea-t-il comme pour faire obstacle au doute qui l'envahissait soudain. En avait-il fait assez pour rééduquer sa jambe et lui redonner toute sa force ?

Il cogna une troisième fois. Il eut beau ne pas ressentir de douleur sous l'impact, il maudit son corps de se montrer si faible. Si seulement il avait été assez fort pour éviter à sa jambe les lames du broyeur. Rassemblant toute sa fougue, il frappa du pied, encore et encore.

Une fissure finit par apparaître dans la dalle de béton, comme une veine. Enhardi par cette découverte, Jimmy redoubla d'efforts. Une poignée de secondes plus tard, il passait le pied au travers du plafond. Il toussa et cligna des yeux

un instant, à cause de la poussière qu'il avait soulevée, puis se laissa tomber dans le trou.

Il se réceptionna lourdement dans la cabine, toussant toujours. Il appuya sur le bouton d'ouverture des portes. Celles-ci coulissèrent. La poussière retomba doucement — comme le lourd rideau qu'on ouvre au début des spectacles —; à ses yeux ébahis, apparut une colonne entière du NJ7, éparpillée par petits groupes afin d'assurer une couverture optimale de l'immense hall caverneux dans lequel elle se trouvait. Au milieu de la foule d'agents, d'autres hommes occupés à un chantier d'excavation destiné à étendre les ramifications du complexe de l'agence. Ils avaient beau trimballer des outils et porter des casques de chantier, leurs costumes noirs trahissaient infailliblement leur appartenance au NJ7. Même le bulldozer était barré d'une raie verte. Jimmy avala sa salive. Gloups!

Il n'était pourtant pas au bout de ses peines. En observant plus attentivement la scène, il découvrit quelque chose qui le terrorisa encore davantage. Derrière la forêt d'agents, debout devant les barreaux d'une cellule, une arme à la main, se tenait Mlle Bennett. Le canon de son revolver était braqué droit sur Christopher Viggo.

– Non!

Des dizaines de visages se tournèrent instantanément vers lui. Les agents les plus proches plongèrent leurs regards dans le nuage de poussière. Ils réalisèrent tous au même instant qu'il s'agissait de Jimmy. Ils mirent en joue comme un seul homme. Il se raidit, tous les sens en alerte. Soudain, la lumière s'éteignit.

23/ L'armée des ombres

– Nous sommes sous le feu ennemi, monsieur, répétait inlassablement Paduk. Nous pensons que ce sont les Français.

Le Premier Ministre semblait rechigner à bouger. Finalement, il hocha la tête et traversa le bureau en direction de la porte.

– Il y va de la sécurité nationale, ordonna-t-il avec une grandiloquence déplacée. Les prisonniers ne doivent en aucun cas quitter ce bâtiment vivants.

Sa longue expérience des hommes de pouvoir avait appris à Paduk à décoder les causes profondes du moindre tremblement de voix ou du plus infime regard fuyant. Et pour lui, il ne faisait guère de doute que la décision que venait de prendre Ian Coates lui avait brisé le cœur.

– Oui, monsieur, répondit respectueusement Paduk. Mais, sauf votre respect, ma mission à moi consiste à ce que vous, vous sortiez indemne d'ici.

Ian Coates acquiesça et flatta l'épaule de son chef de la sécurité d'une petite tape amicale. À sa grande surprise, celui-ci sentit une bouffée de compassion menacer le calme dont il ne se départait jamais. Pas de place pour les émotions dans un cœur de soldat. Paduk n'ignorait pas qu'un des prisonniers n'était autre que l'épouse de Coates. Cela en augmentait d'autant son admiration et son respect pour un homme capable de placer la sécurité nationale au-dessus de son amour pour une femme. Oui, une sale décision que le Premier Ministre avait été contraint de prendre. Et Paduk parlait en connaissance de cause.

Dans le couloir, le peloton d'élite aux ordres du géant taciturne attendait d'escorter le chef du gouvernement hors des lieux. La petite troupe se précipita au bout du corridor où Paduk actionna un levier caché derrière une grille de ventilation, à hauteur de mollet. Un pan de mur coulissa de quelques dizaines de centimètres sur le côté. Paduk remit la grille en place et prit la tête du groupe qui disparut dans le passage secret.

– Monsieur, murmura Paduk tandis qu'ils descendaient à toutes jambes un sombre escalier de secours. Si je peux me permettre, il nous reste encore une carte à jouer.

Le Premier Ministre ne répondit pas immédiatement. Il savait ce que son chef d'état-major était sur le point de suggérer.

– Je sais, bougonna-t-il après un silence. Mais ils ne doivent pas être blessés. Compris ?

– Reçu.

– Bon, très bien, ajouta bientôt le Premier Ministre d'une voix conciliante. Contactez notre agent. Dites-lui de m'amener Georgie et Felix à Westminster... On pourra les utiliser comme otages.

Il avait prononcé cette dernière proposition avec fatalisme, comme si toute autorité l'avait subitement quitté.

Moins d'une minute plus tard, le Premier Ministre prenait place dans une berline banalisée garée dans une petite rue adjacente à l'ambassade. Une limousine démarra devant eux. Pour éculée qu'elle soit, cette ruse s'était révélée efficace dans bien des cas.

– Incroyable, marmonna Ian Coates, bouillant de rage, quand la voiture eut passé sans encombre deux coins de rue. Comment une chose pareille a-t-elle pu se produire ?

Paduk se tortilla maladroitement sur la banquette afin de tourner le buste vers son interlocuteur.

– Une... Une déveine hors du commun, monsieur le Premier Ministre... Deux issues sécurisées au même moment...

– J'aurais dû prévoir que les Français allaient réagir par une action commando, murmura Coates, pensif. Non, ce qui m'intrigue, c'est leur rapidité.

– La Royal Air Force a abattu un transporteur français non identifié au-dessus de la mer du Nord, monsieur. Il y a seulement quelques minutes.

– Parfait. Rapatriez les preuves matérielles. On aura besoin d'arguments pour obtenir un appui international.

– Un appui international ? ne put s'empêcher de répéter Paduk.

– Bien sûr. On ne va tout de même pas entrer en guerre sans les États-Unis à nos côtés...

« Guerre ». Le mot était lâché. Il s'insinua dans les méandres les plus profonds du cerveau de Paduk. Celui-ci essaya bien de l'ignorer, de faire comme si. Trop tard. Il était durablement gravé devant ses yeux.

– Je ne voudrais pas paraître discourtois, monsieur le Premier Ministre, mais, en tant que chef de la sûreté nationale, je me dois de vous poser cette question. Pensez-vous que votre fils soit partie prenante du dispositif français ou procède-t-il en solo ?

Ian Coates prit une profonde inspiration et détourna son regard.

– Ce n'est pas mon fils ! s'emporta-t-il, son souffle se changeant en nuage de vapeur au contact du carreau. Vous savez ça très bien ! Dorénavant, j'interdis qu'on parle de lui en ces termes. — Il marqua une pause, retrouva son sang-froid et, quand il pivota à nouveau vers Paduk, énonça le verdict final avec une morgue non feinte. — L'individu auquel vous faites référence n'est rien d'autre qu'un traître à la nation.

Il ne fallut pas plus d'une seconde pour que la vision nocturne de Jimmy se déclenche. Tous n'eurent pas cette chance. Une foule d'yeux hagards scintilla soudain au cœur du triste brouillard vert. Les visages exprimaient la surprise, et, pour certains, l'appréhension. Pour autant, ils savaient tous toujours très bien où se situait l'ascenseur et où se tenait Jimmy lorsque tout s'était éteint. L'air n'eut le temps que de frémir. Et ils ouvrirent le feu à l'unisson.

Ce retard de réaction fut suffisant à Jimmy pour se jeter sur le sol et rouler hors de la cabine. En position de traque, le plus silencieusement possible, il fila à fond de train à travers la forêt d'agents. Des dizaines de flammes brillèrent dans la nuit. Les forces du NJ7 faisaient feu de toutes parts vers l'endroit où Jimmy se trouvait deux secondes plus tôt. Le pinceau des premières torches balaya l'obscurité, bientôt suivi par d'autres. Jimmy dut s'accroupir et basculer le buste pour éviter de se faire prendre par ce quadrillage mortifère.

Pourquoi les lumières s'étaient-elles éteintes ? Lui n'y était pour rien et la réaction des agents laissait clairement entendre qu'eux non plus. Jimmy avisa Mlle Bennett, mais tout à coup, il remarqua derrière lui une forme qui le suivait dans sa course folle à travers l'esplanade. Au début, il crut même que c'était son ombre. Mais, quand il se retourna, elle n'y était plus. Quelque chose était là, quelque part, à éviter comme lui le faisceau des torches. Une ombre qui ne faisait pas que se déplacer. Autour d'elle, les agents du NJ7 tombaient les uns après les autres, aussi sûrement qu'un pied de maïs un jour de moisson. Un petit cri étouffé, puis ils s'effondraient inexplicablement sur le sol.

Jimmy brûlait de connaître la cause de cet étrange phénomène, mais, au préalable, il devait se concentrer sur une menace beaucoup plus précise. Devant les grilles de la prison, Mlle Bennett avait furtivement fouillé le garde qui se trouvait à ses côtés et lui avait arraché la torche électrique qui pendait à sa ceinture. La lampe fermement calée sur le canon de son arme de poing, elle se tourna vers la cellule. Les quatre

prisonniers, dos au mur, apparurent dans le halo de lumière. Le doigt de Mlle Bennett se referma sur la détente…

Elle avait laissé la porte du sas ouvert. Telle une bête fauve, Jimmy bondit droit sur sa proie à travers l'ouverture. Le choc fut tel quand il lui heurta le dos qu'elle en eut le souffle coupé… Un coup de feu claqua. La balle monta se ficher dans le plafond. Mlle Bennett était à sa merci, pliée en deux dans le couloir, mais il ne pouvait absolument pas rester là où il se trouvait. Les autres agents du NJ7 avaient entendu la détonation : aussitôt, ils avaient braqué leurs torches dans sa direction.

Mlle Bennett épousseta sa jupe en quelques gestes secs. L'instant suivant, elle se retrouva sous le feu d'un violent projecteur. Quelqu'un avait allumé les phares de l'excavatrice. Jimmy eut juste le temps d'échapper à leur faisceau. Mlle Bennett replia un bras devant ses yeux, de l'autre cherchant son arme à tâtons par terre. Après un grondement sourd, le bull démarra, prenant obstinément la direction des geôles. Ni leur nombre ni leur artillerie ne permirent aux agents de l'arrêter. « Mais qui conduit ce machin ? » pensa Jimmy.

Mlle Bennett ramassa prestement sa torche par terre puis l'agita en tous sens devant elle. Elle pointa Jimmy. La chaleur du rayon de lumière n'était rien, pourtant, il eut l'impression d'être frappé par un laser.

– Là ! hurla Mlle Bennett.

Personne ne pouvait entendre ce qu'elle disait, en revanche, quelques agents comprirent qu'elle montrait quelque chose et plongèrent d'un même élan en direction de Jimmy. Il évita l'impact de peu et se fondit dans l'ombre. Les agents le traquèrent avec leurs torches, prêts à faire feu.

– Tu sais pas conduire ou quoi ? hurla Felix, le bout des doigts tout blanc à force de se cramponner à son siège.

– Non. Et toi ? Tu sais ? répliqua Georgie en dérapant dans les aigus avec les mêmes embardées que le taxi qui tanguait d'un côté à l'autre de la route.

– Je ne sais peut-être pas conduire, mais par contre, je sais qu'on est censés avancer en ligne droite.

Georgie ne lui prêta guère attention, occupée qu'elle était à se débattre avec les vitesses. Pour la direction, on verrait après.

– OK, annonça d'autorité Felix. Toi tu t'occupes des vitesses, moi je prends le volant.

Il se déhancha et posa fermement les mains sur l'anneau de Bakélite. Aussitôt, la voiture se stabilisa. Georgie laissa sa place à contrecœur, les yeux baissés sur ses pieds.

– Hé, j'crois que j'ai pigé le truc, ajouta-t-elle en regardant les pédales.

Elle n'eut pas l'occasion de mettre en pratique ses supputations. Une voix grésilla dans la radio.

– Assaut sur la maison tricolore, disait la voix.

Georgie et Felix échangèrent un regard éberlué.

– Regarde la route ! hurla Georgie quand elle vit du coin de l'œil se rapprocher un fossé.

– Amenez les deux mineurs à Westminster. Ils serviront de monnaie d'échange. Vous me recevez ?

Le silence qui suivit fut bref, mais d'une lourdeur insolite. Felix et Georgie se dévisagèrent. On n'entendait plus que le ronron régulier du moteur et le craquement des interférences dans le poste de radio. Soudain, Felix attrapa le micro.

– Bien reçu ! annonça-t-il d'un ton fâché en prenant une voix aussi grave que possible. Suis en route.

Et il reposa l'émetteur sur sa base.

– La maison tricolore, s'exclama Georgie. Ce ne peut être que l'ambassade de France.

– Ouais ! cria Felix en sautant de joie sur son siège. Jimmy les a attaqués !

– On y va, ordonna Georgie. Il pourrait avoir besoin d'une voiture pour s'enfuir.

Pleine d'une détermination sans faille, Georgie enfonça son pied sur l'accélérateur. Mais au lieu d'accélérer gentiment, le taxi hoqueta et rua.

– Hé, protesta Felix. Préviens-moi avant de faire des trucs pareils !

– Pardon.

– Et alors ? On va où comme ça ?

– C'est en plein centre de Londres, non ? Continue tout droit, on va croiser des panneaux.

– Allume plutôt le GPS, lança Felix d'un ton supérieur en tripotant la console du tableau de bord.

– Ah oui ? Et quelle adresse je tape ?

– Bah, on a qu'à s'arrêter et demander à quelqu'un, rétorqua Felix, en cherchant vainement des yeux un piéton.

– Pas question, regarde plutôt un plan.

– Euh… J'suis pas hyper au point avec les cartes. Qu'est-ce qu'il y a de mal à demander son chemin ?

– Rien, sauf si on veut éviter d'éveiller les soupçons, répliqua Georgie en élevant une voix sarcastique au-dessus du bruit du moteur.

– Pas faux, grommela Felix. Mais… Qu'on est bêtes, on a qu'à appeler un taxi.

– On est *déjà* dans un taxi.

– Non, mais un taxi avec chauffeur, quelqu'un qui saura nous y mener…

Georgie se tut un instant, perplexe, et se perdit dans la contemplation du tableau de bord.

– Tu as raison, annonça-t-elle finalement, les yeux brillant de malice. Au temps pour moi. Je m'excuse d'avoir un instant douté de ton intelligence.

Jouant avec les pédales, elle s'arrangea pour arrêter la voiture, tandis que Felix, concentré sur son volant, la dirigeait doucement vers le bord de la route. À peine arrêtés, ils bondirent dehors et déguerpirent à toutes jambes sur le trottoir.

– T'as un peu de monnaie ? demanda Georgie.

– Évidemment, répondit Felix, tout en arrachant un bout de savon oublié dans ses cheveux. Pour l'action, moi je suis toujours prêt.

Georgie se contenta de lever un bras au ciel et de crier à pleins poumons :

– Taxi !

Au moment où ses poursuivants s'y attendaient le moins, Jimmy fit volte-face et courut vers eux, zigzaguant sans cesse

pour éviter les faisceaux des lampes. Quand il le croisait, c'était beaucoup trop furtivement pour permettre aux hommes de tirer. Lorsqu'il fut suffisamment proche, il se jeta sur le sol et explosa le genou d'un des porte-flingues avec un coup vicieux du tranchant de la main en plein sur la rotule. Le temps pour son collègue de pivoter et de viser, Jimmy était sur lui. Bondissant dans les airs, il entama un tour complet sur lui-même et, en retombant, lui assena un redoutable *high kick* au visage, comme un coup de pelle. Après une roulade avant, Jimmy sauta à nouveau sur ses pieds, juste à temps pour voir le bull éventrer la barrière de sécurité devant les cellules. Les portes coulissantes et le portique détecteur de métal furent instantanément réduits en miettes. L'engin n'avait même pas ralenti. Mlle Bennett évita le choc de justesse. Les mâchoires de l'excavatrice se plantèrent dans les barreaux de la prison. La plainte aiguë qu'ils émirent en se tordant fit comme un écho à la question entêtante résonnant dans le crâne de Jimmy : « Qui donc conduit cet engin ? »

Les quatre prisonniers sortirent des décombres en courant. Stovorsky, Viggo, Safran et, finalement, Helen Coates. Jimmy aurait voulu se jeter dans ses bras, mais ce n'était vraiment pas le moment. Il fallait bouger. Vite. Jimmy les conduisit prestement jusqu'à l'ascenseur, explosant un à un tous les agents qui se trouvaient sur son chemin. Tout le temps que dura la traversée de l'immense sous-sol, il sentit une présence à son côté, un soutien invisible et mortellement efficace. Non, ce n'était pas un des prisonniers qu'il venait de relâcher. C'était quelqu'un d'autre et peut-être même plusieurs personnes, une sorte d'armée des ombres dont il n'apercevait que furtivement les soldats, même avec sa vision nocturne.

Helen et Stovorsky atteignirent l'ascenseur en même temps que Jimmy. Ils se hissèrent aussitôt par le trou du plafond. Jimmy, lui, attendit sur le pas de la porte de la cabine et observa, fou d'angoisse, le repli désespéré de Viggo et de Safran, qui couraient et esquivaient, courbés, se repérant aux seuls reflets des lampes torches. Finalement, Safran fut à portée de main. Jimmy la tira dans la cabine.

– Tu es dans l'ascenseur. Tu peux grimper le long des câbles jusqu'au hall d'entrée, murmura Jimmy en se penchant pour lui faire la courte échelle.

Safran ne bougea pas d'un pouce.

– Où est Chris ? demanda-t-elle, inquiète.

Jimmy tourna la tête. Viggo ne se trouvait qu'à quelques mètres, un peloton d'agents du NJ7 sur ses talons. S'ils parvenaient jusque-là, ils bloqueraient leur unique issue. Jimmy ferma les yeux et chercha en lui l'appui de son programme. Il savait exactement comment détourner leur attention de l'ascenseur. Son programme répondit immédiatement au stimulus. Jimmy sentit sa poitrine le gratter, sa gorge le piquer.

– Aux cellules ! tonna-t-il à pleins poumons… avec la voix de son père.

Qui plus est, l'ordre semblait venir d'un coin reculé du soussol. L'effort sur ses cordes vocales lui avait retourné l'estomac, mais ça avait marché. Comme un banc de poissons effrayés par un plongeur, l'escouade d'agents changea de direction.

Viggo se jeta au sol, roula à l'intérieur de l'ascenseur. À peine relevé, il se hissa à travers le trou du plafond, entraînant

sans le savoir dans son sillage la femme la plus terrifiante — en dépit de ses charmants atours — que Jimmy ait eu l'occasion de croiser : Mlle Bennett. Le pinceau solitaire de sa torche creva l'obscurité de la cabine d'ascenseur. Elle leva son pistolet.

Jimmy écrasa la paume de sa main sur le panneau de boutons. Les portes coulissantes se refermèrent.

– Monte, hurla Safran. Je te suis.

Jimmy leva les bras et se détendit, atteignant sans peine l'arête de béton crénelée.

Les portes de l'ascenseur étaient à mi-course maintenant. Mlle Bennett s'immobilisa et mit en joue. L'adresse au tir avait beau ne pas être son point fort, l'amère détermination qui l'animait compensait largement l'imprécision de son geste. Elle appuya sur la détente — une seule balle qui siffla dans les airs alors que les portes coulissantes se rapprochaient inexorablement l'une de l'autre. L'ouverture se limitait à un minuscule interstice, ne permettant qu'à un infime rai de lumière d'éclairer la cabine. La balle lacéra le joint de caoutchouc de la porte, sans pour autant dévier de sa trajectoire, sur laquelle se trouvait le bas de l'épine dorsale de Jimmy.

Durant une fraction de seconde, son ouïe isola un bruit minuscule au milieu du chaos ambiant. Un sifflement aigu résonna soudain dans sa tête, celui d'une torpille miniature jaillissant de la bouche du canon de Mlle Bennett, et qui déchirait l'air en tournoyant sur elle-même. Sa réaction ne dut rien à la réflexion. Elle n'était qu'instinct. Le sifflement se répercuta immédiatement dans les muscles de ses bras qui se contractèrent et le propulsèrent par l'ouverture. Mais, comme elle l'avait promis, Safran devait le suivre.

Jimmy se retrouva debout sur le toit de la cabine, nez à nez avec Viggo. Sous eux, Safran poussa un râle plaintif. Un voile de terreur passa sur le visage de Viggo. Il s'agenouilla précipitamment et se pencha à travers l'ouverture. Il agrippa le poignet de Safran. Il était mou. Viggo la hissa précautionneusement sur le toit de la cabine, où elle s'écroula dans ses bras.

24/ Tueurs ou héros ?

Jimmy regarda l'inextinguible filet de sang qui coulait à côté de lui et dont les grosses gouttes tombaient sur le toit de la cabine de l'ascenseur. Il leva les yeux. Viggo grimpait au câble d'une seule main, portant Safran sur son épaule.

Jimmy reprit son ascension derrière Viggo vers le trou de lumière indiquant le hall. En bas, les agents du NJ7 faisaient un raffut incessant contre les portes de l'ascenseur. Les coups résonnaient aux tympans de Jimmy. Encore quelques secondes et ils auraient réussi à ouvrir.

Viggo fit enfin passer Safran par-dessus son épaule et la déposa délicatement sur le sol du hall. Stovorsky et la mère

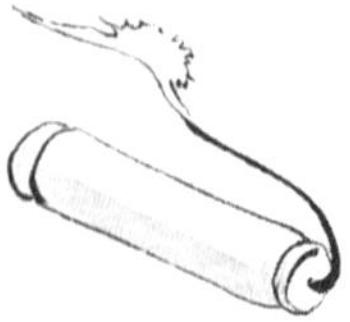

de Jimmy se précipitèrent à ses côtés. Mais il y avait aussi d'autres silhouettes tout autour, et ce n'était certainement pas des agents du NJ7.

– Vite ! hurla une voix depuis le haut de la cage d'ascenseur.

Jimmy entendit les portes du puits s'ouvrir en râlant. Les agents avaient réussi à les forcer. Il ne regarda ni en bas ni en haut, se contentant de se concentrer sur chacun de ses mouvements afin de monter aussi vite que possible le long du câble d'acier.

Et puis il y eut un craquement. Une étincelle scintilla dans l'obscurité au-dessus de lui avant de fondre vers le toit de la cabine de l'ascenseur à vive allure. Quand l'objet passa à sa hauteur, il reconnut l'odeur caractéristique de la dynamite.

– Plus vite ! cria une nouvelle voix.

À qui appartenait-elle ? L'accent était bizarre.

Jimmy redoubla d'efforts en tentant de faire abstraction de la douleur dans ses mains abîmées. Le bâton de dynamite tournait lentement dans les airs, se rapprochant du sol à vitesse grand V. Jamais il n'y arriverait avant que...

BOUM !

Jimmy eut l'impression que sa tête explosait. Il poussa sur ses jambes de toutes ses forces. Une chaleur infernale monta en même temps du sous-sol. Le souffle de l'explosion le propulsa vers le haut, décuplant la longueur de son saut. Il se rattrapa au rebord et se hissa hors de la cage d'ascenseur, une colonne de feu à ses trousses. Il rampa comme un fou sur le tapis du hall pour échapper à l'intense bouffée de chaleur.

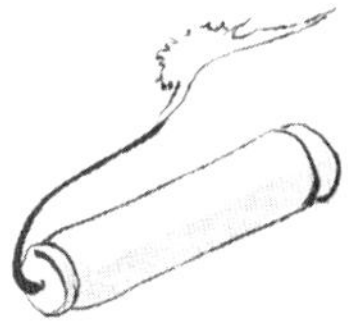

– Jimmy ! appela une voix familière.

Eva ? Jimmy n'en était pas certain, ses oreilles ayant pris un sacré coup lors de l'explosion. Il se redressa. Le visage d'Eva Doren apparut au-dessus du comptoir de la réception, là où elle s'était cachée pendant l'attaque.

– Eva ! Tu vas bien ? demanda Jimmy, encore un peu confus.

– On est attaqués de partout, répondit Eva, tremblante de peur.

– C'est bien pour ça qu'on s'en va.

– Oh, Jimmy ! s'exclama Helen en se précipitant vers son fils, qu'elle enlaça chaudement un instant. As-tu des nouvelles de Georgie et de Felix ?

Jimmy leva les yeux vers le visage de sa mère. Elle avait l'air atrocement inquiète.

– Ben… Ils doivent être à la planque.

– Quoi ? Ils sont ici ? En Angleterre ?

– Euh… Oui. Pourquoi ? Que s'est-il passé ?

L'absence de réponse ne le fit pas réagir pour autant car, déjà, son attention était attirée par autre chose : Stovorsky qui traversait le hall d'un pas décidé pour aller serrer la main de trois silhouettes noires comme la nuit et portant un équipement de protection intégrale.

– *Dieu merci, vous avez réussi,* murmura Stovorsky en français.

Les images se bousculèrent dans la mémoire de Jimmy. Le sous-sol dévasté, le tapis d'agents du NJ7 agonisant par terre en râlant et en se tortillant. C'était eux.

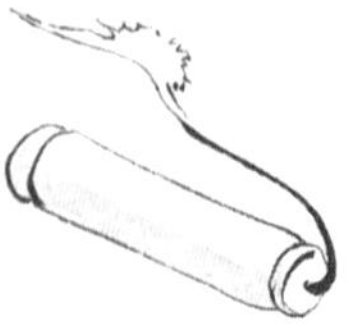

– Tu as envoyé un commando d'assaut ? s'exclama Viggo en tendant un doigt accusateur vers Stovorsky.

– C'est pas le moment de discuter, répliqua celui-ci. Sortons d'ici.

Et il se dirigea vers la sortie à grandes enjambées.

– Tout cela aurait pu être évité, hurla Viggo derrière lui. Et si... ?

Il ne parvint pas à terminer sa phrase. Sa voix mourut quand il baissa les yeux sur Safran, allongée dans une mare de sang. Il se pencha et la souleva délicatement.

– On y va, déclara Helen. Il faut qu'on sorte d'ici.

Elle le guida vers la sortie, mais soudain, Stovorsky s'arrêta net et se tourna vers Viggo.

– Que voulais-tu que je fasse ? vociféra-t-il. Que j'en appelle à toutes les forces armées du pays ? Juste pour sauver ma peau ?

Viggo ne sut que répondre. Il se contenta donc de bouillir de rage en silence.

– J'ai appelé à l'aide seulement après que Coates a commis un acte de guerre contre la France, poursuivit Stovorsky.

– Tu nous as tous mis en danger, grogna Viggo, du poison dans la voix. Tu nous avais dit que la DGSE n'avait aucune idée de l'endroit où tu te trouvais.

– Il fallait être naïf pour le croire, répliqua Stovorsky avant de faire un vague signe de la main vers son interlocuteur et de tourner les talons.

Les trois soldats l'escortèrent à l'extérieur. À en croire les bruits venant des étages supérieurs, ces trois-là n'étaient pas venus seuls. D'autres membres du commando se battaient là-haut. Ils marchaient tous d'un pas sûr et déterminé. En cadence. Balayant

les alentours de coups d'œil furtifs. C'était bizarre, ils étaient tous de la même taille, sauf un, qui semblait bien trop petit pour appartenir aux commandos d'élite de l'armée française. Il n'empêche, il se dégageait d'eux une puissance et une force que Jimmy aurait eu le plus grand mal à expliquer. Il ne pouvait pas les quitter des yeux, même s'il était conscient qu'au fond ils étaient avant tout des tueurs.

Jimmy se sentit subitement vaseux. Il avait l'estomac noué. Stovorsky et ses hommes avaient disparu dehors.

– Allez, viens, l'encouragea doucement sa mère en le prenant par l'épaule.

Et ils sortirent en courant de l'ambassade. Jimmy pouvait entendre des sirènes hurlant dans le lointain. Viggo fulminait toujours une fois dans la rue. Il portait Safran dans ses bras, un filet de sang dans son sillage.

– Tout ça, c'est de ta faute ! hurla Viggo, fou de douleur, cherchant vainement Stovorsky des yeux.

– Pas du tout, lui répondit une voix venant d'en haut.

Jimmy leva la tête. Le commando de la DGSE avait entrepris l'ascension de la façade. Tous accrochés à une échelle de corde, les hommes se ruaient vers le toit à vive allure. Le premier avait presque atteint la corniche, tandis que, quelques mètres derrière le dernier, Stovorsky s'employait pour suivre la cadence.

– C'est l'Angleterre qui est responsable, s'époumona Stovorsky. Et la prochaine fois qu'on mettra le pied sur cette île, ce sera à la tête d'une armée.

À ces mots, il disparut sur le toit.

Jimmy se demandait bien comment ils allaient pouvoir fuir de là-haut. Il tendit l'oreille à la recherche du grondement

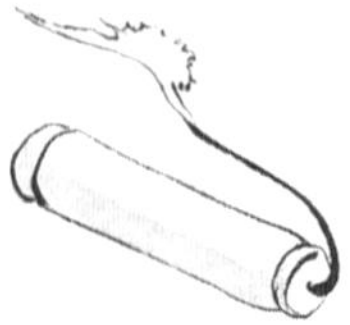

sourd d'un hélicoptère ou même d'un avion. Rien. Rien d'autre que le hurlement des sirènes qui se rapprochait. Peut-être qu'un moyen de transport les attendait dans Hyde Park, de l'autre côté de l'immeuble. Quelle que soit la méthode, Jimmy ne doutait pas un instant que ce redoutable commando trouverait un moyen d'escorter Stovorsky sain et sauf jusqu'en France.

Le ronron d'un moteur le sortit de ses pensées. Ses yeux oscillèrent d'un bout à l'autre de la rue. Débouchant d'une rue adjacente, un taxi noir fonçait vers eux. Il s'arrêta juste devant l'ambassade. Sur la banquette arrière, une vision qui fit déferler une vague de bonheur dans le cœur de Jimmy. Felix.

– Besoin d'un taxi ? lança-t-il en passant la tête à la fenêtre.

– Felix ! s'exclama la mère de Jimmy. Georgie ! Vous êtes là.

Toutes affaires cessantes, elle fit le tour du taxi en courant et embrassa sa fille.

– Salut, m'man, répondit Georgie le plus innocemment du monde quand sa mère l'eut lâchée. Quoi de neuf ?

– J'ai cru que vous étiez...

En larmes, Helen prit le visage de sa fille entre ses mains.

– M'man, pourquoi tu pleures ?

Helen se contenta de sourire et de l'embrasser à nouveau.

– M'man, t'es sûre que ça va ? demanda Georgie d'un ton hésitant.

Viggo et Jimmy en profitèrent pour allonger Safran sur le plancher et monter dans la voiture.

– Allez, on y va, commanda Jimmy. Partons d'ici.

Helen se détacha de sa fille et ouvrit sèchement la porte du conducteur.

– Hé là ! hurla le chauffeur, un vieil homme au visage si flétri et ridé qu'il faisait penser à une carte de Londres.

– Dehors, ordonna Helen sur un ton n'incitant guère à la contradiction.

– Comment ça ? répliqua le chauffeur d'une voix plus râpeuse qu'une lime à bois. Pas question.

À ces mots, Helen l'attrapa, le libéra de sa ceinture et le jeta hors de l'habitacle.

– Désolée, lança-t-elle à l'homme à terre. On a vos coordonnées. On vous enverra le prix de la course.

Le visage du chauffeur vira vers des teintes que Jimmy n'avait jamais vues sur un être humain. Un violet si sombre que, par endroits, il virait au noir. Helen ignora les réprimandes, invectives et insultes qui montaient de la route et s'installa au volant. Felix se faufila sur le siège passager et lui lança un joyeux sourire.

– En route ! tonna-t-il une fois assis.

Les sirènes approchaient dangereusement.

– Attendez, cria une voix au-dehors.

C'était Eva, debout sur le seuil de l'ambassade. Jimmy sauta de la voiture et la tira vers lui. Elle refusa de bouger. Qu'y avait-il de si important pour qu'elle agisse ainsi ?

– Ils vont continuer à te pourchasser, Jimmy. Jamais ils n'abandonneront.

Jimmy la dévisagea. Pourquoi dire ça ? Pourquoi maintenant ?

À l'oreille, les sirènes n'étaient plus qu'à un jet de pierre. D'un moment à l'autre, ils pouvaient se retrouver encerclés par un bataillon entier d'agents des services de sécurité.

– Ils me font confiance, poursuivit Eva. — Jamais Jimmy ne

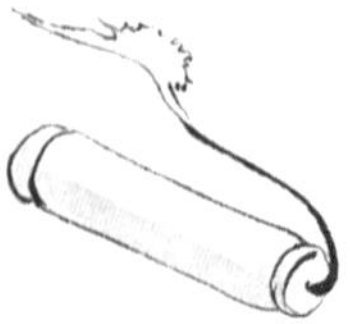

l'avait vue aussi peu sûre d'elle. — Si je reste, je pourrai sûrement t'aider. Si je viens avec vous, ils nous pourchasseront tous les deux. Jimmy resta sans voix, stupéfié par ce qu'il venait d'entendre et par tout ce que cela supposait. Eva avait déjà tant fait pour lui, pris tant de risques. Debout sur le pas de cette porte, se tenait quelqu'un qui était à mille lieues de la mijaurée que Jimmy avait connue avant cette invraisemblable suite d'événements. Comment avait-il pu passer à côté de tant de courage et de tant d'intelligence ? Car, il en était conscient, elle avait raison sur toute la ligne.

Si Eva s'échappait avec eux maintenant, Mlle Bennett ne connaîtrait pas le repos avant de les avoir tous les deux rattrapés. Si elle restait, elle pouvait devenir une inestimable informatrice pour Jimmy. Certes, le risque était immense. Mais Eva Doren semblait décidée à le courir, prête à assumer son rôle d'agent double.

Ils se regardèrent droit dans les yeux, profondément, comme si les mots avaient été impuissants à traduire ce que l'un et l'autre pensaient, puis Eva tourna les talons et disparut à l'intérieur de l'ambassade. Jimmy aurait voulu l'arrêter, la rattraper. Mais cette décision était trop lourde de conséquences pour être prise dans l'urgence.

La mort dans l'âme, il se résigna à remonter en voiture.

– C'est bon, lança-t-il d'une voix un peu rauque. Cette fois, on est partis !

Enfin, la voiture démarra. Ils descendirent la rue sur les chapeaux de roue. Ils n'avaient pas fait vingt mètres qu'ils croisèrent les premières voitures d'un interminable convoi de policiers filant dans la direction opposée. Entre deux appels

d'air, Felix fit coulisser la vitre de séparation et s'accouda sur le dossier de son siège.

– Je savais que tu y arriverais, Jimmy, lança-t-il avec un sourire rayonnant, un poing vengeur levé dans les airs. Opération Gelée de groseille accomplie avec succès !

– Mais... Qu'est-ce que t'as dans les cheveux ? demanda Jimmy.

Felix retira une cochonnerie séchée de sa tignasse.

– Ah, ça ? Tu veux parler de mon déguisement ?

– Où je vais ? les interrompit Helen en se fondant dans l'intense trafic du centre de Londres.

Elle ramassa un vieil atlas routier qui traînait par terre et le lança à Jimmy. Celui-ci feuilleta le livre un long moment avant de trouver la page qu'il cherchait.

– Là, annonça-t-il fièrement, le doigt planté au beau milieu d'un immense à-plat vert.

– Pourquoi veux-tu nous emmener à Pétaouchnock ? railla Felix.

Jimmy leva les yeux et lui fit un grand sourire avant d'ajouter :

– Parce que c'est là que tes parents habitent.

La nouvelle lui fit l'effet d'une bombe. Il bondissait sur son siège, lançait des crochets dans les airs, hurlait. Jimmy n'avait pas le cœur à partager sa joie. À ses pieds, le visage de Safran devenait de plus en plus livide.

– Elle va s'en tirer, le rassura Viggo. À condition qu'elle ne subisse aucun autre choc et qu'on arrive quelque part où je puisse l'opérer.

BAM !

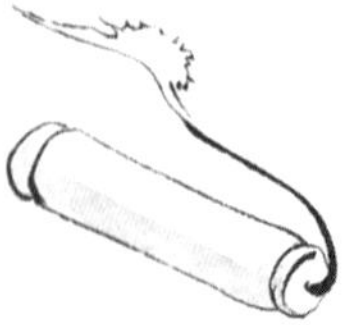

– C'est quoi ça ? s'égosilla Felix.

– On a tapé quelque chose ? hurla Viggo à sa suite.

BANG !

Une grosse main passa à travers le carreau. Des éclats de verre se répandirent sur le plancher de la voiture. L'instant suivant, une tête à l'envers apparut à la vitre. En dépit des doutes légitimes concernant la méthode, il fallait bien se rendre à l'évidence : Mitchell avait réussi à atterrir sur le toit du taxi.

25/ Frères à nouveau

Avant que quiconque ait eu le temps de réagir, Mitchell avait attrapé Jimmy par le collet et l'avait tiré hors de la voiture, jusqu'à ce que sa tête dépasse de la fenêtre.

– Freine ! hurla Georgie. Il a Jimmy.

– T'arrête pas, ordonna Viggo.

Jimmy n'entendait plus les voix à l'intérieur du taxi. Le regard de Mitchell le fouetta aussi durement que le vent qui battait leurs visages. Il le serra à la gorge. Jimmy tendit jusqu'au plus petit muscle de son cou. Il sentit quelque chose sur sa jambe. Viggo tirait pour le ramener à l'intérieur.

Jimmy jeta un œil devant lui. Sa tête se trouvait en plein sur la trajectoire d'un poids lourd qui arrivait en sens inverse.

D'une ruade, il se débarrassa de Viggo puis passa les mains à l'extérieur et agrippa la chemise de Mitchell. Un instant avant que le camion ne les croise, Jimmy sortit tout entier par la fenêtre brisée, et, d'un retourné acrobatique, atterrit sur son adversaire dans un bruit sourd.

Dans l'habitacle, Felix baissa instinctivement la tête. Une bosse venait d'apparaître sur le plafond.

– Comment a-t-il fait pour nous retrouver ? hurla Felix.

– Chris ! gémit tristement Helen. On a encore nos balises dans le pied.

– Ils vous ont équipés d'une puce ? s'exclama Georgie. Et vous aviez « oublié » ce détail ?

Un grognement de dépit sortit de la bouche de Viggo, puis il tourna la tête pour regarder le ciel par la lunette arrière.

– L'hélico est déjà là. Ils n'ont pas perdu de temps.

Georgie se contorsionna pour vérifier par elle-même. Aucun doute, l'hélicoptère planait bien au-dessus d'eux, telle une araignée prête à fondre sur sa proie.

Sur le toit du taxi, Mitchell et Jimmy échangèrent une longue série d'attaques/défenses qui partaient comme des rafales de mitraillette. À un moment, Jimmy virevolta et se mit à genoux, glissant sur la surface polie de la carrosserie. Les deux garçons bougeaient comme des danseurs de hip-hop, à ceci près que chaque coup était porté avec une violence inouïe.

– C'est pas une fatalité. T'es pas obligé de faire ce que tu fais, hurla Jimmy.

Mitchell lui répondit par une série de coups de poing. Jimmy para et, dès qu'il en eut l'occasion, reprit les manœuvres d'approche.

– L'instinct du tueur n'est pas inné. C'est ton séquençage. Tu peux le contrôler.

– Je *suis* mon séquençage, grogna Mitchell en retour. Rien d'autre.

Le taxi vira sèchement à l'angle d'une rue. Les deux combattants furent propulsés sur le côté. Jimmy tendit le bras et se rattrapa désespérément à l'antenne de la radio. Son corps pendait dans le vide. À la sortie du virage, au moment où le taxi reprit ses appuis, il donna une puissante impulsion sur la portière et décolla de la carrosserie. Solidement accroché à l'antenne, son corps décrivit un élégant arc de cercle au-dessus du capot. Se déhanchant dans les airs, il plia les genoux en avant. Ceux-ci s'écrasèrent sur la mâchoire de Mitchell avec un douloureux craquement.

– Passe-moi ce stylo, ordonna Viggo à l'intérieur du taxi.

Felix attrapa le stylo-bille qui traînait sur le tableau de bord et le tendit à l'arrière. En moins de temps qu'il n'en faut pour le dire, Viggo avait retiré sa chaussure et sa chaussette.

– Ils nous pistent grâce au signal de la puce. D'un instant à l'autre, ils nous auront même en visuel sur leurs écrans de contrôle. Si tu vois un camion, essaie de lui coller au train. Et prends tous les tunnels que tu peux.

Puis, sans le moindre bruit, il planta la pointe du stylo dans son talon. Seul son visage grimaçant trahissait sa douleur. Une giclée de sang jaillit de son pied et alla se mélanger à celui de Safran. Moins d'une minute plus tard, charcutant ses chairs en tous sens, il fit levier avec le stylo et parvint à extraire une petite boule de métal. Georgie la ramassa et essuya le sang qui la recouvrait.

– Ne la balance pas tout de suite, conseilla Viggo d'une voix mourante. Attends qu'on les ait toutes. On les jettera ensemble. Comme ça le NJ7 suivra ses puces pendant que nous, on disparaîtra dans la nature.

Georgie acquiesça du chef.

– À toi, déclara Viggo en tendant le stylo-bille à Helen.

Pour toute réponse, celle-ci se contorsionna sur son siège, levant la jambe au-dessus de sa tête jusqu'à être pratiquement couchée sous le volant, qu'elle continuait à tourner d'une main de maître, se faufilant entre les obstacles se présentant devant son capot. D'un geste sec et précis, Viggo planta la pointe du stylo dans son talon et, deux secondes plus tard, sortit une autre petite boule de métal. Georgie récupéra le mouchard et le regarda d'un air interdit, stupéfaite par la résistance au mal de sa mère, qui, ignorant la douleur comme le filet de sang qui coulait de son talon, écrasa la pédale d'accélérateur avec détermination. C'est tout juste s'ils avaient ralenti.

Sur le toit du taxi, Jimmy sentait ses cinq sens approcher lentement de leur point limite. L'activité de son séquençage avait atteint sa charge maximale, adaptant chacune de ses réactions à la microseconde où le stimulus se produisait. Sa part humaine n'avait pas abdiqué pour autant.

« Pourquoi personne ne m'aide ? » se demandait-il mentalement.

Ce disant, il réalisa que sa mère avait déjà fort à faire à conduire le taxi. Il était vital qu'ils sortent de la ville avant que les forces du NJ7 les rattrapent.

Mais pourquoi Viggo ne passait-il pas un bras par la fenêtre pour faire tomber Mitchell ? Il pouvait faire ça, non ?

Le temps qu'il se pose la question, Mitchell était sur lui.

– Fais vite, murmura Safran dans un filet de voix. Et puis va aider Jimmy.

Son visage avait la couleur de la mort. Ses yeux avaient perdu tout éclat.

– Tu n'y survivras pas, répondit Viggo d'une voix rauque, la gorge meurtrie par l'horreur de ses propres mots.

Safran se força à esquisser un sourire. Aux yeux de Georgie, elle était l'image même d'une oasis de beauté au milieu d'un désert de sang et d'horreur.

– L'alternative est simple, soupira Safran. Soit tu extrais le mouchard... soit tu m'extrais, moi.

– Non... Tu ne vas pas mourir, sanglota Viggo, les yeux mouillés de larmes.

Safran hocha doucement la tête, sereine.

Jimmy écrasa le visage de Mitchell contre la tôle. Au plus profond de ses cellules, son séquençage bourdonnait, pressé de mettre un terme à toute influence humaine sur ses réactions. Soudain, Mitchell se contracta. En un éclair, il se retourna et envoya bouler Jimmy, qui resta interdit, sidéré par la facilité avec laquelle son adversaire s'était libéré de sa prise. L'instant suivant, Mitchell s'écrasait de tout son poids sur lui. À la dureté de l'impact succéda un étranglement qui lui coupa net la respiration, comme si le bras passé autour de

son cou possédait la force d'une presse hydraulique.

– T'aurais mieux fait de jamais sortir de ton broyeur, grogna Mitchell, serrant de plus belle, à genoux sur le dos de Jimmy.

Celui-ci sentit clairement le souffle de la vie le quitter. Son visage vira au rouge puis au pourpre et enfin au bleu. Plus son cerveau manquait d'oxygène, plus son fonctionnement devenait erratique. Il voyait des images de sa chambre, à la maison, aussi claires et précises que s'il s'y était trouvé. Il pouvait même entendre la voix moqueuse de Georgie qui le charriait.

Sa vue se brouilla. Le paysage devant lui devint soudain flou et obscur. Il avait le goût du sang dans la bouche. Il tenta de faire basculer Mitchell en avant, par-dessus son épaule, mais celui-ci devina ses intentions avant même qu'il ait esquissé le moindre geste et il immobilisa le poignet de son adversaire.

Dans le crâne de Jimmy régnait la confusion la plus totale. Le point de rupture de son séquençage était proche. Pourtant, au milieu des limbes désolés qu'il traversait, Jimmy reconnut une petite voix, éminemment humaine : la sienne. Il s'y raccrocha comme à sa dernière chance. Les lèvres de Jimmy se mirent à balbutier.

– Qu'est-ce qu'y a ? beugla Mitchell. Tes dernières volontés ?

– M… Mit… Mitchell, souffla doucement Jimmy, luttant de toutes ses forces pour articuler tant bien que mal les mots ; dans sa bouche, déjà, sa langue était froide.

– Et si je commençais par te tuer, pavoisa Mitchell. On verra après pour tes dernières paroles.

Il se força à rire. La clé qu'il imposait à Jimmy pompait toutes ses forces. C'est alors qu'enfin Jimmy délivra son message :

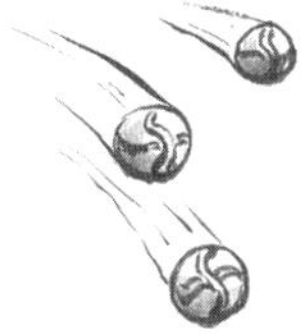

– Ton frère est vivant.

Jimmy sentit l'onde de choc parcourir le corps de son bourreau… qui relâcha sa prise. Il mit à profit cet instant d'hésitation pour libérer son poignet de l'étreinte où il était enfermé. Aussitôt, il fourra sa main soudain libre dans sa poche à la recherche de la seule arme dont il disposait. Ses souffrances avaient été si violentes qu'il en avait oublié jusqu'à son existence : la clé de l'ascenseur.

Il la coinça entre ses doigts, écarta le bras, et la planta dans les côtes de Mitchell. Celui-ci eut un vif mouvement de recul, abandonnant son étranglement. Jimmy sentit immédiatement la vie refluer en lui, son énergie faire un retour fracassant dans ses membres. Sans cesser d'inspirer et de souffler, il prit appui sur ses mains et rua des deux jambes, comme un cheval.

Les pieds de Jimmy s'écrasèrent sur le visage de Mitchell, qui tituba en arrière, moulinant désespérément des bras pour retrouver son équilibre. Jimmy se retourna juste à temps pour le voir disparaître du toit, et tomber sur la route.

– Jimmy ! fut sa dernière parole avant de rouler sur la chaussée.

Jimmy reprit un instant ses esprits, puis leva la tête. Mitchell se remettait péniblement debout, une main sur la clé fichée profondément dans son flanc. Leurs yeux se croisèrent.

Jimmy vit Mitchell lui hurler quelque chose. Il tendit l'oreille, tentant de comprendre ce que son ennemi lui disait par-dessus le grondement du trafic. L'écho de ses mots explosa à ses tympans :

– Où est mon frère ?

Pour la première fois depuis longtemps, Jimmy ne ressentait aucune haine. L'activité de son programme refluait, et, avec lui, l'instinct du tueur ; ne restait plus qu'une immense tristesse, à laquelle l'expression de Mitchell faisait un écho troublant. Les deux garçons se fixèrent du regard, jusqu'à ce que le taxi disparaisse dans un virage.

Mitchell hors de vue, Jimmy retourna dans l'habitacle en soupirant. En se réceptionnant, il comprit sur-le-champ pourquoi Viggo n'était pas venu à sa rescousse.

Les traits crispés par la concentration, la chemise couverte de sang, il était penché sur Safran, étendue sur le ventre. Entre ses doigts, un stylo-bille avec lequel il tentait d'extraire la balle.

26/ Affaire de famille

Le taxi avait quitté depuis un moment le centre de Londres et filait à vive allure sur les berges de la Tamise. Les eaux du fleuve étaient beaucoup plus calmes par ici. Alors qu'ils attaquaient la traversée de Kingstone Bridge, Georgie pivota vers la fenêtre brisée et lança de toutes ses forces les trois traqueurs électroniques, visant une péniche qui s'apprêtait à passer sous les arches du pont.

Les trois petites boules métalliques planèrent quelques secondes dans les airs puis atterrirent en rebondissant sur le pont du bateau. Au-dessus d'eux, le bourdonnement de l'hélicoptère était de plus en plus faible, mais le danger n'était pas totalement écarté. Jimmy dévisagea les occupants de la voiture.

Tous avaient les larmes aux yeux. Aucun n'eut la force de soutenir son regard.

Safran gisait à plat ventre dans une mare de sang. Jimmy s'agenouilla à ses côtés et lui souleva doucement la tête pour qu'elle puisse respirer pendant que Viggo s'occupait de la plaie. Jimmy tourna les yeux vers Viggo, qui lui renvoya, comme en miroir, le reflet de sa propre angoisse. L'homme avait les yeux rouges. Toutes les deux secondes, il essuyait ses larmes d'un revers du bras.

« Une minute, pensa Jimmy. Ne fais-je pas exactement la même chose quand je m'essuie les yeux ? »

C'était un geste anodin, un geste que n'importe qui aurait pu faire, pourtant Jimmy ne pouvait s'empêcher de scruter Viggo du regard.

« On se ressemble... »

Il sentit toute force abandonner ses bras. Il en lâcha presque la tête de Safran.

– Doucement, murmura Viggo, étranger au regard interrogateur posé sur lui.

Il s'inclina lentement vers la femme qu'il aimait et lui glissa à l'oreille :

– Ne t'inquiète pas. Ça va aller.

Sa voix tremblait. Elle était si faible que Jimmy comprenait tout juste ce qu'il disait.

– Je t'aimerai toujours, soupira-t-il. Et, crois-moi, je te vengerai.

Vengeance. Le mot carillonna dans le crâne de Jimmy.

Le reste du voyage se déroula dans un lourd silence. Mille questions se bousculaient dans sa tête, mais, chaque fois qu'il voulait parler, les mots s'évaporaient avant de parvenir à ses

lèvres. En outre, personne ne voulait déconcentrer Viggo, qui — dans l'incapacité qu'ils étaient d'emmener leur blessée à l'hôpital car ils auraient été arrêtés dans la seconde — ne cessa pas un instant de prodiguer ses soins à Safran.

Enfin, ils arrivèrent au village. Les Muzbeke avaient eu le nez fin de choisir cet endroit, pensa Jimmy. C'était minuscule, retiré et parfaitement anonyme. Les maisons de brique étaient d'un gris sinistre et toutes absolument identiques. On était loin du paysage de carte postale. C'était le genre de trou perdu que même les gens du cru auraient voulu oublier.

Helen ralentit, à la recherche de la bonne maison. Jimmy aperçut le premier, au bout de la rue, une pancarte délabrée et rongée par les ans qui ne portait plus qu'un seul des deux « B » désignant communément une chambre d'hôte. Le second avait été mangé par la rouille.

– On dirait que l'établissement a déjà un pied dans la tombe, dit doucement Jimmy.

Une allée longeait la bâtisse. Sa mère s'y engagea et déboucha dans une petite cour fermée où elle s'arrêta.

Felix fut le plus prompt à descendre de voiture et se précipita en courant vers l'entrée du gîte décati en poussant de hauts cris :

– M'man ! P'pa !

Il n'avait pas encore atteint la porte qu'Olivia et Neil apparurent sur le seuil. Felix se jeta dans leurs bras. Ses cris de joie, étouffés par les chaudes étreintes de ses parents, résonnèrent jusque dans la cour. La famille était enfin réunie. Georgie ne tarda pas à les rejoindre à l'intérieur. Les effusions de joie se poursuivirent.

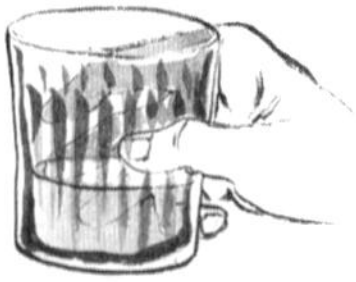

Jimmy descendit de voiture, presque à regret, et déambula d'un pas traînant dans la cour. D'où il était, il entendait les échos du flot de paroles dont Felix abreuvait ses parents. Il allait sans aucun doute leur raconter comment ils avaient rejoint la France par hélicoptère puis comment il était revenu en Angleterre, ainsi que tout ce qui s'était passé entre-temps. Jimmy n'était pas d'humeur à l'écouter, encore moins à être remercié et porté en triomphe.

– Helen ! Attends ! appela Viggo en sortant de la voiture.

La mère de Jimmy fit volte-face. Viggo essuya le sang qui maculait ses mains.

– Comment va Safran ?

– Elle est dans un état critique. Mais je pense qu'elle s'en tirera... À condition qu'on trouve un docteur.

Helen hésita, aussi Jimmy posa-t-il la question qui brûlait les lèvres de sa mère.

– Où veux-tu trouver un médecin... pas trop regardant ?

Viggo soupira.

– Je vais essayer de contacter de vieux amis. Il y a encore des gens en Grande-Bretagne qui croient à la démocratie. Et, dans un futur proche, ils seront de plus en plus nombreux à réclamer de tous leurs vœux un retour à l'ordre ancien.

– Tu auras besoin d'aide ? demanda aussitôt Jimmy. Tu veux qu'on t'accompagne ?

Viggo fit ce qu'il put pour émettre un son s'apparentant à un rire.

– Non, Jimmy. Mais je te remercie d'offrir ton aide. Reste ici, tu seras bien. Tu es entre de bonnes mains. — Il leva les yeux vers la mère de Jimmy. — Les meilleures.

Helen lui tendit les clés du taxi sans dire un mot. Viggo et Jimmy se regardèrent en silence durant ce qui sembla à l'adolescent une éternité, puis ils tombèrent dans les bras l'un de l'autre. Viggo ébouriffa tendrement les cheveux de Jimmy et s'installa au volant du taxi. Ce dernier l'observa, tandis qu'il faisait marche arrière pour sortir de la cour. Il donnait l'impression d'un homme dont la mission ne faisait que commencer. Jimmy leva la main pour le saluer. Il était déjà parti.

– Tu viens, Jimmy ? On rentre ? demanda gentiment sa mère.

La question le fit soudain revenir à la réalité. Il hésita, interdit. C'était comme si un poids immense s'était tout à coup abattu sur ses épaules. Il aurait voulu disparaître. Un horrible malaise nouait sa gorge.

– Qui est mon père ? murmura-t-il dans un filet de voix tout juste audible.

– Comment ? Qu'est-ce que tu dis ?

Jimmy tourna les yeux vers sa mère. Quels secrets cachait-elle ? Il répéta sa question, plus fort.

– Qui est mon père ?

Helen Coates se figea.

– C'est…

Impossible. Elle ne pouvait pas le dire. Jimmy la fixa droit dans les yeux.

– C'est lui qui me l'a dit… C'est pas lui mon vrai père…

Les mots étaient sortis de la bouche de Jimmy avec une froide précision. Sa mère sursauta. Ses yeux trahirent sa stupeur. Quand elle eut repris un peu de sa contenance, elle prit Jimmy par l'épaule et ils marchèrent tous deux jusqu'au fond

du jardin. Ils s'assirent sur deux pots de fleurs posés à l'envers.

– C'est affreux de sa part de t'avoir dit une chose pareille, commença-t-elle d'une voix tremblante.

Après une longue pause qui mit Jimmy au supplice, elle poursuivit :

– D'un point de vue scientifique, c'est la vérité. Ce sont les gènes d'un autre homme que tu portes en toi. Mais être père ne se réduit pas à un apport d'ADN. Ian est ton père, car c'est lui qui t'a élevé, lui qui t'a aimé — et je suis certaine qu'il t'aime encore.

Le regard de Jimmy se perdit dans le vague. Il laissa un instant les mots de sa mère s'insinuer en lui puis il lâcha, abruptement, se tournant vers sa mère :

– Qui est l'autre ?

En la regardant, il retrouva la force de caractère qu'il lui avait vue à chaque fois qu'ils avaient eu à faire face à des situations difficiles.

– Jimmy, ce qui compte, c'est ce que tu es. Ici et maintenant. — Elle étudia un instant la réaction de son fils. — Tu possèdes une chance que jamais je n'aurais crue possible : vivre ta vie loin du NJ7. Bien sûr, ce ne sera peut-être pas ici, car ils te traqueront encore et encore, mais, quelque part, ailleurs, loin, un destin rien qu'à toi te tend les bras.

Jimmy détourna les yeux, amer. « Pourquoi tu ne me le dis pas ? »

– Qui est mon père biologique ? insista-t-il, fermant les paupières, comme pour chasser de son esprit la longue digression de sa mère. « Juste un nom, c'est tout ce que je veux. »

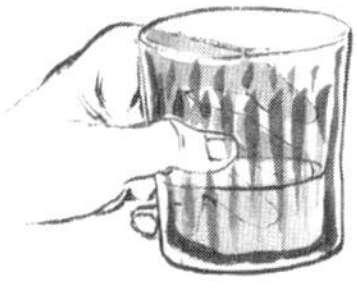

Helen soupira profondément.

– Un jour, tu comprendras pourquoi je ne peux pas te le dire.

Les yeux de Jimmy cherchaient ceux de sa mère. Il aurait voulu la supplier de lui dire la vérité, mais quelque chose dans son expression l'en dissuada.

– Je sais que tu vas ruminer ça encore et encore, poursuivit Helen. Et c'est parfaitement compréhensible. Mais tout ce que je peux te dire, c'est que cet homme est mort.

Au plus profond de son cœur, Jimmy sentit quelque chose s'écrouler. La douloureuse question qu'il se posait n'obtiendrait visiblement pas de réponse de sitôt. D'ailleurs, comme si elle avait voulu confirmer ses craintes — et clore définitivement le chapitre —, sa mère répéta, plus fort, avec un geste définitif de la main :

– Il est mort.

Après quoi elle enlaça Jimmy, le serra contre elle et passa une main dans ses cheveux.

– Rejoins-nous dès que tu te sentiras prêt, dit-elle d'une voix compatissante.

Elle se redressa, lança un sourire aimant à son fils et se dirigea vers la maison en boitant. Ses pas laissèrent des empreintes sanglantes sur le gravier de la cour.

Jimmy ne se sentait pas la force de bouger. C'est tout juste s'il parvenait à retenir ses larmes. Avant, il avait une vie normale. Il allait à l'école, il regardait la télé, jouait sur sa console. Avant, il avait un père. Mais plus maintenant. Son père était mort. Soudain, impuissance et ignorance se conjuguèrent pour faire naître une dévorante bouffée de colère,

plus intense que tout ce qu'il avait connu jusqu'alors. Ses mains tremblaient, son visage était écarlate. Un million de pensées contradictoires se bousculaient dans sa tête. Sa mère lui avait menti durant toute sa vie. Et, comme si cela ne suffisait pas, aujourd'hui elle refusait de lui avouer la vérité. Qu'est-ce qu'il avait fait pour mériter ça ? Une vie de secrets et de mensonges ? Il sentit monter en lui des envies de meurtre, et, dans le cas présent, ce n'était pas juste le résultat de son séquençage. Non. Les mensonges de ses parents y étaient aussi pour quelque chose. C'étaient eux qui l'avaient poussé à devenir violent, par leurs non-dits et par leur duplicité.

La tête basse, il retourna vers la maison où l'attendaient les siens. Il leur lança un sourire de circonstance, parfaitement réaliste, comme si l'hypocrisie était soudainement devenue une seconde nature chez lui. Oui, on l'avait dépossédé de son humanité — il le ressentait comme jamais auparavant —, et l'homme qu'il tenait pour responsable de cette spoliation était le Premier Ministre.

Bien que le vol se déroulât sans encombre, et que le jet privé dans lequel il se trouvait représentât la quintessence du luxe aéronautique, Ian Coates agrippa nerveusement ses doigts à son verre de brandy. De fait, la confusion de ses sentiments se lisait sur son visage. Il avait les sourcils froncés et le regard dur. Sans cesser de jouer avec son verre d'une main, il porta un téléphone à son oreille de l'autre.

– Je n'ai que faire de vos excuses, mademoiselle Bennett, grogna-t-il dans le combiné. J'ose vous rappeler que la nation se prépare à entrer en guerre.

Autour de lui, un aréopage de conseillers virevoltait en tout sens, des piles de papiers dans les mains.

– Oubliez le docteur Higgins, poursuivit le Premier Ministre. Il est loin maintenant. Il nous faut le meilleur pour le remplacer et cet homme s'appelle Ark Stanton. Point à la ligne.

L'écouteur du téléphone faillit exploser quand tomba la longue tirade enflammée qui constituait la réponse de Mlle Bennett.

– Je me fiche de savoir depuis combien de temps on l'a mis à la porte, mademoiselle Bennett. Tout comme je me contrefiche de savoir à combien d'organisations terroristes il a apporté son concours. Dans son domaine, cet homme est un génie. Lui seul est capable de supporter la comparaison avec le docteur Higgins.

Il marqua une pause. Mais cette fois, il ne prit même pas la peine d'écouter les protestations de Mlle Bennett. Il éloigna le combiné de son oreille.

– Écoutez, gronda le Premier Ministre d'une voix hargneuse en balayant du regard ses conseillers. Si nous voulons déclarer la guerre à la France, il nous faut, au préalable, nous assurer de deux choses : le soutien des États-Unis d'une part, et la plus sophistiquée des technologies de l'autre. Je me fais fort d'obtenir la première, à vous de vous occuper de la seconde. En d'autres termes : trouvez-moi Ark Stanton !

Il était sur le point de raccrocher brutalement le téléphone. Un mot de Mlle Bennett le retint. Il porta à nouveau le combiné à son oreille et écouta attentivement. Son visage pâlissait à vue d'œil. Quand la voix de Mlle Bennett se tut, il

demeura aussi muet qu'une tombe, puis, lentement, d'un geste grave, il reposa le téléphone sur sa base, dans l'accoudoir de son siège.

– Paduk, appela-t-il d'une voix mourante.

Il se racla la gorge et répéta, plus fort :

– Paduk !

Le géant taciturne bondit dans l'allée centrale et se glissa dans le fauteuil opposé à celui du Premier Ministre.

– Qu'y a-t-il, monsieur ?

– Mlle Bennett...

– Oui ? Eh bien ?

– Elle a demandé à deux agents d'inventorier les dossiers du docteur Higgins.

– Je suis au courant, le coupa Paduk, visiblement beaucoup plus confiant que son supérieur.

– Elle leur a demandé de contrôler tous ses dossiers... et de compiler toutes les informations pouvant s'avérer utiles à son successeur...

Le Premier Ministre marqua une pause qui ne laissait rien présager de bon.

– Qu'ont-ils découvert ? s'exclama Paduk.

Ian Coates baissa la voix, dans l'espoir que seul Paduk entendrait ce qu'il avait à dire.

– Il y a treize ans, le docteur Higgins travaillait avec Memnon Sauvage au sein du laboratoire du NJ7... avant que Sauvage s'enfuie.

– Je sais, répondit Paduk avec un hochement de tête entendu. Ils étaient amis.

– Exact. Mais, au moment de la défection du docteur Sauvage, ils étaient sur… un projet. Un projet ultrasecret.

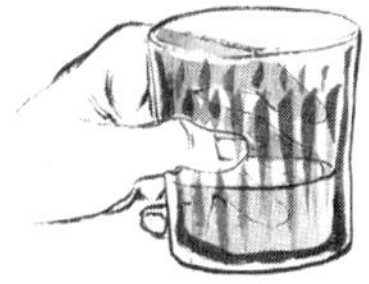

– Vraiment ? Quel genre de projet ?

– Un protocole à eux… Un troisième séquençage.

Paduk parut perplexe.

– Un troisième séquençage ADN, répéta le Premier Ministre à voix basse en se penchant vers son chef de la sécurité, comme si les mots seuls étaient explosifs et qu'il convenait de les prononcer avec délicatesse. Vous comprenez ce que cela veut dire, Paduk ? Chaque assassin est mû par un bioprocesseur unique. Le fait qu'il en existe un troisième sous-entend que… — Il lança des regards inquiets autour de lui. — Quand Sauvage est parti pour la France, il a emporté avec lui les moyens de fabriquer… — sa voix se fit encore moins forte, se réduisant à un souffle, obligeant Paduk à se pencher encore un peu plus vers lui — … un troisième assassin.

Ian Coates vida son verre de brandy d'un trait et réajusta sa cravate. Dans moins de cinq minutes, l'appareil allait commencer sa descente vers Washington DC.

Cette nuit-là, Jimmy, Felix et Georgie partagèrent une seule et même chambre. Il s'avéra que la chambre d'hôte n'avait pas reçu de visiteurs depuis des lustres, mais le vieux couple de propriétaires fit mieux que compenser la non-préparation des lieux par son extrême gentillesse et tout le monde fut reçu chaleureusement.

Jimmy était allongé dans le noir, l'esprit vagabond. Chaque fois qu'il fermait les yeux, il revoyait la mare de sang s'épanchant de l'agent du NJ7, dans la cellule de Neil Muzbeke.

L'image se faisait si présente qu'il pouvait sentir le contact du liquide chaud et visqueux sur ses pieds. Il était trop exténué pour refouler ces horribles pensées, aussi revivait-il la scène encore et encore. Puis, sans qu'il s'en aperçoive, il pensa à son père. Où était Ian Coates quand le NJ7 avait lâché Mitchell aux trousses de Jimmy ? Était-il présent quand, quelques années plus tôt, Viggo s'était échappé du NJ7 pour la première fois ? Ou était-il en mission quelque part, tuant pour subvenir aux besoins de sa famille ?

Jimmy ouvrit les yeux. Si c'était là le genre de pensées que lui réservait le sommeil, autant rester éveillé. Il se redressa dans son lit et jeta un coup d'œil à Georgie. Il n'arrivait pas à savoir si elle dormait ou pas. Devait-il lui faire part de ce qu'il avait appris au sujet de leur père ? « Pas maintenant, trancha-t-il mentalement. Et probablement jamais. »

– Hé, qu'est-ce tu fous ? chuchota Felix dans l'obscurité de la chambre.

– Rien, répliqua Jimmy, légèrement décontenancé.

– T'es réveillé ?

Sans attendre de réponse, Felix poursuivit :

– Tu crois qu'on va rester là ?

– Je ne sais pas. Je pense pas.

– T'as raison. Faut qu'on bouge sans arrêt. — Les yeux de Felix brillèrent dans le noir. — Tu sais quoi ? On devrait se trouver un bateau, l'équiper d'un tas d'ordinateurs ultra-puissants, et devenir des technopirates...

– Qu'est-ce que vous racontez comme bêtises, tous les deux ? demanda soudain Georgie en s'adossant sur son oreiller — elle n'avait pas l'air endormie du tout.

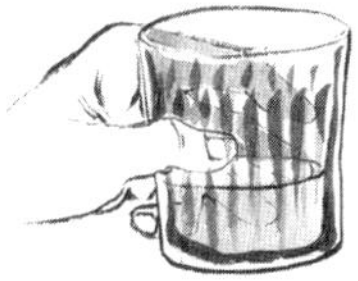

– Ben ouais, on pourrait pêcher des calamars, embraya Felix avant de se perdre dans une série de divagations plus extravagantes les unes que les autres.

C'était comme si le fait d'avoir retrouvé ses parents avait rendu Felix encore plus délirant que d'habitude. Il était au sommet de son art. Jimmy se laissa bercer par sa folle logorrhée sous les éclats de rire de plus en plus rapprochés de Georgie, qui, rapidement, se révélèrent communicatifs. Chaque fois qu'elle pouffait, Jimmy sentait le poids de son chagrin diminuer et le nœud dans sa gorge se desserrer.

Ils discutèrent ainsi dans le noir une bonne partie de la nuit, jusqu'à ce que la palabre s'achève, faute de palabreurs. Alors, ils s'allongèrent, remontèrent les couvertures, et se laissèrent lentement gagner par le sommeil. Après un long silence, un dernier murmure, faible comme un battement d'ailes de papillon, monta du lit de Felix :

– Tu crois que Safran va guérir ?

– Je l'ignore... répondit Jimmy en revoyant l'expression de Viggo quand il était parti au volant du taxi.

« Viggo fera tout ce qui est en son pouvoir pour sauver Safran, se dit intérieurement Jimmy. Jamais il ne permettra qu'elle meure... Mais que se passerait-il si cela se produisait quand même ? »

Le silence avait beau ne plus être rompu que par le rythme régulier des respirations, les pensées se bousculaient toujours dans le crâne de Jimmy, où résonnait encore l'écho des paroles de Viggo. « Vengeance. » Jimmy n'avait pas oublié. Le mot était lourd de menaces.

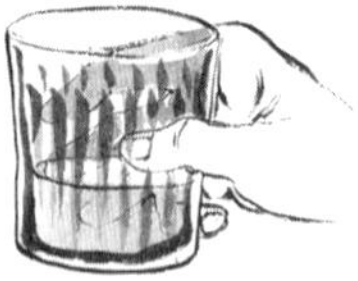

Sombrant dans le sommeil, l'image d'un visage s'imposa à son esprit : celui de l'homme qu'il avait un jour considéré comme son père. Au début, il tenta en vain de la refouler, mais peine perdue, elle occupait toutes ses pensées. Dans les tréfonds de son âme, l'instinct du tueur se réveilla.

L'auteur

Joe Craig a étudié la philosophie à Cambridge. Dans le même temps, il écrivait et jouait pour la compagnie de théâtre de l'université et coanimait une émission de radio. Après son diplôme de fin d'études en 2002, il s'est consacré à l'écriture mais aussi à son autre grande passion, la musique. Il a composé de très nombreuses chansons et plusieurs spectacles musicaux qui ont été montés avec succès, en particulier à Londres et à Édimbourg. Touche-à-tout talentueux, il aime également peindre, danser le tango et entraîne même une équipe junior de cricket. Joe Craig avait vingt-trois ans lorsqu'il a écrit *Jimmy Coates : assassin?* son premier roman.

L'illustratrice

Nathaële Vogel n'a jamais cessé de dessiner depuis qu'elle sait par quel bout tenir un crayon. Et cela fait maintenant vingt-cinq ans qu'elle illustre des livres destinés à la jeunesse : des « poches » en noir et blanc, des documentaires en couleurs et des albums pour les plus petits… Quand parfois elle lâche ses crayons et ses pinceaux, elle fabrique des meubles à l'ancienne ou se balade le long de la Seine pour y voir « la lumière du temps, des saisons, les reflets changeants de l'eau ».

Imprimé en Italie
par LegoPrint

Correction et PAO : Belle Page

Dépôt légal : janvier 2007
N° d'édition : 144307
ISBN : 978-2-07-057760-6
Loi n° 49-956 du 16 juillet 1949
sur les publications destinées à la jeunesse